내 사랑 휘트니

3

Whitney my love

Judith McNaught

내사랑 휘트니

3

특별판

주디스 맥노트 지음
김문유 옮김

현대문화센타

28

그로부터 한 달간 휘트니는 사교 활동에 광적으로 몰두했다. 마음을 굳게 먹은 그녀는 잡념이 끼어들 겨를이 없도록 일부러 바쁘게 지냈다. 밤이면 지쳐서 침대에 쓰러졌고, 눈을 뜨기가 바쁘게 몸단장을 하고 다른 약속에 맞춰 밖으로 나가는 게 일과였다. 니콜라가 주로 옆에 있어주었지만 엘리자베스와 피터의 결혼식에서 신랑 들러리를 섰던 두 남자와 에밀리의 파티와 엘리자베스의 결혼식에서 만났던 괜찮은 신사들 몇 명도 휘트니 곁에 자주 모습을 보였다. 그리고 샤프론 역할을 하는 에밀리와 함께 파티며 뮤지컬, 오페라와 연극, 그리고 무도회를 찾았다. 그런 곳에서 알게 된 괜찮은 남자들이 고맙게도 그녀를 다른 파티와 무도회에 초대하기 위해 아치볼드 가의 타운하우스에 모습을 나타냈다.

　파리가 휘트니를 환영했다면 런던은 두 팔을 활짝 벌려 그녀를 껴안았다. 휘트니의 매력과 재치는 런던에서 더욱 빛을 발했던 것이다. 그녀가 모습을 드러내면 실내에는 들불 번지듯 속삭임이 출렁거렸고, 모두들 그녀를 향해 고개를 돌렸다. 휘트니의 유머는 이제 다소 부드러워져서 예전에는 얼씬도 못하던 숫기 없는 남자들까지 그녀 주위로 몰려들었다.

　숱한 남자들이 휘트니에게 사랑을 호소하며 쫓아다녔지만 그녀의 마음은 행복과는 거리가 멀었다.

　휘트니는 결코 혼자 있는 법이 없었다. 그러나 마음은 결코 평화롭지 못했다.

　휘트니는 그런 사교 모임에 참석했다가 때때로 사람들이 클레이튼 이야기를 하는 걸 들으면 가슴 한구석이 무너져내리는 것만 같았다. 그럴 때면 평소보다 더 환하게 웃고 있는 휘트니를 보면서 그 속을 짐작할 수 있는 사람은 거의 없었다.

　그 첫 한 달 동안 한번은 실제로 클레이튼과 마주칠 뻔했었다. 어느 날 저녁, 휘트니의 호위를 맡은 젊은 자작이 그녀를 마차에 태운 뒤 자부심 가득한 음성으로 올해 최고의 무도회로 데려가주겠다고 말하더니 마부에게 지시를 했다.

　"어퍼 브룩가 10번지로 가게."

　그 말을 들은 휘트니는 얼음물을 뒤집어쓴 것처럼 오싹해졌다. '어퍼 브룩가 10번지'는 클레이튼의 런던 타운하우스 주소로 언젠가 클레이튼이 그녀에게 연락하라고 알려준 주소였다.

　휘트니가 애원이라도 하듯 말했다.

"난 큰 파티는 질색이에요. 그런 곳에 가면 우울해져요!"

그 젊은 자작 역시 휘트니만큼이나 간절하게 휘트니를 설득했다.

"하지만 런던에서 클레이모어 공작이 여는 파티만큼 멋진 파티는 없어요! 그리고 지난주에는 큰 파티를 좋아한다고 말했잖아요."

"그땐 그랬지만 이번 주는 시끄러운 소리를 들으면 머리가 욱신거려요!"

자작은 휘트니의 변덕이 다소 의아했지만 자신이 보기에 그녀는 아름답고 재기발랄해서 뭇 남자들 사이에서 인기가 많은 아가씨였다. 결국 그는 클레이모어 공작의 파티에 가기를 포기하고 휘트니를 오페라로 데려갔다.

그러나 행운은 그날로 끝이 났다. 바로 이튿날 밤 클레이튼과 마주친 것이다. 휘트니는 니콜라와 함께 아래쪽 관람석이 한눈에 내려다보이는 특별석에 앉아 있었다. 연극이 시작되기 직전 그녀의 머리칼은 옷에 꽂은 자수정 브로치에 엉켰다. 니콜라가 몸을 숙여 브로치에 낀 그녀의 머리칼을 풀어주고 있을 때였다. 무심코 관람객들을 둘러보던 휘트니는 클레이튼과 바네사 스탠필드를 발견하고는 마비된 듯 눈을 떼지 못했다. 클레이튼과 바네사가 이웃한 러더포드 부부의 관람석으로 막 들어서고 있었다. 두 커플이 반갑게 인사를 나눌 때 클레이튼은 한쪽 손을 바네사 스탠필드의 허리에 다정스레 감고 있었다. 휘트니는 눈길을 떼지 못하고 두 사람이 자리에 앉는 것을 지켜보았다. 클레이튼은 바네사가 무슨 말인가 입을 열면 다정히 몸을 숙이고 귀를 기울였다. 그러고는 고개를 젖히고 웃음을 터뜨리곤 했다.

휘트니는 온몸을 부르르 떨었다. 클레이튼이 유쾌하게 웃는 이유가 궁금한지 러더포드 부부가 두 사람 쪽으로 몸을 돌렸다. 클레이튼은 바네사가 했던 이야기를 러더포드 부처에게 다시 들려준 모양이었다. 바네사는 얼굴을 붉혔고 러더포드 부부는 클레이튼처럼 웃음을 터뜨렸다.

아래 위 좌석에 앉은 사람들이 그쪽으로 머리를 돌리고 '클레이모어'니 '각하'니 '공작'이니 하며 웅성거렸다. 클레이튼과 바네사가 함께 극장에 왔다는 사실은 그들의 이목을 끌기에 충분했다.

"쉐리, 어디 아픈 거요?"

창백한 휘트니의 얼굴을 본 니콜라가 걱정스럽게 물었다.

마음이 불편해진 휘트니가 막 몸을 일으키다가 문득 눈을 돌린 클레이튼과 시선이 마주쳤다. 그의 눈빛은 쇳덩이처럼 차가웠고 싸늘한 불쾌감에서 나른한 멸시로 표정이 바뀌더니 곧 그녀를 외면했다.

순간 휘트니는 연극이 끝날 때까지 자리를 떠나지 말아야겠다고 마음을 고쳐먹었다. 그를 보고 마음이 흔들리는 모습은 정말이지 보이고 싶지 않았기 때문이다. 하지만 휘트니는 겨우 10분도 버티지 못하고 일어나고 말았다. 눈물이 흘러 더 이상 참고 앉아 있을 수가 없었던 것이다. 질투심을, 가슴을 짓이기는 질투심을 도저히 누를 수가 없었다.

그로부터 사흘이 지난 밤, 니콜라는 휘트니를 그날 저녁의 두 번째 파티에 데려갔다. 아주 늦게 도착한 휘트니는 모피 망토를 집사에게 건네주고는 니콜라의 팔을 붙잡고 이제 그만 돌아가려고 마차를 기다리고 있는 손님들 사이를 비집고 들어갔다. 모여 선 손님들 뒤쪽에서 클레이튼이 바네사에게 망토를 둘러주는 모습이 휘트니의 눈에 들어왔다. 클레이튼은 다정스럽게 바네사를 내려다보며 웃고 있었다. 니콜라의 팔을 잡고 있던 휘트니는 손아귀에 힘을 주었다.

"다음엔 어디로 데려갈 거죠?"

휘트니가 안간힘을 쓰며 두 사람 앞을 지나가는데 바네사가 클레이튼에게 물었다.

"타락의 길로."

클레이튼이 너털웃음을 터뜨리며 대꾸했다. 그가 고개를 들자 휘트니가 바로 앞에 서 있었다. 하지만 이번에는 일부러 혐오감조차 드러내지 않았다. 그는 마치 그녀가 보이지도 않는다는 듯 아무런 반응도 보이지 않고 이내 주의를 바네사에게로 돌렸다.

그 다음 주 춥고 바람이 세차게 몰아치는 어느 날, 니콜라가 휘트니에게 청혼을 했다. 니콜라는 화려하고 열렬한 애정 고백도 없이 해쓱한 휘트니를 끌어안고 간단히 말했다.

"결혼합시다, 내 사랑."

니콜라의 차분한 청혼은 가까스로 감정을 다스리고 있던 휘트니를 단박에 무너뜨렸다.

"그, 그럴 수 없어요, 니키."

그녀는 눈물이 그렁그렁한 눈으로 웃어 보이려고 애썼다.

"저도 진심으로 당신을 사랑하고 싶지만 지금 이런 감정으로 당신과 결혼하는 건 옳지 않아요."

니콜라는 그녀의 턱을 살짝 들어올리며 부드럽게 말했다.

"당신의 감정이 어떤지 잘 알고 있소, 쉐리. 하지만 나와 결혼해서 프랑스로 간다면 당신이 그 사람을 잊을 수 있도록 열심히 노력하겠어."

휘트니는 손을 뻗어 그의 턱에 가져다 댔다. 니콜라는 그녀가 기댈 수 있고 믿을 수 있는 사람이었다. 지금 그를 거절한다면 그는 떠날 것이다. 하지만 그에게 헛된 희망을 품게 할 수는 없었다.

"당신은 좋은 친구예요."

휘트니가 속삭이듯 말했다.

"당신을 영원히 사랑할 거예요. 언제나 친구로서."

그녀의 긴 속눈썹 위에 눈물이 맺혔다.

"당신은 모를 거예요. 당신이 나를 신붓감으로 생각해줘서 내가 얼마나, 얼마나 기쁜지. 그동안 당신이 내게 얼마나 큰 힘이 됐는지. 니키, 고마워요. 모든 게 정말 고마워요."

그 말을 끝으로 니콜라의 품에서 빠져나온 휘트니는 돌아서서 계단 쪽으로 얼른 달려갔다.

휘트니는 눈물을 간신히 참으며 무작정 계단을 올라갔다. 니콜라가 나가고 문이 닫히는 소리가 들리자 참고 있던 눈물이 뺨을 타고 하염없이 흘러내렸다. 두 손으로 얼굴을 감싸고 문이 열린 에밀리 부부의 방을 지나쳐 복도를 쭉 내달려 침실로 갔다. 목놓아 울며 끝도 없어 보이는 불행을 달랠 수 있는,

그녀만의 지옥이 되어버린 곳으로.

에밀리가 화들짝 놀란 눈으로 마이클을 쳐다보았다.

"맙소사! 또 무슨 일이죠? 클레이튼 웨스트모어랜드가 휘트니한테 다시 몹쓸 짓을 했다면 내 손으로 그 인간의 목을 졸라버리고 말 거예요."

마이클이 에밀리를 방안으로 잡아끌더니 문을 닫고 조심스럽게 입을 열었다.

"에밀리, 클레이모어는 어제 바네사 스탠필드와 그녀의 집에서 결혼했소. 알 만한 사람들이면 다들 그 얘기를 하고 있소."

"믿을 수가 없어요! 런던에 온 뒤로 지난 몇 년간 그 사람에 대한 소문을 끝없이 들었지만 그 중 사실로 판명된 건 거의 없었다구요."

"아마 그럴 거요. 하지만 나는 이번 소문은 믿소. 그리고 그게 사실이든 아니든 무슨 차이가 있겠소? 휘트니는 지난 몇 주 동안 그를 완전히 잊었어."

"오, 마이클! 정말 그렇게도 모르겠어요?"

에밀리는 어안이 벙벙해진 남편한테 대답할 틈도 주지 않고 휘트니의 방으로 또박또박 걸어갔다. 노크를 해도 휘트니가 대꾸하지 않자 그녀는 문을 벌컥 열고 안으로 들어갔다. 휘트니는 눈을 꼭 감고 웅크린 채 침대 위에 누워 있었다. 얼굴은 눈물로 얼룩져 있었다.

"왜 우는 거니?"

에밀리가 애정이 목소리로 물었다.

눈을 번쩍 뜬 휘트니는 놀랍고 당혹스러워하며 얼른 일어나 앉아 손수건을 찾았다.

"요즘엔 우는 일이 특기가 되어버린 것 같아."

휘트니는 눈에 손수건을 갖다 대며 처량하게 대답했다.

"그런 바보 같은 말이 어딨어? 소꿉놀이 할 때부터 널 알았지만 몇 주 전까지만 해도 네가 눈물 한 방울 흘리는 걸 못 봤어. 자, 스톤 양, 왜 우시는 거죠?"

"니키가 청혼을 했어."

휘트니가 한숨을 내쉬며 말했다. 그녀는 너무도 지쳐서 에밀리의 질문을 피하는 것도 힘겨웠다.

"뒤비에 씨의 청혼을 받고 너무 행복해서 눈물을 철철 쏟는 거니?"

휘트니는 웃었지만 목이 메었다.

"요즘은 청혼을 하도 많이 받아서 어떻게 감당해야 할지 머리가 아파. 넌 내가 프랑스에서 그런 경험을 많이 해서 단련이 되어 있다고 생각할 거야. 하지만 난……"

"그래, 가장 최근에 받은 청혼은 어떻게 됐니?"

에밀리는 말을 돌리지 않고 바로 물었다.

휘트니는 한동안 잠자코 에밀리를 바라보더니 어깨를 으쓱해 보이고는 고개를 돌렸다.

"클레이튼은 나랑 결혼할 마음이 없었어."

"쓸데없는 소린 하지도 마! 그 허튼소리를 나보고 믿으라구? 난 공작이 널 바라보는 눈빛을 봤어."

휘트니는 힘없이 침대에서 내려와 책상으로 가서 클레이튼이 보내온 봉투를 꺼내더니 말없이 에밀리에게 건넸다.

에밀리는 의자에 앉아 봉투에 든 내용물을 읽기 시작했다. 법률 서류를 읽는 동안 에밀리의 얼굴에는 별다른 표정 변화가 없었다. 하지만 어음을 보고는 인상을 찡그렸고, 편지를 읽을 때는 정나미가 떨어진다는 듯 눈알을 굴렸다. 에밀리가 격분하여 소리쳤다.

"어쩜! 이런 편지를 보내다니 정말 말도 안 돼! 이걸 쓸 때 곤드레만드레 술에 취했든지 아니면 머리가 어떻게 된 상태에서 썼을 거야."

에밀리가 서류며 편지들을 눈짓으로 가리키며 말을 이었다.

"그런데 이게, 엘리자베스의 결혼피로연에서 네가 보인 행동이랑 무슨 상관이 있는 거니? 넌 공작을 피하고 무시했잖아."

"결혼식장에서도 그랬어야 했어!"

휘트니가 감정이 격해져서 대꾸했다.

"그 남자가 청혼을 취소한 걸 알았다면 그렇게 했을 거야. 그, 그런데 결혼식이 끝나고 여기로 돌아와서야 이 종이 뭉치를 봤어. 아버지가 고향에서 보내신 물건들과 섞여 있었거든."

"공작이 청혼을 취소했다고 속이 상한 건 아니겠지? 내가 보기에 공작은 올바르게 처신했어. 네게 나쁜 짓을 했다는 걸 깨닫고 네가 결코 용서하지 않으리라고 믿고 있다면 말이야. 공작은 그저 네가 지긋지긋해하는 속박에서 풀어주려고 한 게 틀림없어."

그 말에 휘트니가 발끈했다.

"넌 어쩜 그렇게 순진하니? 에밀리, 그 사람은 날 침대로 끌고 가서 순결을 짓밟았어. 그래놓고는 어음을 던져주며 청혼을 취소했고 폴과 결혼을 권하는 편지까지 보냈다구!"

에밀리가 한숨을 내쉬며 휘트니의 말을 받았다.

"나도 네 처지라면 너와 똑같은 생각을 했을 거야. 하지만 제발 냉정해져봐. 어음에 대해서는 잊어. 그건 두말할 필요도 없이 어리석은 짓이지만 어떻게 보면 공작이 그만큼 널 아낀다는 증거이기도 해."

발끈한 휘트니가 뭐라고 반박하려 하자 에밀리가 고개를 흔들며 단호하게 말을 이었다.

"휘트니, 난 성당에서 공작을 봤어. 이 소포를 보낸 뒤였지. 그는 널 사랑했어. 바보라도 그건 알 수 있어. 그는 성당에서 널 애정 어린 눈으로 바라보며 서 있었어!"

휘트니가 발딱 일어섰다.

"그 사람이 그 결혼식장에 온 건 엘리자베스가 결혼식에 초대했기 때문이야. 그때 그걸 알았더라면 그렇게 바보같이 행동하진 않았을 거야."

"엘리자베스가 초대한 게 아냐."

에밀리가 털어놓았다.

"사실은 내가 초대했어. 엘리자베스의 결혼식 초대장에 네가 결혼식에 참석한다는 글을 써 보냈어. 공작은 네가 보고 싶어 온 거야. 공작은 엘리자베스나 피터를 잘 알지도 못해. 그런데 왜 그 결혼식에 왔겠니?"

그 말을 들은 휘트니는 당장에라도 기절할 것처럼 보였다.

"네가 그랬다구? 하지만 왜 그런 짓을 했어? 그 사람은 내가 시켰다고 생각했을 거야."

에밀리가 고개를 저었다.

"그런 생각은 하지도 않았을 거야. 난 그저 네가 결혼식에 참석한다고만 썼어. 그러니 그 사람이 온 건 너 때문이야. 휘트니, 내 말 좀 들어봐. 공작은 약혼을 취소하는 서류에 서명한 '뒤'에, 어리석긴 하지만 비열하지는 않은 편지를 쓴 '뒤'에, 어음을 보낸 '뒤'에, 내가 보낸 청첩장을 받고 결혼식장에 온 거야."

에밀리가 계속 말을 잇는 동안 휘트니의 내면에서는 서로 모순되는 감정들이 충돌하며 그녀를 휘감았다.

"그 사람은 아마도 폴의 재정 상태가 형편없다는 걸 알았을 거야. 너만 빼고 고향 마을 사람들이 다 아는 사실이잖아."

"그래, 알고 있었어. 내가 폴의 사정을 알게 된 날 밤 그 사람도 아버지 서재에 함께 있었으니까."

"그리고 네가 폴과 결혼하고 싶어 한다는 것도 알고 있겠지?"

휘트니가 고개를 끄덕였다.

"휘트니, 공작이 뭘 하려고 했는지 정말 모르겠니? 그는 네가 자기를 싫어하고 폴과 결혼하고 싶어 하는 줄 알고 있었어. 그래서 이걸 보낸 거야. 이 돈으로 네가 좋아하는 사람과 좀 더 편안하게 살길 바라는 뜻에서 말이야. 어쩜! 이렇게까지 하는 걸 보면 공작은 내가 생각했던 것보다 훨씬 더 널 사랑하나 봐."

휘트니는 코방귀를 뀌고는 고개를 돌렸다. 에밀리가 휘트니가 앉아 있는 침대로 가까이 다가가 말했다.

"휘트니, 넌 바보야! 넌 공작을 사랑해. 네 입으로 말한 거니까 아니라고는 하지 마. 그리고 공작은 네게 청혼을 했어. 그럴 필요가 없는데도 네 아버지를 곤경에서 구해냈고. 어디 그뿐이니? 네가 폴과 시시덕거리고 공작의 부아를 돋우는 행동을 숱하게 했는데도 널 포기하지 않고 끝까지 네 곁을 지켰어. 너, 결혼피로연에서 공작한테 뭐라고 했니?"

휘트니의 눈길이 친구의 얼굴을 훑다가 슬쩍 비켜나더니 기어들어가는 소리로 대답했다.

"그 사람이 사랑한다고 하길래 비웃었지."

"비웃었다구?"

에밀리는 기가 막히다는 듯 눈을 동그랗게 떴다.

"성당 계단에서는 그 사람 품에 안겨 있었으면서 그땐 도대체 왜 그랬니?"

그러자 휘트니가 발딱 일어나며 소리를 질렀다.

"제발! 아까 말했잖아. 그 서류며 편지며 비열한 어음을 받은 직후였다구. 나를 보기 위해서가 아니라 결혼식 하객으로 온 그 사람한테 애정을 구걸하듯 납작 엎드린 걸 분하게 생각하고 있었단 말야!"

"이제 공작이 네게 굽히고 들어올 거라고 생각하니?"

휘트니는 방바닥을 빤히 내려다보며 고개를 저었다.

"아니. 이제 그 사람은 나를 보고도 본 척도 안 해."

"그럼 공작이 어떻게 나올 줄 알았니? 공작은 결혼하고 싶을 만큼 널 사랑했고, 네 아버지한테 거금을 줬어. 널 사랑한 나머지 질투에 눈이 멀어 끔찍한 짓까지 저질렀어. 널 사랑한 나머지 네 행복을 빌며 널 포기했다가 네가 보고 싶어 엘리자베스의 결혼식에 왔어. 그런데 넌 이제 공작이 다시는 널 찾아오지 않을 거라고 확신하고 있구나!"

휘트니의 가슴속에서 의혹과 비참함, 고독과 절망이 뒤섞여 어지럽게 소용돌이쳤다. 하지만 에밀리가 심어준 가느다란 희망이 먹구름 같은 어두운 혼란 속에서 한줄기 햇빛처럼 비집고 나왔다. 휘트니는 고개를 숙였다. 머리칼이 어깨를 타고 앞으로 쏟아져 내려 얼굴을 가려주었다. 잠시 후 휘트니는 괴로움으로 목이 멘 채 입을 열었다.

"그에게 매달리지 않고 그의 마음을 다시 찾을 수 있을까?"

에밀리의 얼굴에는 안도와 기쁨의 미소가 떠올랐다.

"글쎄, 사실은 매달리는 게 유일한 방법 같은데. 넌 기회가 있을 때마다 공작의 자존심을 짓뭉갰어. 그러니 이젠 네가 자존심을 접고 들어가야 할 차례야."

"하, 한번 생각해볼게."

"그렇게 하렴."

에밀리는 이렇게 운을 떼고는 조심스럽게 비장의 카드를 내놓았다.

"네가 생각에 잠겨 있는 동안 공작이 바네사 스탠필드와 결혼하면 네 기분이 어떨지도 한번 생각해봐. 두 사람이 이미 결혼했다는 소문도 있어. 전적으로 믿을 만한 건 못 되지만. 아마도 곧 결혼하지 않을까싶어."

휘트니가 튕겨 오르듯 침대에서 일어났다.

"어, 어떻게 해야 하지? 어디서부터 시작해야 할지 모르겠어."

에밀리는 웃음을 참으며 문 쪽으로 걸어갔다.

"지금 할 수 있는 일은 딱 한 가지가 있어. 공작을 찾아가서 결혼피로연에서 왜 그렇게 고약하게 굴었는지 설명하는 거야."

휘트니가 설레설레 도리질을 쳤다.

"그건 안 돼. 편지를 보내서 여기로 오라고 할 거야."

"한번 해보렴. 하지만 공작은 오지 않을 걸. 그리고 그렇게 되면 나중에 공작을 찾아갈 때 더 쑥스럽기만 하지. 물론 그 사이 공작이 스탠필드 양과 결혼하지 않을 경우에 해당하는 말이지만."

휘트니는 부리나케 책상으로 달려가 편지지를 집어들었다. 하지만 에밀리가 나가자 곰곰 생각에 잠겼다. 클레이튼을 부르려면 그럴듯한 구실이 있어야 했다. 그에게 머리를 숙이고 들어가는 것은 너무 굴욕적이었다. 그가 바네사 스탠필드와 결혼하려고 하는 상황에서는 더더구나 그랬다. 궁리 끝에 신통한 생각을 떠올린 휘트니는 부끄러움에 뺨이 발갛게 물들었다. 방법이 있었다. 꺼림칙한 거짓말이었지만 지금은 품위 같은 걸 지킬 때가 아니었다. 클레이튼은 나를 침대로 끌고 가 겁탈했어. 그러니 클레이튼에게 내게 임신했다는 사실을 믿게만 할 수 있다면 그도 오지 않을 수 없을 거야. 게다가 그렇게 되면 바네사 스탠필드와 결혼할 수도 없게 될 거고. 어디 그뿐인가. 당장 나와 결혼해야 할 걸! 에밀리 생각처럼 정말 그가 나를 그토록 사랑한다면 결혼한 뒤에는 내가 속임수를 쓴 일을 용서할 거야.

휘트니는 편지지에 날짜를 써놓고는 멈칫했다. 나를 두 번 다시 보려고 하지 않는 사람에게 그가 곧 태어날 아이의 아버지라는 사실을 알리는 편지를 쓰는 데는 어떤 인사말이 좋을까? '귀하?' 이건 아냐! '각하?' 당치않아. '클레이튼?'은 어떨까? 지금 상황에서는 적당치 않아. 휘트니는 고심 끝에 인사말은 아예 생략하기로 했고 잠시 더 생각해본 다음 글을 써내려갔다.

'치욕스럽게도 임신을 했어요. 그러니 즉시 이리로 와주세요. 휘트니.'

휘트니는 서명을 한 다음 편지를 다시 읽어보았다.

창피스러워 얼굴이 달아올랐다. 거짓말을 써서 보내자니 낯이 부끄러웠다. 휘트니는 그날 밤 클레이튼이 했던 행위만으로는 임신이 불가능하다는 사실을 까맣게 모르고 있었다.

휘트니는 에밀리를 불러서는 얼굴을 붉히며 자신이 쓴 편지를 보여주었다.

"이, 이게 사실이라도 이런 편지를 보내야 할지 잘 모르겠어."

휘트니는 혹시라도 하인의 눈에 뜨일까싶어 쓰지 않은 편지지를 담아둔 상자에 편지를 넣어두었다.

에밀리가 딱 부러지게 조언을 했다.

"휘트니, 그냥 할 이야기가 있으니 어수선한 여기보다는 조용한 당신 집에서 만나자는 편지를 보내. 내일 그리로 가겠다고. 그렇게만 하면 돼."

그러자 휘트니가 빈 편지지를 내려다보며 대꾸했다.

"그렇게 간단하지 않아. 클레이튼이 날 만나준대도 사과만 받고 돌아설 가능성이 얼마든지 있어. 넌 그 사람이 일단 화가 나면 바윗덩이처럼 꿈쩍도 않는다는 걸 몰라서 그래."

"그럼 공작을 만나려고도 하지 마. 공작은 바네사 스탠필드와 결혼할 거야. 마이클과 내가 그 결혼식에 초대된다면 결혼식에 갔다 와서 다 얘기해줄게."

그 말에 자극을 받은 휘트니는 서둘러 편지를 썼다. 편지는 즉시 하인 편에 어퍼 브룩가 10번지로 배달되었다. 그 하인은 클레이모어 공작의 비서 허드긴스를 만나 공작이 있는 곳을 물어 직접 전하라는 지시를 받고 갔다.

하인은 채 한 시간도 안 되어 돌아와 비서 허드긴스의 말을 전했다. 공작은 스탠필드 부처를 만나러 외출했는데 그날 밤늦게야 클레이모어 저택으로 돌아온다는 것이었다. 마침 비서 허드긴스가 공작을 만나러 그리로 가니 편지를 가지고 가서 공작을 만나는 즉시 전하겠다고 약속했다는 것이었다.

휘트니는 클레이튼에게 보내는 그 편지에 만약 다음 날 정오까지 대답을 듣지 못하면 오후 5시에 자기와 만날 생각인 줄 알겠다고 적었다. 이제 그녀가 할 일은 이튿날 정오가 될 때까지 속을 까맣게 태우며 기다리는 것밖에 없었다.

29

 다음 날 오전 정각 11시, 우아한 여행용 마차 네 대가 클레이모어 저택 정문을 통과해 안으로 들어섰다. 첫 번째 마차에는 클레이모어 공작 부인과 스티븐이 타고 있었고 다음 마차에는 스티븐의 시종과 공작 부인의 시녀들이, 나머지 두 대에는 공작 부인이 장기간 여행을 하게 될 때면 빼놓지 않고 챙기는 옷가지와 장신구들을 넣은 여행가방들이 가득 실려 있었다. 특히 손자 손녀를 안겨줄 미래의 며느리를 만나러 오는 길이니 오죽이나 준비를 철저히 했으랴.
 "여긴 언제 봐도 멋진 곳이구나."
 알리사 웨스트모어랜드는 한숨을 내쉬며 웅장한 저택 이곳저곳을 감상하듯 찬찬히 둘러보았다. 구불구불한 포장도로 양

쪽으로 짧게 깎은 잔디와 잘 정돈한 정원들이 질서정연하게 펼쳐져 있었다. 그녀는 낯익은 풍경에서 시선을 거두고 둘째 아들을 똑바로 쳐다보았다.

"오늘밤 네 형이 형수감을 데리고 오는 게 분명하니?"

"전 제가 알고 있는 것만 말씀드렸을 뿐이에요. 바네사 부모님 댁에서 하룻밤 더 보내고 오늘 오후 4시 반에 두 사람이 같이 여기로 오겠다고 편지를 보냈어요."

스티븐이 싱긋이 웃으며 대답했다.

"그냥 바네사라고만 썼던? 형이 말한 바네사라는 여자가 바네사 스탠필드가 맞긴 맞는 거니?"

스티븐이 찡그린 얼굴로 알리사를 쳐다보았다.

"소문이 사실이라면 그 아가씨 성은 이제 스탠필드가 아니라 웨스트모어랜드겠죠."

"몇 년 전에 본 적이 있는데 참 예쁜 아이였지."

"이젠 아름다운 숙녀죠. 금발에 푸른 눈, 미인이 갖춰야 할 조건은 빠짐없이 갖춘 완벽한 숙녀요."

"잘됐구나. 그럼 어여쁜 손자 손녀를 볼 수 있을 테니 말이다."

알리사는 그 말과 함께 행복한 상상에 젖어들었다. 옆을 힐끗 쳐다보니 스티븐이 얼굴을 찌푸리고 창밖을 응시하고 있었다.

"스티븐, 바네사한테 마음에 안 드는 점이라도 있니?"

스티븐이 어깨를 으쓱했다.

"눈이 비취빛이 아니고 이름이 휘트니가 아니라는 사실만

빼면 마음에 안 들 것도 없죠."

"누구라구? 오, 스티븐, 엉뚱한 소린 그만 해라. 도대체 넌 무슨 생각을 하는 거냐? 그 아가씨가 누구든 네 형은 그 아가씨 때문에 몹시 괴로워했어. 형은 그 아가씨를 이제 말끔히 잊었을 게다. 잘됐지 뭐냐?"

"그렇게 쉽게 잊혀질 여자가 아니에요."

"무슨 말이냐? 스티븐, 그 아가씨를 만난 적이 있니?"

"아뇨, 하지만 몇 주 전 킹슬레이 가에서 열린 무도회에서 봤어요. 런던의 내로라하는 신사들에게 둘러싸여 있더군요. 물론 클레이튼 형은 빼구요. 휘트니라는 이름을 듣고 또 비취빛 눈을 보고는 누군지 알아봤죠."

알리사는 장남에게 큰 고통을 안겨준 아가씨가 어떻게 생겼는지 캐물으려다가 어깨를 으쓱하며 그만두었다.

"모두 끝난 일이다. 클레이튼이 제 처를 데려 온다잖니."

"형은 그토록 사랑했던 여자를 그렇게 쉽게 잊을 리 없어요. 그리고 형이 데리고 오는 여자는 약혼자라면 모를까, 아내는 아닐 거예요."

"그랬으면 오죽이나 좋겠니? 클레이튼이 그렇게 느닷없이 바네사와 결혼을 했다면 별별 소문이 다 돌 게다."

스티븐은 짓궂은 얼굴을 하고는 어머니를 곁눈질했다.

"클레이튼 형은 소문 따위에는 눈썹도 까딱하지 않아요. 그건 어머니도 잘 아시잖아요."

"그만 일어나."

에밀리가 커튼을 걷으며 쾌활하게 말했다.

"정오가 지났는데 만나지 않겠다는 공작의 연락은 없었어."

"새벽녘이 되어서야 잠이 들었어."

휘트니는 잠투정을 하듯 웅얼웅얼하더니 침대 위에서 튕겨 오르듯 일어나 앉았다. 그러고는 금세 깊은 잠을 몰아내고 정신을 바짝 차리더니 외쳤다.

"난 못해!"

"아니, 넌 할 수 있어! 우선 침대에서 나오기나 해. 그럼 나머지는 저절로 풀릴 거야."

휘트니는 이불을 한쪽으로 젖히고 침대에서 빠져나왔다. 그러면서 클레이튼과의 예정된 만남을 피할 수 있는 방법을 찾아 미친 듯이 머릿속을 뒤졌다.

"우리 오늘 쇼핑도 하고 왕립극장에서 상연하는 새 연극을 보면서 시간을 보낼까?"

휘트니가 애원하다시피 간절하게 제안을 했다.

"그러지 말고 내일까지 기다렸다가 혼수를 사러 나가는 게 어떻겠니?"

"우린 둘 다 정신병원으로 가야 할 사람들이야! 이건 정신 나간 짓이야! 그 사람은 내 말을 들으려고도 하지 않을 거야. 설령 듣는다 해도 아무것도 달라지지 않을 거야. 날 어떻게 대할지 안 봐도 알아! 그 사람은 날 경멸해."

"그것 참 다행이구나. 적어도 네게 어떤 감정이든 남아 있다는 증거니까."

에밀리가 휘트니를 욕실 쪽으로 떠밀며 받아쳤다.

휘트니가 막 옷을 입고 나자 에밀리가 다시 객실로 들어왔다.

"내 모습 어때?"

휘트니는 에밀리가 살펴보도록 천천히 돌아 보이며 자신 없게 물었다. 휘트니는 소매가 길고 목둘레선이 사각으로 깊게 파인 청록색 벨벳 드레스를 입고 있었다. 풍성한 적갈색 머리칼은 윤기가 날 때까지 빗질을 한 뒤 앞머리를 뒤로 넘겨 정수리에서 남옥(藍玉)과 다이아몬드로 만든 장식핀으로 고정했고, 끝이 동그랗게 말린 나머지 머리는 자연스럽게 등 뒤로 흘러내리게 했다. 화려한 드레스는 고혹적이면서도 점잖았다. 홍조가 살짝 피어오른 얼굴을 둘러싼 머리 모양은 짙은 눈썹 밑의 비취빛 눈과 조각처럼 곱고 또렷한 이목구비를 돋보이게 하며 전체적으로 연약한 인상을 풍기게 했다.

휘트니를 꼼꼼하게 살펴본 에밀리가 진지하게 평을 했다.

"피에 굶주린 신에게 제물로 바쳐지는 아름다운 여신 같아."

"겁에 질려 보인다는 말이니?"

"아니, 공포에 질린 얼굴이야."

에밀리가 땀에 젖어 축축한 휘트니의 손을 꼭 잡았다.

"오늘처럼 아름다운 네 모습은 본 적이 없어. 하지만 아름다운 모습이 다는 아냐. 나도 만나봐서 아는데 공작은 의기소침하고 겁먹은 널 보고 마음이 흔들릴 사람이 아냐. 그분은 네 활기차고 대담한 모습에 매력을 느껴서 너를 사랑했어. 풀이 죽고 겁에 질린 모습으로 그분과 대면한다면 넌 실패하고 말 거야. 네 해명을 듣고 사과를 받고는 고맙다고 하면서 잘 가라고 할 거야. 그러니 뭐든 공작을 자극할 만한 행동을 해. 필요하다면 다투기도 하고 화를 내게 만들어. 하지만 겁에 질린 얼굴을 하고는 가지 마. 공작이 사랑하던 여자가 되어봐. 공작을 보고 생긋 웃어도 보이고 장난도 치고 입씨름도 해. 하지만 제발, 제발 풀이 죽어서 애원하지는 마."

"내가 엘리자베스더러 피터한테 대들라고 부추겼을 때 엘리자베스가 어떤 기분이었는지 이젠 알 것 같아."

휘트니는 한숨을 내쉬면서도 재미있다는 듯 웃었다. 하지만 턱을 치켜들고 다시 당당하고 자부심 강한 여자가 되었다.

휘트니를 남편의 마차로 데려간 에밀리가 그녀를 꼭 껴안았다.

"넌 어떤 일 앞에서도 항상 의연했어."

마음을 많이 가라앉힌 휘트니는 몹시 초조해하는 에밀리를 뒤에 남겨두고 떠났다.

한 시간쯤 지나자 아슬아슬하게 붙들고 있던 평온이 슬그머니 깨어지기 시작했다. 휘트니는 클레이튼과 만날 상상을 하며 마음을 진정하려고 애썼다. 클레이튼이 직접 문을 열어줄까? 아니면 집사를 시켜 조용한 방으로 안내할까? 날 기다리게 할까? 성큼성큼 걸어 들어와 내 앞에 우뚝 버티고 서서는 시종 차갑고 굳은 얼굴로 내 설명이 끝나기를 기다렸다가 문밖으로 내쫓아버리는 건 아닐까? 그는 무슨 옷을 입고 있을까? 집에서 입는 편안한 옷을 입고 있을까? 휘트니는 자신의 호화로운 드레스를 내려다보며 가슴이 철렁 내려앉았다. 그의 돈으로 산 옷이었다.

휘트니는 마음을 굳게 먹고 옷차림과 관련된 쓸데없는 잡념을 떨쳐버리고 다시 클레이튼과 만날 생각에 정신을 집중했다. 화가 나 있을까? 아니면 그냥 냉정하게 나올까? 하느님! 그가 화를 내게, 노발대발하게 해야 돼. 호통을 치고 고약한 말들을 퍼붓게 해야 돼. 하지만 절대, 절대 냉담하게 예의를 차리도록 해서는 안 돼. 그건 더 이상 내게 관심이 없다는 뜻일 테니까.

실패할지도 모른다는 끔찍한 예감이 들자 온몸이 부르르 떨렸다. 클레이튼이 아직도 내게 관심이 있다면 내가 찾아갈 때까지 가만히 앉아서 기다리지는 않았을 거야. 적어도 5시에는 집에 있겠다는 간단한 기별이라도 했을 거야.

마차가 동쪽으로 돌더니 거대한 철제 대문 쪽으로 다가갔다. 미닫이식 철문이 앞을 가로막고 있었다. 내가 못 들어오게 닫아버린 거야! 휘트니는 그런 생각이 들자 미칠 것만 같았다. 금실로 장식한 자줏빛 제복을 입은 문지기가 수위실에서 나와 아치볼드 가의 마부에게 말을 건넸다.

들어가도 좋다는 허락이 떨어지자 휘트니는 휴, 하는 안도의 한숨을 내쉬었다. 마차는 살살 흔들리며 드넓게 펼쳐진 잔디밭과 가지만 앙상하게 남은 나무들이 띄엄띄엄 서 있는, 잘 정돈된 정원 사이로 난 길을 따라 달려갔다. 창밖으로 펼쳐진 아름다운 풍경은 끝이 어디인지 모를 정도로 광활했다.

마차가 깊은 냇가 위에 걸쳐 있는 넓은 아치형 다리 위를 덜거덕거리며 지나자 한참 만에 널찍한 창들과 우아한 발코니가 딸린 웅장하고 화려한 저택이 시야에 들어왔다. 말끔하게 손질한 잔디밭을 배경으로 우뚝 서 있는 저택의 중앙부는 3층 높이로 솟아 있었다. 중앙에 우뚝 솟은 건물 양옆에서 앞쪽으로 뻗어나온, 으리으리한 별채들이 어지간한 런던의 공원만큼이나 큰 계단식 앞뜰을 에워싸고 있었다.

지난번 클레이튼에게 끌려갔을 때는 겁에 질린 상태였기 때문에 기억에 남는 것이 거의 없었다. 휘트니는 비참한 기분으로 머리를 등받이에 기대고 눈을 감았다. 나름대로 크다고 하는 자신의 고향집은 이곳 별채 하나의 5분의 1 크기에 지나지 않았다. 휘트니는 왠지 낯선 사람을 만나러 온 기분이 들었다. 이 궁궐 같은 저택의 주인이 누구든, 고향에서 함께 승마 실력을 겨루고 카드와 칩으로 도박하는 법을 가르쳐준, 그 편안하고 소탈했던 남자가 아닌 것 같았다.

11월 오후라 그런지 벌써 어둠이 내려앉아 저택의 창문들이 불빛으로 환히 빛나고 있었다. 마차를 세운 마부가 휘트니가 내리도록 디딤판을 내려주었다.

스티븐은 응접실에 편안하게 앉아 초조한 어머니의 얼굴에서 눈길을 돌려 하얀 실크와 능라로 덮인 18세기 가구들을 감탄 어린 시선으로 바라보고 있었다. 폭이 20미터쯤 되는 방바닥에는 멋지고 고급스런 카펫이 깔려 있고, 하얀 물결무늬 실크 벽지를 바른 벽 위에는 화려한 금빛 액자에 담은 루벤스며 레이놀즈의 그림들이 걸려 있었다.

스티븐은 자꾸만 괘종시계를 힐끗거리다가 일어나서는 초조하게 서성댔다. 넓은 내닫이창 앞을 지나다가 저택 정면에 마차가 멈춰 서는 것을 본 스티븐은 어깨 너머로 어머니에게 씩 웃어 보이고는 성큼성큼 방을 나갔다.

형과 바네사 스탠필드가 온 것이라고 생각한 스티븐은 반가운 미소를 띠고 현관으로 다가갔다. 집사가 현관문을 막 열자 스티븐은 깜짝 놀라 걸음을 멈췄다. 하얀 털가죽으로 안감을 댄 청록색 벨벳 망토를 걸친 아름다운 여자가 모습을 보였는데 어디서 본 듯한 얼굴이었다. 여자가 망토에 달린 모자를 벗어 내리자 그녀를 알아본 스티븐은 심장이 쿵쾅쿵쾅 뛰었다.

여자는 부드럽고 낭랑한 목소리로 집사에게 자신을 밝혔다.

"저는 스톤이라고 합니다. 각하와 만날 약속이 되어 있답니다."

그 짧은 순간, 형이 만취한 상태에서 두서없이 쏟아놓은 고뇌에 찬 말들을 떠올린 스티븐은 형이 데려오는 여자가 형의 아내든 약혼자든, 형의 사생활에 개입하는 것이 슬기롭겠다고 충동적으로 결정을 내렸다.

스티븐은 집사가 형이 집에 없다고 말하기 전에 재빨리 앞으로 나서서 따뜻하게 웃어 보였다.

"형은 금방 돌아올 겁니다, 스톤 양. 안으로 들어가서 기다리시겠습니까?"

실망과 안도감이라는 서로 상반되는 두 가지 반응이 아름다운 젊은 여자의 얼굴을 스쳤다. 휘트니가 고개를 저으며 대꾸했다.

"말씀은 고맙지만 사양하겠습니다. 어제 공작님께 연락을 드렸답니다. 오늘 만나러 올 텐데 시간이 나시지 않으면 연락을 해주십사 하고요. 그럼 다음에⋯⋯."

휘트니는 말을 미처 끝내기도 전에 돌아가기 위해 몸을 반쯤 돌렸다.

그때 스티븐이 손을 뻗어 팔꿈치를 꽉 붙잡자 휘트니는 놀란 눈으로 그를 쳐다보았다. 그가 점잖게, 그러나 억지로 현관문 안으로 끌어들이자 그녀는 더욱 놀라워했다.

스티븐이 스스럼없이 웃어 보이며 설명했다.

"클레이 형은 볼일이 있어 어제 돌아오지 못했습니다. 그래서 스톤 양이 찾아온다는 사실을 모르고 있습니다."

스티븐은 휘트니가 뭐라고 대꾸할 틈도 안 주고 손을 뻗어 휘트니의 어깨에서 벨벳 망토를 조심스럽게 벗겨 집사에게 건넸다.

휘트니는 우아하게 반원을 그리며 널따란 발코니로 이어지는 대리석 층계를 뚫어지듯 쳐다보았다. 클레이튼이 어떻게 자신을 저 계단으로 끌고 갔는지, 그가 얼마나 격렬하게 분노했는지 생생하게 떠올랐다. 휘트니는 갑자기 문 쪽으로 몸을 돌렸다.

"환대해주셔서 고맙습니다. 웨스트모어랜드 경."

"스티븐이라고 불러주세요."

"고마워요, 스티븐."

휘트니는 스티븐이 자신을 이름으로 불러달라고 하자 깜짝 놀라면서도 그 제안을 받아들였다.

"하지만 그냥 가야겠어요. 제 망토를 돌려주겠어요?"

휘트니가 집사를 바라보자 집사는 스티븐을 바라보았다. 스티븐은 단호하게 고개를 젓자 집사는 팔짱을 끼고 휘트니의 말을 못 들은 척했다.

"가시지 말고 기다리면 좋겠군요."

이렇게 말하는 스티븐의 말투는 단호했지만 얼굴에는 따뜻한 미소가 어려 있었다.

스티븐이 내민 팔에 손을 올려놓은 휘트니는 어리둥절해하며 말했다.

"이렇게 따뜻한 환대를 받아본 건 처음인 것 같아요, 웨스트모어랜드 경."

"웨스트모어랜드 가문은 찾아온 손님을 친절히 접대하는 것으로 유명합니다."

스티븐은 짓궂은 웃음을 띠고 능청을 떨며 어머니가 있는 응접실로 휘트니를 잡아끌다시피 이끌었다.

소파에 앉아 있는 공작 부인을 본 휘트니는 놀랍고 또 당혹스러워 뒤로 주춤 물러났다.

"어머니와 저는 스톤 양이 우리와 함께 형을 기다리게 돼서 기쁩니다."

스티븐은 휘트니가 뭐라 말할 틈도 안 주고 몰아붙였다.

"형도 기뻐할 겁니다. 그리고 행여 형이 오기 전에 제가 스톤 양을 가게 내버려둔다면 형은 절대로 절 용서하지 않을 겁니다."

휘트니는 머뭇거리다가 스티븐을 빤히 쳐다보았다.

"웨스트모어랜드 경."

휘트니가 입가에 살짝 웃음을 지으며 입을 뗐다.

"스티븐입니다."

"스티븐, 형님은 저를 보고 전혀 기뻐하지 않을 수도 있어요."

"그건 두고 보면 알겠죠."

스티븐이 싱긋 웃으며 휘트니의 말을 받았다.

휘트니는 흰색과 금색으로 꾸며진 호화로운 응접실을 보고 기가 꺾였다. 스티븐에게 이끌려 공작 미망인에게 가까이 다가가던 그녀는 천장의 정교한 석고 조각이며 벽을 따라 걸린 화려한 금빛 액자 속의 명화들을 빤히 쳐다보는 것을 조심스럽게 삼갔다.

"어머니, 스톤 양입니다. 어제 이곳을 방문하겠노라는 연락을 했는데 형은 어젯밤 들어오지 않아서 오늘 '휘트니' 스톤 양이 여길 찾아온다는 사실을 몰라요. 그래서 형이 올 때까지 함께 기다리자고 제가 설득했죠."

공작 부인에게 무릎을 굽혀 절을 하던 휘트니는 스티븐이 휘트니라는 이름에 힘을 주어 말하는 것을 놓치지 않았다. 이름을 가르쳐준 적도 없는데 말이다. 그녀가 인사를 마치고 고개를 들고 보니 공작 부인이 유심히 쳐다보고 있었다.

"스톤 양은 내 아들의 친구인가요?"

알리사가 정중하게 물었다.

"가끔은 그랬습니다."

휘트니가 알리사 맞은편 의자에 가 앉으며 솔직히 답했다.

알리사는 뜻밖의 대답에 눈을 깜박이며 자신을 진지하게 바라보는 휘트니의 비취빛 눈을 찬찬히 들여다보았다. 그러다 별안간 자리에서 일어서려고 몸을 반쯤 일으키려다 말고 다시 의자에 앉았다. 그리고 얼른 스티븐에게 눈길을 돌렸다. 그러자 스티븐은 보일 듯 말듯 고개를 끄덕여 보였다.

스티븐은 어머니의 걱정 어린 눈길을 본 체 만 체 하며 편안하게 의자에 몸을 묻은 채, 어머니와 휘트니가 파리 패션에서 런던 날씨에 이르기까지 다양한 주제를 놓고 나누는 대화에 귀를 기울였다.

한 시간쯤 뒤 현관문이 열리더니 현관에서 응접실로 이어지는 복도에서 사람들 소리가 들려왔다. 무슨 말을 하는지는 알아들을 수 없었지만 클레이튼의 말에 여자가 부드럽게 속삭이며 웃는 소리는 분명하게 들렸다. 클레이튼이 여자를 데리고 왔음을 알아챈 휘트니의 얼굴에 당혹감이 어리는 것을 스티븐은 놓치지 않았다. 그는 재빨리 일어나며 휘트니에게 용기를 북돋우는 표정을 지어 보인 후 조심스럽게 그녀 앞쪽에 섰다. 클레이튼과 대면할 때까지 휘트니에게 마음을 가라앉힐 시간을 벌어주려는 생각에서였다.

"늦어서 죄송합니다, 어머니. 저희가 좀 늦었습니다."

클레이튼이 어머니 이마에 가볍게 입을 맞추고는 장난스럽게 덧붙였다.

"제가 없어도 침실 찾는 데는 별 어려움이 없으셨을 것 같은데요."

그러고는 몸을 돌려 바네사를 앞으로 다가서게 했다.

"어머니, 소개시켜드릴게요. 바네사 스탠필드 양입니다."

스티븐은 스탠필드라는 클레이튼의 말에 안도의 한숨을 내쉬었다.

바네사가 알리사에게 무릎을 굽혀 절을 하고 난 뒤 두 여자가 인사를 나누는 동안 클레이튼은 바네사에게 동생을 가리키며 웃음기 어린 음성으로 말했다.

"바네사, 스티븐은 이미 알고 있겠지?"

클레이튼은 다시 어머니를 보고 돌아서더니 몸을 숙이고는 속삭였다.

"다시 뵙게 돼서 반갑습니다, 스탠필드 양."

스티븐은 장난스럽게 격식을 갖춰 말했다.

그러자 바네사가 까르르 웃었다.

"제발 스티븐, 예전처럼 이름을 불러요."

스티븐은 바네사의 말을 듣는 둥 마는 둥 하고 손을 뒤로 뻗어 휘트니의 팔을 건드렸다. 그러자 휘트니가 바르르 떨며 머뭇머뭇 일어났다. 스티븐이 목청을 살짝 높였다.

"스탠필드 양, 휘트니 스톤 양을 소개합니다."

클레이튼이 얼른 똑바로 서더니 휘트니와 스티븐을 돌아보았다.

"그리고 이 목석같은 표정을 짓고 있는 신사분은 아시다시피 제 형입니다."

휘트니는 자신을 훑어보는 클레이튼의 눈에 어린 싸늘하고 냉혹한 분노를 읽고는 몸이 움츠러들었다.

"이모님은 안녕하시오?"

클레이튼이 차갑게 물었다.

휘트니는 침을 꼴깍 삼키고 모기만한 소리로 대답했다.

"네, 잘 지내고 계세요. 걱정해주셔서 고맙군요. 공작님은요?"

클레이튼이 무뚝뚝하게 고개를 끄덕였다.

"보다시피 멀쩡하게 지내고 있소."

러더포드 가의 무도회 때부터 휘트니를 연적으로 여겼던 바네사는 우아하게 손질한 머리를 까딱해 보이고는 싸늘한 미소를 지으며 입을 열었다.

"스톤 양, 러더포드 가의 무도회에서 이스터브룩과 인사를 나눴죠?"

바네사는 그때 상황을 더욱 또렷하게 생각해내려는 듯 잠깐 말을 멈추었다가 계속했다.

"이스터브룩이 우리한테 스톤 양 이야기를 꽤 자세히 들려준 기억이 나네요."

휘트니는 바네사가 대답을 기다리고 있다는 사실을 문득 깨닫고 조심스럽게 입을 열었다.

"제 얘길 그렇게 자세히 들려주다니 친절한 사람이군요."

"스톤 양, 내 기억으론 이스터브룩이 들려준 얘기는 전혀 친절하지 않았답니다."

휘트니는 바네사에게서 뜻밖의 공격을 받자 말문이 막혔다. 그러자 스티븐이 팽팽한 침묵을 깨며 수습에 나섰다.

"우리들이 모두 아는 사람들 이야기는 저녁을 먹으면서 하도록 하지요. 제 아름다운 손님께서 우리와 함께 저녁을 드신다면 말이죠."

휘트니는 필사적으로, 정색을 하며 고개를 흔들었다.

"저는 정말로 가봐야 해요. 죄, 죄송합니다."

"아, 하지만 전 그냥 가시게 할 수가 없습니다."

스티븐이 씩 웃더니 창백한 얼굴을 한 클레이튼에게 한쪽 눈썹을 치켜올리며 물었다.

"형도 스톤 양을 그냥 보내드리지 않을 겁니다. 그렇지 형?"

클레이튼은 스티븐의 제안에 말로 찬성을 표하는 대신 문간에서 서성이는 하인에게 고갯짓만 살짝 해 식탁에 자리를 하나 더 마련하라는 지시를 내렸다. 그러고는 아무 말도 하지 않고 몸을 돌려 성큼성큼 찬장으로 걸어가더니 위스키 한 병과 잔 하나를 집어들었다.

휘트니 곁에 앉은 스티븐은 분노 때문에 몸이 빳빳이 굳은 채 술을 따르는 형의 뒷모습을 바라보았다.

"형, 나도 한 잔 줘요."

클레이튼은 여전히 터져나오려는 분노를 꾹 누르며 말했다.

"스티븐, 재능도 많은 네가 술 따르는 재주는 어디다 쓰려고 아껴두니?"

"하긴 그렇군."

스티븐이 차분하게 말하며 의자에서 일어섰다.

"숙녀들은 어떻게 하시겠습니까? 포도주 한 잔씩 하시는 건 어떨까요?"

바네사와 휘트니 둘 다 스티븐의 제안에 따랐다. 알리사는 병째로 가져오라고 하고 싶은 걸 간신히 참았다.

스티븐은 어슬렁어슬렁 찬장으로 걸어가서 자신의 잔에 위스키를 부은 다음 크리스털 잔 세 개에 포도주를 따랐다. 그러면서 형에게서 뿜어 나오는 부글부글 끓어오르는 노여움을 태평하게 묵살했다. 클레이튼이 목소리를 낮추어 스티븐에게 물었다.

"넌 저 여자가 나한테 어떤 의미를 가진 여잔지 모르고 있다는 생각은 조금도 안 해봤니?"

"전혀."

스티븐은 태연하게 웃으며 네 개의 잔 중 세 개를 들었다. 그는 숙녀들 쪽으로 몸을 돌리더니 목소리를 높였다.

"형, 휘트니 양의 잔 좀 들어다줄래? 잔 네 개를 한꺼번에 들고 갈 수는 없잖아."

클레이튼은 휘트니에게 술잔을 가져다주면서 일부러 위압감을 주려고 했다. 휘트니는 저도 모르게 의자 쿠션에 등을 바짝 기대며 그의 무서운 얼굴에서 자신에 대한 관심이 아직도 있는지 찾아보려고 애썼다. 하지만 그런 기미는 전혀 보이지 않았다.

휘트니는 비참한 기분으로 멍하니 포도주를 음미하듯 조금씩 마시며 클레이튼을 훔쳐보았다. 맞은편 소파에서 바네사와 나란히 앉아 있던 그는 번쩍이는 구둣발 한쪽을 반대편 무릎 위에 턱 걸치고 있었다.

웅장하고 화려한 응접실에서 긴장을 풀고 느긋하게 앉아 있는 모습을 보니 클레이튼은 그야말로 초연하고 세련된 귀족의 모습 그대로였다. 그는 그 어느 때보다 잘생겨 보였고 그 어느 때보다 멀게 느껴졌다. 설상가상으로 멋지게 늘어진 실크 드레스를 우아하게 걸치고 있는 바네사 스탠필드는 러더포드 가의 무도회에서 봤을 때보다 훨씬 더 도도하고 아름다웠다.

스티븐은 저녁 식사가 준비되는 동안 대화를 이끌어야 할 무거운 부담을 지고 그 책임을 다했다. 그 사이 바네사는 두 번 더 휘트니를 신랄하게 모욕했고, 클레이튼은 꼭 필요할 경우에만 퉁명스럽게 겨우 한두 마디 내뱉을 뿐이었다. 휘트니는 스티븐의 가벼운 농담에 힘없이 네, 아니오 하는 식으로 짧게 대답했고 알리사는 침묵을 지키며 포도주를 세 잔 더 마셨다.

휘트니는 속이 까맣게 타들어가는 고통 속에서 시간이 가기만을 간절히 바랐다. 어서 만찬이 끝나고 이 호된 시련을 피해 슬며시 빠져나갈 수 있도록 말이다. 그녀는 이곳에 절대 오는 것이 아니었다는 사실을 깨달았다. 그러나 그 깨달음은 너무나 뒤늦은 것이었다.

다행히 곧 만찬이 준비되었다. 소파에서 일어난 클레이튼은 휘트니 쪽으로는 눈길도 주지 않고 한 팔은 어머니에게, 다른 팔은 바네사에게 내밀어 두 여자와 함께 응접실을 나갔다.

일어서서 스티븐의 팔 위에 손을 올려놓은 휘트니의 시선은 클레이튼의 등에 무력하게 매달려 있었다. 그녀가 클레이튼의 뒤를 따라 응접실을 나가려는데 스티븐이 말려 세웠다.

"빌어먹을 바네사! 목을 확 졸라버렸으면······. 이제 작전을 바꿔야겠어요. 물론 아직까지는 순조롭게 풀렸지만요."

"작전이라니요? 또 순조롭게 풀렸다니 무슨 말씀이죠?"

휘트니가 눈을 동그랗게 뜨고 물었다.

"완벽했어요. 형은 아름답고 연약한 모습으로 앉아 있는 스톤 양한테서 눈을 떼지 못했어요. 물론 스톤 양이 쳐다보지 않을 때 말이죠. 이제 형을 떼어내 둘만의 시간을 갖기 위해 노력할 차례예요."

스티븐의 이야기를 들은 휘트니는 가슴이 벅차올랐다.

"형님이 저한테서 눈을 떼지 못했다구요? 오, 스티븐, 확실해요? 제가 여기 있는지도 모르는 사람처럼 행동하는 것 같던데."

"아뇨, 스톤 양을 무척 의식하고 있었어요. 그렇다고 스톤 양이 여기 있게 해달라고 빌지는 않았겠지만요. 하지만 형이 아까처럼 화를 내는 모습은 처음 봤답니다. 이제 해야 할 일은 형이 참지 못하고 분통을 터뜨리게 하는 겁니다."

"분통을 터뜨리게 하라구요? 도대체 왜죠?"

식당 입구에 다다르자 스티븐은 열려 있는 문 맞은편 벽에 걸린 어느 초상화 앞에서 걸음을 멈추고 몸을 돌렸다. 식탁에 자리한 세 사람에게 복도에 서 있는 두 사람의 뒷모습이 환히 보였다. 스티븐은 초상화 앞에 서서 뭔가 설명해주는 자세를 취하고는 휘트니에게 일렀다.

"형을 단단히 화나게 해서 자리에서 일어나 스톤 양과 함께 나가도록 만들어야 합니다. 그렇지 않으면 식사가 끝나자마자 형은 적당한 핑계를 대고 바네사와 어머니만 데리고 어딘가로 갈 겁니다. 스톤 양은 저한테 남겨두고 말이죠."

휘트니는 적극적으로 나서서 클레이튼이 자신과 입씨름을 하도록 유도해야 한다고 생각하니 두려우면서도 묘한 기대감에 가슴이 부풀어올랐다. 온순하게 굴지 말라던 에밀리의 말이 떠올랐다. 새침데기 엘리자베스 애쉬튼이 할 수 있는 일이라면 나도 못할 것 없어, 하고 용기를 다진 휘트니가 대뜸 물었다.

"스티븐, 왜 이렇게 절 도와주는 거죠?"

"지금은 설명할 시간이 없어요. 하지만 이것만은 기억하세요. 아무리 화를 내더라도 형은 스톤 양을 사랑하고 있어요. 그러니 형과 둘만의 시간을 가진 다음 형에게 그 사실을 깨닫게 해주세요."

"하지만 제가 일부러 형님을 화나게 하면 어머님께서 절 못된 여자로 보시지 않을까요?"

스티븐이 소년처럼 싱긋 웃어 보였다.

"어머니는 스톤 양을 용기 있고 멋진 여성이라고 여기실 겁니다. 제가 그렇게 생각하듯 말이죠. 자, 용기를 내시죠! 언젠가 킹슬레이 가의 무도회에서 보았던 그 유쾌하고 활기찬 여성을 다시 보고 싶습니다."

얼떨떨해진 휘트니가 감사를 전할 겨를도 없이 스티븐은 그녀를 식탁으로 안내했다. 스티븐이 의자를 뒤로 빼서 휘트니를 앉도록 하자 클레이튼은 찬바람이 쌩쌩 일 듯한 냉소를 띠고 한마디 했다.

"이렇게 자리를 함께 해주다니 참으로 고맙소."

"청해주셔서 고맙습니다, 각하."

휘트니도 깍듯하게 예의를 갖춰 대답했다.

클레이튼은 휘트니를 외면하고 하인들을 향해 고개를 끄덕여 음식을 내오라고 지시했다. 상석에 앉아 있던 클레이튼의 오른편에는 알리사가, 왼편에는 바네사가 자리했다. 휘트니는 알리사 옆에, 스티븐은 바네사 옆에 앉았다.

하인이 휘트니에게 샴페인을 따라주자 클레이튼이 느릿느릿 빈정거렸다.

"병은 스톤 양 옆에 놔두게. 스톤 양은 샴페인을 무척 좋아하거든."

그 말을 들은 휘트니는 뛸 듯이 기뻤다. 클레이튼은 더 이상 날 무시할 수 없었던 거야! 분명 저런 말을 하며 화를 낼 정도로 내게 관심이 있는 거야. 휘트니는 잔 너머로 그에게 유혹하듯 미소를 지으며 거품이 이는 포도주를 홀짝였다.

"공작님께서 생각하시는 만큼 샴페인을 좋아하지는 않아요. 하지만 용기를 내는 데는 도움이 되겠죠."

"정말이오? 그건 몰랐소."

"아, 맞아요. 각하께서는 용기가 필요할 때 위스키를 드시죠."

휘트니는 위스키 잔을 들어올리는 클레이튼을 보고 놀리듯 응수했다. 클레이튼이 눈을 가늘게 뜨며 험악한 인상을 짓자 휘트니는 재빨리 눈을 돌렸다. 그러면서 제발 날 사랑해줘요, 내 노력을 헛되게 하지 말아줘요, 하고 속으로 간절히 빌었다.

"피아노는 칠 줄 알아요, 휘트니?"

알리사가 식탁 위에 내려앉은 팽팽한 침묵을 걷어보려고 휘트니에게 말을 붙였다.

"남들이 제가 치는 피아노 소리를 듣고 괴로워하지 않기를 바랄 뿐이죠."

휘트니가 수줍게 웃으며 대답했다.

"그럼 노래는요?"

"노래를 부르긴 해요. 하지만 음정이 엉망이랍니다."

그러자 바네사가 점잔을 빼며 끼어들었다.

"오, 저런. 요즘 세상에 노래도 피아노도 배우지 못한 영국 여성을 만나다니 뜻밖이네요. 그럼 뭘 잘하죠?"

바네사의 질문에 클레이튼이 빈정거리며 불쑥 끼어들었다.

"연애라면 휘트니를 따를 여자가 없다오. 그리고 능통한 여러 외국어로 욕도 유창하게 하지. 체스 실력은 상당한 수준이지만 솔리테어는 좀 서툴다오. 승마 실력이 뛰어나고 새총도 잘 쏜다고 하는데, 새총 쏘는 솜씨는 직접 확인하지 못했소. 연기력이 뛰어난 건 내가 보증할 수 있다오. 내가 제대로 평가를 한 거요, 휘트니?"

이렇게 말하는 그의 말투는 날카롭기 그지없었다.

"전적으로 옳은 평가라고는 할 수 없군요, 각하."

휘트니는 겉으로 상냥하게 대꾸를 했지만 속으로는 클레이튼의 빈정거림에 바늘로 찌르는 듯한 고통을 느꼈다.

"제 체스 실력은 '상당한 수준'을 넘지요. 그리고 제 새총 실력이 의심스럽다면 직접 보여드리지요. 각하께서 기꺼이 제 목표물이 되어주신다면요. 제가 각하의 목표물이었듯 말이죠."

휘트니의 그 대담한 도전에 스티븐은 웃음을 터뜨렸고 알리사는 불안하게 질문을 계속했다.

"프랑스에서 돌아온 뒤로 사교모임에는 많이 참가해봤나요?"

클레이튼의 이글거리는 눈초리를 느낀 휘트니는 그의 눈길을 피하며 알리사의 질문에 답했다.

"파티와 무도회에는 자주 갔지만 아쉽게도 아무도 가면무도회를 열지 않더군요. 전 가면무도회를 무척 좋아합니다. 공작

각하께서도 저와 취향이 비슷하셔서 가면무도회를 즐기시는 것……."

그러자 바네사가 휘트니의 말허리를 자르며 상냥하게 물었다.

"결혼식에 가는 것도 좋아하나요? 그렇다면 우리 결혼식에 꼭 초대할게요."

오래된 무덤 속에서나 느낄 수 있는 괴괴한 침묵이 식탁 위로 내려앉았다. 휘트니는 씩씩하게 식사를 계속하려 했지만 목이 메어 음식을 삼킬 수가 없었다. 그녀는 비참한 눈길로 스티븐을 쳐다보았다. 스티븐은 태연하게 어깨를 으쓱해 보이고는 클레이튼 쪽을 바라보며 한쪽 눈썹을 치켜올려 보였다. 휘트니는 계속 밀고 나가라는 암시라는 걸 눈치 챘지만 더 이상 그럴 수가 없었다. 모든 것이 끝났기 때문이다. 너무도 큰 상처를 받은 휘트니는 자신이 자리를 뜨면 사람들은 클레이튼과 바네사의 약혼 발표 때문에 충격을 받아서라고 생각하리라는 걸 알고 있었지만 그런 것에 신경을 쓸 여력도 남아 있지 않았다. 휘트니가 별안간 몸이 좋지 않다고 하소연했을 때 그녀가 더 이상 식탁에 있는 것을 견디지 못해한다는 사실을 식탁에 있는 모든 사람들은 분명하게 이해했다.

휘트니는 무릎을 덮고 있던 냅킨을 집어들어 식탁 위 접시 옆에다 올려놓았다. 의자를 뒤로 빼려고 손을 밑으로 내리는데 갑자기 알리사가 휘트니의 손을 감쌌다. 용기를 내라는 듯 꼭 쥐어주는가싶더니 '가지 말고 시작한 것을 끝내요.'라는 암시인 듯 그대로 계속 쥐고 있었다.

휘트니는 희미하게 웃으며 망설이다가 냅킨을 다시 무릎 위에 놓았다. 그리고 클레이튼을 힐끗 쳐다보았다. 그는 시무룩한 얼굴로 술잔을 들여다보고 있었다. 휘트니는 이번에는 바네사를 힐끗 쳐다보았다. 클레이튼이 저 거만한 여자와 결혼한다고 생각하자 견딜 수가 없었다. 그것도 자신이 그를 깊이 사랑한다는 말을 하려고 이런 곤혹스런 상황을 견디며 여기까지 온 마당에 말이다. 휘트니는 클레이튼이 바네사를 껴안고 자신에게 했던 것 같은 열정적인 키스를 하는 장면을 떠올리자 너무 화가 나고 질투가 샘솟아서 끝까지 남아 있어주겠다는 오기가 생겼다.

바네사가 클레이튼의 팔에 한 손을 얹으며 말했다.

"낯선 사람 면전에서 우리의 비밀을 털어놓았다고 화난 건 아니죠?"

"스탠필드 양, 공작님은 조금도 화나지 않았어요."

휘트니가 클레이튼을 바라보며 조용하게 말했다.

"누구든 사랑에 빠지면 어리석은 행동을 하게 마련이니까요. 그렇지 않은가요, 각하?"

"그렇소? 글쎄, 난 눈여겨보지 않아서 잘 모르겠소."

"그럼 각하께서는 기억력이 안 좋거나 기억하고 싶은 것만 기억하는 편리한 기억력을 갖고 계시나 보군요. 아니면 아직 사랑에 빠져본 적이 한번도 없으시거나."

휘트니가 상냥한 말투로, 그러나 대담하게 도전을 했다.

클레이튼이 술잔을 탁 소리가 나게 내려놓았다.

"도대체 무슨 뜻으로 그런 말을 하는 거요?"

휘트니는 분노로 이글거리는 그의 회색 눈빛에 움찔했지만 굽히지 않고 그의 말을 받았다.

"별 뜻은 없었어요."

식탁에서는 다시 은제 식기가 달그락거리는 소리가 났다. 휘트니는 술잔을 꽉 움켜쥐었다 놓았다 하고 있는 클레이튼을 지켜보며 유리잔이 아니라 내 목을 비틀고 싶은 거겠지, 하고 생각했다. 잠시 후 알리사가 불안한 듯 목청을 가다듬더니 휘트니에게 말을 건넸다.

"스톤 양, 프랑스에서 돌아와 보니 영국이 많이 달라져 있던가요?"

휘트니는 별생각 없이 대답하려고 입을 열려다 문득, 공작부인이 무심결에 했던 질문이 자신이 이야기를 풀어나가는 적절한 실마리가 될 수 있다는 사실을 깨달았다. 클레이튼이 둘만 있는 자리에서 해명할 기회를 주지 않았으니 이 자리에서 일부나마 설명하고 싶었다.

"아주 많이 달라져 있었답니다!"

휘트니는 감정을 듬뿍 실어 대답하기 시작했다.

"영국으로 돌아온 지 얼마 되지 않아, 제가 프랑스에 있는 동안 아버지가 제가 제대로 만나본 적도 없는 남자와 제 약혼을 정해버린 사실을 알게 되었지요. 그 남자와는 프랑스에서 한두 번 스쳐가듯 마주친 적밖에 없어서 영국에서 다시 봤을 때도 그 남자가 제 약혼자인 줄은 꿈에도 몰랐답니다."

"정말 당혹스러웠겠군요."

알리사가 뭔가 알 것 같다는 표정으로 장단을 맞춰주었다.

"정말로 당혹스러웠답니다. 특히 제 성격이 유난스러운 데가 있어서 냉정하게 명령을 받으면 그게 누가 되었든 반발을 한답니다. 저와 결혼하기로 되어있던 사람은 여러 모로 사려 깊고 친절했지만 약혼에 대해서만큼은 아주 독단적이었지요. 그 사람은 저한테는 선택권이 아예 없는 것처럼 행동했거든요."

"그런 식의 결혼은 받아들이기가 쉽지 않은 법이지요. 그래서 어떻게 했지요?"

"아주 줏대 없고 멍청한 다른 남자와 약혼해버렸답니다."

클레이튼이 차갑게 내뱉었다.

"하지만 그 사람은 독재적이거나 무도한 사람은 아니에요. 그런데다 전 그 사람과 결코 약혼한 적이 없어요!"

발끈한 두 사람이 입을 다물고 있자 스티븐이 껄껄 웃으며 침묵을 깼다.

"맙소사, 그래서 어떻게 됐죠? 애태우지 말고 어서 말해주세요."

클레이튼이 경멸이 담긴 말투로 휘트니 대신 대답했다.

"런던에 괜찮은 남자들이 수천 명은 있으니 스톤 양은 그 많은 남자들 중에서 과연 몇 명하고 약혼할 수 있는지 알아보려 했단다."

휘트니는 클레이튼의 빈정거리는 말투를 참을 수가 없었다. 그녀는 입술을 깨물고 가만히 고개를 저었다

"아뇨. 제가 약혼한 남자는 단 한 명뿐이었어요. 그런데 그 사람은 제게 몹시 화가 나 있어서 해명할 기회도 주지 않으려고 해요. 약혼도 일방적으로 취소했구요."

"짐승 같으니! 듣자하니 참 기분 나쁜 놈이군요. 그런 작자하고 맺은 약혼이 깨졌다니 차라리 잘됐어요."

스티븐이 오렌지 소스를 곁들인 오리가슴고기를 두 조각으로 잘라 먹으며 쾌활하게 말했다.

"사, 사실은 저도 잘한 게 없어요. 제 성미도 만만치 않거든요."

휘트니가 솔직히 털어놓았다.

"그렇다면 '그 남자' 역시 파혼하기를 잘했군."

클레이튼이 끼어들며 험악한 표정으로 동생을 노려보았다.

"스티븐, 이런 대화는 지겹기도 하지만 몹시 불쾌하구나. 알아듣겠니?"

스티븐은 짐짓 당황한 표정을 짓고 클레이튼의 눈을 바라보며 고개를 끄덕였다. 그러고는 같은 화제를 다시는 입에 올리지 않았다.

하인들이 분주히 움직이며 음식을 내왔고 식탁에 앉은 다섯 사람은 각자 앞에 놓인 음식을 먹는 데 열중했다. 그러나 즐겁게 식사를 하는 사람은 스티븐 혼자뿐이었다. 휘트니는 한 번만, 딱 한 번만 더 클레이튼의 화를 돋워서 어떻게든 둘만의 시간을 가져야 한다고 생각했다. 하지만 설령 둘만의 시간이 주어지더라도 클레이튼을 어떻게 설복시킬지는 생각이 나지 않았다.

"스티븐이 뭐라고 묻잖아요, 클레이튼."

바네사가 속삭였다. 그러자 클레이튼이 적의에 번득이는 눈으로 스티븐을 빤히 쳐다보았다.

"최근의 경주에서 형의 말들이 잘 달렸는지 물었어."
"잘 달렸다."
"얼마나?"
스티븐은 끈질기게 물고 늘어졌다. 그는 식탁에 앉은 사람들 모두 들으라고 말을 이었지만 형과 무엇에 대한 이야기를 하는 건지를 설명하면서 지었던 미소는 오직 휘트니만을 위한 것이었다.
"형 말 세 마리와 제 말 두 마리가 경주에서 입상할 거라고 형하고 내기를 했어요. 제 말은 두 마리 다 순위 안에 들었는데 형의 말은 셋 중에서 두 마리만 순위에 들었죠. 한마디로 형이 내기에서 졌고 저는 형한테서 3백 파운드를 받게 된다는 겁니다."
스티븐은 싱긋 웃으며 휘트니에게 의미 있는 눈길을 보냈다.
"형은 돈 몇 푼 잃는 데는 별로 신경 쓰지 않지만, 패배를 인정하는 데는 인색해요. 패배를 받아들이는 법을 배워본 적이 없으니까요."
클레이튼이 나이프와 포크를 내려놓고 여태까지 꾹 눌러왔던 분노를 터뜨리려고 하는 참이었다. 그런데 그때 스티븐의 말에서 암시를 받은 휘트니가 당장 클레이튼이 자신에게 분통을 터뜨리도록 유도했다.
"참 이상하군요."
휘트니가 진짜 놀랍다는 표정을 지어 보이며 스티븐에게 말했다.
"제가 알고 있던 공작님은 일말의 저항도 없이 선선히 패배를 인정하는 분이었어요. 조금만 낙심해도 금방 포기하고……."

그때 클레이튼이 손바닥으로 식탁을 탕 하고 내려치자 접시들이 달강거리며 춤을 추었다. 자리에서 벌떡 일어서는 그의 입가의 근육이 심하게 썰룩거렸다.

"스톤 양과 나는 따로 이야기를 나눠야 할 것 같군요."

클레이튼은 이렇게 내뱉고는 냅킨을 식탁 위에 내던지고 성큼성큼 식탁을 돌아와 휘트니의 의자를 뒤로 확 잡아 뺐다.

"일어나시오!"

클레이튼이 소름이 끼치도록 나직하게 명령을 하자 겁을 먹은 휘트니는 의자에 얼어붙은 듯 꼼짝도 하지 못했다. 클레이튼이 팔뚝을 아플 정도로 우악스럽게 쥐자 휘트니가 휘청거리며 일어났다.

알리사는 어떻게 해야 할지 몰라 그냥 휘트니를 바라보았지만, 스티븐은 잔을 들어올려 휘트니에게 말없이 건배를 하며 웃었다.

클레이튼은 휘트니를 잡아끌고 성큼성큼 방을 나가 카펫이 깔린 대리석 복도를 따라 걸어갔다. 그가 현관 홀을 지나며 집사에게 지시했다.

"스톤 양의 마차를 3분 안에 대기시키도록 하게."

두 사람은 클레이튼의 호화로운 서재 안으로 들어갔다.

조각이 화려한 아치형 오크재 벽감에는 책들이 즐비하게 꽂혀 있었다. 클레이튼은 서재 한가운데로 휘트니를 잡아끌더니 붙들고 있던 그녀의 팔을 집어던지듯 내려놓고는 벽난로로 뚜

벅뚜벅 걸어갔다. 그러고는 몸을 돌려 혐오감이 어린 표정으로 그녀를 바라보았다. 화산 같은 분노를 억제하는 모습이 역력했다. 갑자기 그의 목소리가 침묵을 갈랐다.

"정확히 2분 줄 테니 이렇게 갑작스럽게 찾아온 저의가 무언지 설명해보시오. 2분이 지나면 당신을 마차로 데려다주고, 내 어머니와 동생한테는 당신이 떠난 까닭을 적당히 둘러댈 작정이니까."

휘트니는 고통스럽게 숨을 들이마셨다. 만약 두려운 기색을 조금이라도 보인다면 그는 자신의 말에 귀를 기울이지도 않을 터였다. 휘트니는 마음속으로는 재깍재깍 흘러가는 시간을 미친 듯이 헤아리면서 작고 괴로움이 묻어나는 목소리로 입을 열었다.

"내가 찾아온 저의요? 이, 이젠 당신도 알았을 텐데요."

"아니, 모르겠소!"

"이렇게 찾아온 건, 엘리자베스의 결혼피로연에서 보인 행동을 해명하기 위해서예요. 그러니까……."

휘트니는 주어진 시간 안에 설명을 마쳐야 한다는 강박감 때문에 말을 더듬거렸다.

"그날 일찍 엘리자베스의 결혼식이 치러진 성당에서, 난 우리가, 그러니까 당신과 내가, 여전히 약혼한 상태라고 생각했어요. 그래서……."

클레이튼이 혐오스럽다는 듯 휘트니를 위아래로 훑어보더니 입을 열었다.

"우린 파혼했소. 끝났소. 다 끝났단 말이오. 애초에 시작도 하지 말았어야 했어! 그 약혼은 미친 짓이었소. 처음 그 생각을 했던 날을 저주하고 있소."

실패와 좌절감에 질린 휘트니는 손톱이 손바닥을 파고들 정도로 주먹을 불끈 쥐고 도리질을 쳤다.

"우리의 약혼은 시작도 되지 않았어요. 내가 아예 받아들이지 않았으니까요."

"2분이 다 되어가오."

"클레이튼, 제발 내 말 좀 들어요! 오, 오래 전에 이런 말을 한 적 있죠? 내가 기꺼이 원해서 당신한테 다가서기를 바란다고. 차갑고 반항적인 아내는 원하지 않는다고 말이에요."

"그래서?"

휘트니는 떨리는 목소리로 대꾸했다.

"당신이 원하던 대로 이렇게 내 발로 왔어요."

휘트니의 진심이 날카로운 창끝이 되어 갑옷처럼 견고한 분노를 뚫고 들어오자 클레이튼은 온몸이 긴장으로 뻣뻣해졌다. 클레이튼은 어금니를 꽉 물고 잠깐 휘트니를 뚫어져라 쳐다보았다. 그러다가 벽난로 선반에 등을 기대고 눈을 감았다.

휘트니는 클레이튼이 자신과 힘겨운 싸움을 벌이고 있다는 사실을 알아챌 수 있었다. 자신을 내치려고 애쓰고 있는 것이었다. 그녀는 두려움 때문에 꼼짝도 못하고 마냥 그를 지켜보며 기다렸다. 영겁처럼 길게만 느껴지던 시간이 흐른 뒤 클레이튼이 몸을 바로 세우더니 눈을 뜨고 그녀를 바라보았다. 그러자 휘트니는 심장이 발딱발딱 뛰었다. 내가 해냈어! 고뇌로 일그러졌던 그의 얼굴이 조금 부드럽게 펴진 것을 보면 알 수 있어. 오, 하느님! 제가 해냈어요!

 클레이튼은 우선 두 사람 사이에 길게 펼쳐져 있는 카펫을 바라본 다음 눈을 들어 휘트니를 쳐다보았다. 이윽고 입을 연 그의 목소리는 다소 누그러져 있었지만 말에는 뼈가 있었다.

 "그렇다고 당신을 선선히 받아들일 생각은 없소."

 그가 차분하게 말했다.

 두 사람 사이의 거리가 수천 킬로미터처럼 멀게 느껴졌다. 휘트니는 클레이튼의 말이 무슨 뜻인지 알 수 있었다. 자신을 원한다면 그녀가 자신에게로 걸어오라는 의미였다. 클레이튼은 목석처럼 서서 그녀 쪽으로 다가설 기미를 전혀 보이지 않았다. 아직까지도 그녀를 전적으로 믿지는 못했던 것이다.

 휘트니가 후들거리는 다리로 다가서는 동안 클레이튼은 그녀에게서 잠시도 눈을 떼지 않았다. 휘트니는 겨우 한 발짝을 남겨두고 멈춰 서서는 두근거리는 가슴과 후들거리는 다리를 진정시켜야 했다. 그런 다음 금방이라도 주저앉을 것처럼 힘이 하나도 없는 다리로 마지막 한 걸음을 내딛자 그녀의 가슴이 그의 저고리에 닿을락 말락 했다.

 휘트니는 고개를 숙인 채 클레이튼의 반응을 기다렸다. 몇 초가 흘러가도 클레이튼은 미동도 하지 않았다. 마침내 휘트니는 고개를 들고 항복의 뜻을 담은 비췻빛 눈을 들어올렸다. 그리고 괴로움에 지친 듯 나직하게 속삭였다.

 "날 좀 안아주겠어요?"

 클레이튼은 손을 뻗다가 멈칫했다. 그러고는 그녀의 팔을 잡아 와락 끌어당겨 으스러지도록 껴안았다. 그리고 굶주린 듯 그녀의 입술을 내리덮었다. 휘트니는 기쁨의 신음을 토해내면서 그의 키스에 답했다. 거세게 내리누르는 클레이튼의 입술의 감촉을 음미하며…….

휘트니는 두 팔로 클레이튼의 목을 감으며 그에게 바싹 다가들었다. 녹아내릴 것 같은 몸을 그의 단단한 몸에 밀착시켰다. 클레이튼은 그녀가 열정적으로 안겨오자 온몸을 부르르 떨며 그녀의 등과 엉덩이를 꽉 쥐고는 자신의 몸 쪽으로 더욱 바싹 끌어당기고 등줄기를 위아래로 쓰다듬었다.

"당신을 얼마나 그리워한 줄 아오?"

클레이튼은 간절한 목소리로 속삭이고는 더욱 진하게 키스했다. 그가 혀로 입술을 살짝 건드리자 휘트니는 망설일 것도 없이 바로 입술을 벌렸다. 클레이튼은 그녀를 포옹한 채 그녀의 부드러운 입속으로 혀를 밀어넣고 집요하게 입 안을 휘저었다.

휘트니를 품에 안은 격렬한 쾌감, 맞대고 부비는 입술의 촉촉한 느낌, 손바닥에 만져지는 탄력 있는 젖가슴의 감촉에 클레이튼은 가슴이 터질 것만 같았다. 그러나 언제까지 그러고 있을 수는 없었지만 그만두자니 그것도 왠지 두려웠다. 마치 지금 그녀를 놓아버리면 그녀가 아주 사라져버릴까 두려웠던 것이다. 그러면 자신을 괴롭히는 고통스런 갈망은 공허감으로 변할 터였다. 자신을 휘감고 있는 날카로운 욕망이 쓰라린 공허감이 될 것 같았다.

이윽고 클레이튼은 휘트니에게서 입을 떼었지만 여전히 그녀를 껴안은 채 턱을 그녀의 반짝이는 머리 위에 올려놓고 거칠어진 숨이 가라앉기를 기다렸다. 휘트니는 그의 품속에 그대로 가만히 있었다. 마치 그의 품속이 그녀가 있고 싶은 유일한 곳인 것처럼.

클레이튼이 상체를 살짝 뒤로 빼고 휘트니의 눈에 고인 투명한 눈물을 내려다보며 조용히 물었다.

"나와 결혼하고 싶소?"

휘트니는 고개를 끄덕였다. 말을 할 수가 없었던 것이다.

"왜? 왜 나와 결혼하고 싶지?"

휘트니는 두 사람이 서로 다가서서 중간에서 만나는 대신, 클레이튼이 자신은 꼼짝도 하지 않은 채 그녀가 자기 쪽으로 걸어오게 한 순간부터 그가 무조건적인 항복을 요구하고 있다는 사실을 알고 있었다. 휘트니는 기쁨과 안도감에서 솟구치는 눈물을 그렁그렁 매달고 부드럽게 속삭였다.

"당신을 사랑하니까요."

클레이튼은 휘트니를 으스러지도록 껴안았다.

"진심이 아니라면 단단히 각오해야 할 거요. 절대 다시는 당신을 놓아주지 않을 테니까."

그러자 휘트니가 부끄러움도 모른 채 키스를 받고 싶은 열망에 젖어 말했다.

"내 말이 진심이라는 걸 밝힐 수 있으면 정말 좋겠어요."

클레이튼이 열정이 담긴 몽롱한 눈빛으로 고개를 숙여오자 휘트니는 자신의 말이 진실임을 입증해 보이려고 까치발을 하고서 그의 입술을 받아들였다. 그녀는 이제까지 그에게서 받아온 방식으로 그에게 키스를 했다. 그는 입술을 격렬하고도 부드럽게 움직이다가 입을 벌리더니 두 사람의 숨결이 한데 뒤섞여 숨쉬기가 힘들어질 때까지 열정적인 키스를 퍼부었다. 그러자 휘트니는 정신이 아득해졌다.

꿈에 나타나던 날씬하고 요염한 몸을 애무하자니 클레이튼은 가슴이 터질 듯했다. 그러나 키스를 멈추고 애무의 손길을 먼저 거둔 것은 클레이튼이었다. 그러면서도 여전히 그녀를 품에 안은 채 풍성한 머리칼을 헝클어뜨린 뒤 어루만졌다.

"왜 이렇게 날 오래 기다리게 했지?"

클레이튼이 속삭였다.

휘트니가 살짝 상체를 뒤로 빼더니 바네사가 있는 식당 쪽으로 고갯짓을 하며 받아쳤다.

"당신은 왜 좀 더 기다리지 못했죠?"

클레이튼은 휘트니의 질문에 그만 쿡쿡 웃음을 터뜨렸다.

"지금 같은 상황에서 다른 여자 얘기를 들먹이는 여자는 세상에 당신밖에 없을 거요."

휘트니의 표정이 갑자기 진지해졌다. 하지만 눈에는 미소가 어려 있었다.

"고백할 게 있어요. 내 고백을 들으면 당신 마음이 달라질지도 몰라요."

클레이튼의 표정이 굳어졌다.

"그게 뭐요?"

"당신 어머니한테 내 피아노 실력이 형편없다고 솔직하게 말씀드렸어요."

클레이튼이 안도의 한숨을 내쉬고는 휘트니를 끌어안았다.

"노래 실력은 좀 낫지 않소?"

"아뇨. 노래 실력도 마찬가지예요."

"그렇다면 날 기쁘게 해줄 다른 방법을 찾아야 할 것 같은데."

클레이튼의 말투는 경쾌했지만 휘트니는 그 목소리가 걱정으로 달떠 있음을 느낄 수 있었다.

그녀가 볼을 대고 있는 얇은 셔츠 속의 그의 가슴은 따뜻하면서도 단단했다. 휘트니는 생긋 웃으며 한 손을 미끄러뜨리듯 그의 가슴 위로 밀어올린 다음 손가락을 활짝 펴 거세게 뛰는 심장을 덮었다.

"언젠가 따분할 정도로 순진한 여학생의 가정교사 노릇을 할 만큼 한가하지 않다고 말했죠. 하지만 당신이 가르쳐만 준다면 모범적인 학생이 돼서 얼른 배울 거예요."

클레이튼은 잠시 침묵을 지키다가 입을 열었다.

"그럼, 내가 사랑한다고 말할 때 어떻게 대답해야 하는지부터 가르쳐야겠군. 피로연장에서 들은 대답은 너무 싱거웠으니까."

휘트니가 행복에 겨워 고개를 끄덕이며 울먹였다.

"한번만 더 사랑한다고 말해준다면 내가 이미 배웠다는 걸 보여줄게요."

클레이튼은 휘트니의 턱을 들어올리고는 그윽하게 눈을 들여다보며 조용히 말했다.

"당신을 사랑해."

휘트니는 말끔하게 면도를 한 그의 볼과 턱에 떨리는 손을 수줍게 가져다 대고 속삭였다.

"나도 당신을 사랑해요."

"내 사랑, 이제 많이 발전했군."

휘트니는 눈물을 글썽이며 웃음을 지으려 애썼다. 그것을 본 클레이튼이 두 손으로 그녀의 얼굴을 살포시 감싸며 눈물로 뿌예진 비취빛 눈을 들여다보았다.

"웬 눈물이요, 내 사랑?"

"왜냐하면 조금 전까지만 해도 당신한테서 다시는 그런 말을 영영 못 들을 것이라 생각했으니까요."

휘트니가 떠듬떠듬 속삭이자 클레이튼은 신음인지 웃음인지 모를 소리를 내며 그녀를 꼭 껴안았다.

"아, 사랑스런 그대. 내 집에서 당신과 체스를 두던 그날 밤부터 당신을 사랑했소. 그것도 당신이 어떤 남자와 결혼해도 '주인님'이라고 부르지 않겠다고 선언을 하고 게다가 내가 게임에서 이기자 나를 '속이 검은 간교한 악당'이라고 부른 뒤에 말이오."

클레이튼은 휘트니가 음악 선생의 코담배갑에 후추를 뿌려 넣곤 했다는 이야기를 하며 까르르 웃을 때부터 그녀를 사랑했다.

노크 소리가 나더니 스티븐이 서재로 들어왔다. 문을 닫고 돌아선 그는 휘트니를 부둥켜안고 있는 형을 보고 장난스럽게 씩 웃었다.

"방해해서 미안해요, 형. 헌데 형이 자리를 비우니까 분위기가 점점 썰렁해져서."

그 말을 들은 클레이튼이 얼굴을 찌푸렸다.

"식사는 끝났니?"

"오래 전에. 내가 경마에 출전시킬 말을 어떻게 사육해야 하는지 열심히 들려줬는데 그 가상한 노력에 바네사는 노골적으로 적개심을 드러내더라니까."

휘트니가 클레이튼의 품에서 반쯤 몸을 돌리고 미소를 지으면서 말했다.

"스티븐, 형님은 지금 곤경에 빠져 있어요. 가만있자, 이런 경우를 두고 형님이 하신 말씀이 있었는데? 아, 생각났어요. 형님은 손이 둘뿐인데 두 손 모두 청혼을 한 상태예요."

스티븐이 눈썹을 활처럼 치켜올리고 생각에 잠기는가싶더니 장난스럽게 손을 내밀며 이렇게 말하는 것이었다.

"제 손은 둘 다 자유로운데 어떻습니까, 스톤 양?"

"스티븐, 형제애를 무리하게 시험하지 마라. 오늘 저녁 이미 보인 행동만으로도 충분하니까. 그리고 바네사를 집으로 데려다주고 나면 내 한쪽 손은 자유로워질 거다."

"저도 가봐야 해요."

휘트니가 한숨을 내쉬며 아쉬운 듯 클레이튼의 품에서 빠져나와 옷매무새를 고쳤다.

"에밀리 집에 닿을 때쯤이면 시간이 꽤 늦을 거예요."

"내 사랑, 당신은 이 집에서 한 발짝도 나갈 수 없소. 바네사를 데리고 나가면서 아치볼드 저택으로 하인을 보내 당신 물건들을 챙겨오도록 하고, 당신은 일주일 뒤에 돌아간다는 말을 전하도록 이르겠소. 그 전에는 절대 돌아갈 수 없소."

휘트니는 클레이튼이 그처럼 단호하게 나오는 까닭을 잘 알고 있었다. 그것은 결혼식이 있던 성당에서 헤어진 후 결혼 피로연에서 다시 만났을 때 자신의 태도가 납득하기 힘들 정도로 변해 있었기 때문이다. 클레이튼과 함께 머물고 싶은 마음이 간절한 휘트니는 새침하게 미소를 지으며 클레이튼의 명령에 따랐다.

클레이튼은 책상 앞에 앉아 에밀리에게 편지를 쓰는 휘트니를 지켜보았다. 휘트니는 에밀리에게 공작 관저에 공작 부인이 함께 기거하고 있으니 아무 염려 말라고 안심을 시키며 클라리사에게 옷가지들을 들려 클레이모어 공작 관저로 가급적 빨리 보내달라고 부탁했다. 그리고 끝으로 애교 있게 추신을 덧붙였다.

'이제는 내가 청첩장을 보낼 차례야. 내 결혼식 때 네가 메이트론(신부를 돌보는 기혼 여성)이 되어주겠니? 사랑해. 휘트니.'

편지를 건네받은 클레이튼은 옆에 동생이 있는 것도 개의치 않고 휘트니를 일으켜세우더니 부드럽고 찬찬히 키스를 했다.

"두 시간 안에 돌아오겠소. 좀 더 걸릴지도 모르는데 내가 돌아올 때까지 잠들지 않고 기다려주겠소?"

휘트니가 고개를 끄덕였다. 그런데 클레이튼이 서재를 나서려 하자 등을 돌리고 돌아선 휘트니가 미광을 발하는 마호가니 책상 위를 손가락으로 더듬으며 상냥하지만 울먹이는 소리로 클레이튼을 불렀다.

"클레이튼, 오늘밤 바네사가 내게 어떤 재주가 있느냐고 물었을 때 한 가지 자랑할 게 있었는데 깜빡 잊고 말을 못했어요. 그건, 그건 너무 눈부신 재주라 다른 부족한 점들을 모두 가려주고도 남아요."

스티븐과 클레이튼이 마주 보며 싱긋이 웃었다. 두 사람 모두 휘트니의 음성에 실린 북받치는 감정을 읽지 못했던 것이다.

"그 눈부신 재주라는 게 뭐지, 내 사랑?"

앞으로 숙인 휘트니의 어깨가 들썩이기 시작했다. 휘트니는 더듬거리는 낮은 음성으로 입을 열었다.

"난 당신이 날 사랑하도록 만들었어요. 과정이야 어쨌든, 결국 난 당신이 날 사랑하게 만들었다구요."

클레이튼의 얼굴에서 웃음기가 가시더니 대신 무척 진지하고 뿌듯한 표정이 드러났다. 그 모습을 본 스티븐이 조용히 자리를 비켜주었다.

몇 분 뒤 클레이튼은 서재에서 나와 응접실에 있는 바네사를 집으로 데려다주기 위해 나서면서 스티븐에게 고맙다는 웃음을 잠깐 지어 보인 후 서재 쪽으로 고갯짓을 하며 웃음기가 밴 낮은 목소리로 일렀다.

"스티븐, 한눈팔지 말고 단단히 지켜!"

클레이튼이 바네사를 데려다주는 사이 초저녁에 보인 행동을 돌이켜보던 휘트니는 갑작스런 당혹감을 억누르려 애쓰며 서재에서 스티븐과 마주 앉아 있었다. 그녀는 무릎 위에 깍지 낀 손을 올려놓고 스티븐을 바라보며 입을 열었다.

"형님이 내가 여기 남는 걸 전혀 원치 않는 걸 알면서도 왜 굳이 절 붙들었죠? 왜 절 도왔죠? 그저 형님을 스쳐 지나가는 숱한 여자 중 하나라고 생각할 수도 있었을 텐데 말이에요."

"스톤 양은 '형을 스쳐 지나가는 숱한 여자들 중 하나'가 아니라는 사실을 알고 있었으니까요. 스톤 양의 이름이 휘트니이고 눈은 비취빛이었으니까요. 얼마 전 형이 술에 만취해서 비취빛 눈을 가진 휘트니라는 여성 얘기를 했었죠."

두 시간 뒤 클레이튼이 응접실로 성큼성큼 들어오자 스티븐이 심드렁하게 말했다.

"형이 그 집을 떠나올 때 스탠필드 경은 그리 유쾌한 기분이 아니었을 거 같은데."

"분별이 있는 분이시더구나."

동생의 말에 짤막하게 대꾸한 클레이튼은 휘트니의 곁에 앉아, 어머니와 동생이 있는데도 불구하고 느긋한 태도로 휘트니의 어깨에 팔을 둘러 가까이 끌어당겼다. 그리고 미소를 짓고 바라보는 어머니와 동생에게 의미 있는 표정을 지어 보이며 드러내놓고 눈치를 주었다.

"먼 길을 오시느라 무척 피곤하실 텐데 그만 쉬셔야죠, 어머니? 스티븐, 너도."

"여기 와서 겪은 일을 생각하면 먼 길을 오느라 고생한 건 아무것도 아니구나."

알리사가 살며시 웃어 보이며 잘 자라는 인사를 하고 나갔다. 하지만 스티븐은 자리를 뜰 생각은커녕 눌러앉을 양으로 의자에 몸을 깊숙이 묻고 팔짱을 끼었다.

"형, 난 전혀 피곤하지 않으니까 결혼식 계획이나 들려줘."

스티븐은 형이 매섭게 노려보는 것에도 아랑곳하지 않고 기대에 차서 휘트니에게 눈길을 돌렸다.

"흠, 식은 언제쯤 올릴 거죠?"

동생의 집요함에 두 손을 든 클레이튼이 한숨을 내쉬며 휘트니를 보고 웃었다.

"준비하려면 얼마나 걸리겠소?"

클레이튼의 매혹적인 회색 눈을 들여다보던 휘트니는 지금 당장은 결혼 계획을 의논하기보다는 그의 품에 안겨 키스를 나누고 싶은 마음이 더 간절했다. 하지만 먼저 스티븐의 질문에 대답부터 했다.

"성대한 결혼식이 되겠죠?"

휘트니는 클레이튼의 지위와 그녀가 알고 있는 수많은 그의 친지들을 떠올리며 되물었다.

"아주 성대할 거요."

"그럼 준비할 시간을 넉넉히 잡아야겠군요. 준비할 게 너무 많아요. 드레스만 해도 우선 모양을 골라야죠, 그런 다음에는 가봉을 위해 몇 번씩 입어봐야 할 거예요. 청첩장도 만들어서 보내야 하잖아요. 그런데 하객은 얼마나 올까요?"

"한 5,6백 명?"

클레이튼의 말이었다.

"천 명 가까이 될 걸. 사교계 사람들 절반의 마음을 상하게 하고 일부 친지들을 섭섭하게 하지 않으려면."

스티븐이 질린 얼굴을 하고 있는 휘트니를 쳐다보다가 싱긋 웃으며 덧붙였다.

"웨스트모어랜드 공작들은 성당에서 결혼식을 올리고 결혼 피로연은 여기 클레이모어에서 열죠. 오랜 전통이라 모르는 사람이 없을 걸요. 그러니 신부집이 아니라 신랑집에서 결혼피로연을 연다고 이상하게 생각할 사람은 없을 테니 걱정하지 말아요."

"성당에서 결혼식을 올리고 피로연은 여기서 연다구요?"

그러자 휘트니가 싱글거리고 있는 클레이튼을 비난의 눈초리로 쏘아보았다.

"날 납치해서 스코틀랜드로 데려가 결혼하겠다고 위협했잖아요!"

클레이튼이 킬킬거리며 손가락으로 그녀의 우아한 턱선을 따라 내려와서는 턱 끝을 살짝 들어올렸다.

"마담, 그 전통은 초대 클레이모어 공작이 공작 부인이 될 숙녀를 부모님의 성에서 납치해 이곳 클레이모어로 데려온 데서 시작된 거라오. 그 성에서 이곳까지 오는 데 며칠이나 걸렸는데 도중에 수도원이 있어 거기서 잠시 머물렀다오. 그때는 이미 그 숙녀가 정조를 잃은 뒤였소. 그래서 숙녀가 마음 내켜 하지 않는데도 불구하고 수도승 하나가 적극적으로 나서 결혼을 주선했다오. 그리고 결혼 피로연이 여기서 열린 까닭은 당시 그 숙녀의 격분한 친지들이 그 결혼을 축하할 기분이 영 아니었기 때문이지. 신부쪽 사람들이 그 결혼을 축하할 일이라기보다는 싸워야 할 일로 봤으니까. 그러니 내가 당신을 스코틀랜드로 데려가서 결혼식을 올리고 이곳으로 돌아왔다면, 나는 그 전통을 거의 완벽하게 따른 셈이 되었을 거요."

휘트니는 웨스트모어랜드 가문의 결혼식 전통에 대해서는 일언반구 대꾸도 하지 않고 화제를 다시 결혼식 준비에 대한 것으로 돌렸다.

"테레즈 뒤비에의 결혼식은 우리 절반만큼도 성대하지 않았는데도 준비하는 데 1년이나 걸렸어요."

"아니, 그렇게 길게는 절대 안 되오."

"그럼 6개월은요?"

휘트니가 한 발 양보했다.

"6주."

클레이튼이 딱 잘라 말했다.

"그렇게 성대한 결혼식이라면 6개월로도 모자랄 거예요."

클레이튼이 공모라도 하듯 스티븐에게 한쪽 눈을 찡긋해 보이고는 한숨을 쉬었다.

"좋소, 그럼 8."

"8개월이라······. 그 정도 시간이면 겨우 겨우 맞추겠네요. 그런데도 마치 영원처럼 길게 느껴지는군요."

"8개월이 아니라 8주요. 그 이상은 단 하루도 안 되오. 어머니와 허드긴스가 도와줄 거요. 내 밑에 있는 사람들을 당신 마음대로 부리게 해주겠소. 그렇게 하면 8주 이내에 충분히 준비할 수 있을 거요."

휘트니는 클레이튼에게 미심쩍은 눈길을 던졌지만, 그녀 자신도 8개월이나 기다리고 싶지는 않았기에 기꺼이 8주라는 시간에 동의를 했다.

휘트니의 어깨에 팔을 두르고 앉아서 스티븐과 다정하게 이야기하고 있던 클레이튼이 불현듯 옆구리에 무게감이 느껴지는 데다 농담을 해도 통 대꾸가 없자 휘트니의 얼굴을 내려다보았다. 휘트니는 긴 속눈썹을 내리깔고 잠들어 있었다. 클레이튼은 휘트니를 조심스럽게 안아들었다.

"잠이 들었군. 오늘만큼 피곤한 날도 없었을 거야, 내 사랑."

클레이튼이 이렇게 중얼거리는데 휘트니가 몸을 뒤척이며 품속으로 파고들었다.

"내려와서 할 얘기가 있으니까 여기서 기다려다오."

클레이튼이 스티븐에게 말한 뒤 하녀를 불러 휘트니의 잠자리를 마련하게 했다. 휘트니가 편안하게 자는 모습을 보고 난 그는 응접실로 돌아왔다. 문을 꼭 닫고 몸을 돌리자 스티븐이 브랜디 잔을 들어 무언의 건배를 했다. 클레이튼이 자리에 앉으면서 차분하게 입을 열었다.

"물어볼 게 두 가지 있다."

스티븐이 히죽 웃으며 다리를 쭉 뻗고 발목을 꼬았다.

"그러실 줄 알았습니다, 각하."

"휘트니가 내게 어떤 여자인지 어떻게 알았지?"

"형이 말해줬지. 그랜드 오크에서 술에 잔뜩 취해 있던 밤을 기억해? 그때 형은 휘트니에 대한 모든 걸 얘기해줬지. 비취색 눈빛에 대해서까지. 정말 매혹적인 눈이더군."

클레이튼은 상체를 숙여 팔꿈치를 무릎 위에 놓고는 두 손바닥으로 브랜디 잔을 굴리며 잔 속을 들여다보았다.

"어디까지 말했니?"

스티븐은 형이 불편해할 것 같아 거짓말을 할까 생각도 해봤지만 형의 날카로운 눈빛을 보자 생각이 바뀌었다.

"전부 다. 형이 휘트니한테 큰 아픔을 주었다는 것까지. 형이 편지를 받았을 거라 생각하고 오늘밤 휘트니가 나타났을 때 단숨에 마음을 정했어. 휘트니를 잃고서 형이 그렇게 상심했으니 형이 그녀를 되찾도록 해야겠다고."

클레이튼이 동생의 설명을 이해하겠다는 듯 고개를 끄덕였다.

"한 가지 더 있다."

"벌써 두 가지나 물었는데?"

클레이튼은 동생의 말은 아랑곳하지 않고 낮고 진지하게 말했다.

"너무 고맙다. 내 능력으로 가능한 범위에서 네가 원하는 것이면 뭐든지 해주고 싶구나."

"돈, 아니면 형 목숨?"

스티븐은 씩 웃으며 물었다.

"네가 요구만 하면 언제든 주마."

그날 밤 늦게 클레이튼은 침대 위에 누워 깍지 낀 손으로 뒷머리를 받치고 천장을 바라보았다. 휘트니가 한 지붕 밑에 있다니 믿을 수가 없었다. 그렇게 오랫동안, 그토록 격렬하게 대들던 그녀가 마침내 오늘 저녁 자신에게로 온 것이다. 그리고 두 사람의 관계를 회복하기 위해 싸웠다.

그는 서재에서 자신을 대하던 휘트니의 모습을 떠올렸다. 클레이튼 자신이 아직도 그녀를 원하고 있다고 그녀는 확신하고 있었다. 클레이튼은 어둠 속에서 미소를 지었다. 휘트니가 긴 방을 가로질러 그에게 오던 모습이 떠올랐던 것이다. 꼿꼿이 쳐든 고개, 사랑과 행복으로 빛나던 눈. 그를 사랑하기 때문에 자존심을 제쳐놓고 다가오던 그녀의 모습은 클레이튼의 가슴에, 그가 살아 있는 한 영원토록 남아 있을 것이다. 클레이튼에게 그보다 더 의미 있는 기억은 없을 것이다.

 내일 그는 휘트니에게 자세한 설명을 요구할 것이다. 그 결혼식과 연회 사이에 무슨 일이 있어 그렇게 갑작스럽게 태도를 바꾸었는지를. 아니다. 그는 미간을 모으고 씩 웃으며 생각을 바로잡았다. 설명을 '부탁'할 것이다. 복도 맞은편에서 자고 있는 저 성미가 불같은 미녀에게는 요구보다는 부탁을 받고 대답을 하는 게 훨씬 잘 어울릴 테니까.

30

 꾸고 있던 꿈을 완전히 떨어버리지 못한 채 깊은 잠에서 깨어난 휘트니는 자리에서 일어나기가 싫었다. 그녀는 여전히 이불 속에서 몸을 뒤척였다. 그리고 눈을 뜨면서 자신이 어디에 있는지를 깨달았다. 지난번 자신이 여기 왔을 때 도움을 주었던 빨강머리 하녀 메리가 아일랜드 억양이 실린 목소리로 유쾌하게 말했다.
 "주인님께선 한 시간이 넘도록 아래층에서 어슬렁거리고 계신답니다. 계속 계단을 쳐다보시면서요. 날씨가 철답지 않게 따뜻하니 승마복을 입으라고 하셨답니다."
 "그 양반은 자신이 영국 왕이라도 되는 줄 아시나보군요!"
 그때 클라리사가 모자를 삐뚜름히 쓰고 급히 방으로 들어오며 투덜거렸다.

"그 양반이 우리 아가씨와 결혼하고 싶어 하면 우리는 배에 실려 프랑스에서 영국으로 오고, 그 양반이 무도회에 가고 싶어 하면 우리는 부리나케 런던으로 달려가고, 오늘 아침에는 그 양반이 말을 타고 싶어 하는군요. 그래서 저는 꼭두새벽부터 잠자리에서 끌려나와 아가씨의 남은 짐을 끙끙거리며 들고 여기로 왔답니다. 꼭두새벽에 말이에요. 점잖은 사람들은 집 밖으로 나오지도 않는 때라구요!"

클라리사는 휘트니가 덮고 있는 이불을 끌어당기며 큰 소리로 툴툴거렸다.

휘트니가 까르르 웃으며 침대에서 기어 나왔다.

"오 클라리사, 사랑해요!"

재빨리 목욕을 끝낸 휘트니는 클라리사가 그날 아침 오면서 가져온 짙은 노란색 승마복을 입었다. 그녀는 클레이튼이 간절히 보고 싶었을 뿐만 아니라 그가 지난 밤 자신에게 져준 것을 후회하지 않는지 확인하고 싶었다. 그래서 긴 머리채를 빗어넘겨 목덜미께서 천으로 질끈 묶고는 부리나케 방을 빠져나갔다.

휘트니는 넓은 발코니를 가로질러 달려가 멈춰 섰다. 클레이튼이 계단 발치에서 기다리고 있었기 때문이다. 3층이나 위에 난 둥근 유리 천장을 통해 들어오는 겨울 햇살이 클레이튼의 검은 머리카락 위에서 반짝이고 있었다. 농부들이 입는, 목선이 V자로 깊게 파인 세무 셔츠를 입고 몸에 꼭 맞는 짙은 밤색 승마바지를 입은 클레이튼은 늠름하고 훤칠하고 어깨가 떡 벌어진, 신화 속의 인물처럼 보였다. 그런 그의 모습에 휘트니의 맥박은 사정없이 뛰었다.

클레이튼은 넓은 나선형 계단을 내려오는 휘트니를 지켜보았다. 그는 휘트니가 지난밤의 항복을 후회하고 있지는 않은지, 아니면 너무 애를 태웠다고 자신에게 화가 나 있는 기색은 없는지 그녀의 얼굴을 조심스럽게 살폈다.

드디어 휘트니가 계단을 모두 내려와 바닥에 발을 디뎠다. 그녀는 잔잔하고 부끄러운 미소를 지으며 탐색하는 듯 클레이튼의 눈 속을 들여다보았다.

"사람들이 신랑이 신부보다 훨씬 더 아름답다고 말한다면 그보다 더 황당한 일도 없을 거예요."

휘트니가 자그맣게 말했다.

클레이튼은 자신을 억제하지 못하고 휘트니를 품 안에 안더니 으스러지도록 꽉 껴안았다. 그리고 싱그러운 향기가 나는 휘트니의 머리카락에 얼굴을 묻었다.

"앞으로 8주를 어떻게 기다린다지?"

클레이튼이 달뜬 목소리로 속삭였다.

클레이튼은 포옹을 하자 순간적으로 휘트니의 온몸이 딱딱하게 굳어지는 것을 느꼈다. 그것은 그가 의도한 것하고는 전혀 달랐다. 하지만 그는 자신이 그녀와 사랑을 나누려고 하면 어쩌나 하는 두려움 때문에 움찔했을 뿐이라는 것을 깨달았다. 클레이튼은 여전히 휘트니의 머리칼에 얼굴을 묻은 채 싱긋 웃었다. 앞으로 8주 동안 그녀를 껴안고 애무해주리라. 그러면 휘트니도 나를 원한다는 사실을, 내가 그녀를 고통스럽게 하지 않으리라는 사실을 깨닫게 될 것이다. 그리고 비록 초야를 치르는 행위 자체가 휘트니를 두렵게 할지라도 내 사랑을 받아들이도록 하리라. 그때는 어떻게 사랑을 나누는지, 그리고 육체적인 사랑이 진정 어떤 의미를 갖는지 알려주리라. 휘트니가 내게 안겨 몸을 비틀며 신음을 낼 때까지, 휘트니가 나와 하나가 되기를 간절히 원하도록 사랑해주리라.

"영지를 둘러보러 가지 않겠소?"

클레이튼이 아침 식사를 끝내자마자 휘트니에게 물었다.

"너무 보고 싶어요."

휘트니가 행복에 겨워 대답했다.

태양의 손길이 닿는 것마다 따사로워지는, 눈부시도록 푸른 겨울의 날씨였다. 두 사람은 화려한 기하학적 무늬로 배열된, 화사하고 넓게 펼쳐진 화단이 좌우 대칭을 이루고 있는 정원들을 한가로이 거닐었다.

잘라낸 나뭇가지들을 모아 불을 태우는 정원 관리인들은 두 연인을 별로 주목하지 않았다. 그러나 휘트니가 하는 말을 듣고 공작이 큰 소리로 웃으며 그녀를 끌어안자 눈을 흘끔 들어올린 사람들은 놀라워하며 두 사람을 뚫어져라 바라보았다. 그런 다음 뭔지 알겠다는 듯 서로들 싱글거리는 눈길을 주고받고는 조용히 하던 일을 계속했다.

휘트니는 나무들 사이로 비쳐드는 햇살 속을 클레이튼과 나란히 걸으며 오솔길을 따라 늘어선 나무들이 새싹을 틔우고 온통 화사한 꽃들로 뒤덮일 봄을 그려보았다.

두 연인은 방향을 돌려 무척 깔끔하게 손질된 커다란 호수의 둔덕을 따라 걸었다. 반대편 호수 기슭에는 호수가 내려다보이는 우아한 정자가 있었다. 클레이튼은 휘트니의 손을 잡고 호수를 돌아 그 정자 쪽으로 걸어갔다. 행복에 취한 휘트니는 클레이튼의 억세고 따스한 손이 제 손을 단단히 그러쥐고 있는 이 상태가, 또 언제나 두 사람 사이에 가로놓여 있던 장벽이 허물어져 평온하고 흐뭇한 평화로움 속에서 그와 함께 있는 것이 더없는 축복으로 여겨졌다. 휘트니는 솜털처럼 하얀 구름이 둥실둥실 떠가는, 눈부시게 파란 하늘을 말끄러미 올려다보았다. 그러면서 그날이 그지없이 평온한, 자신의 인생에서 가장 행복한 날이라고 생각했다.

지면보다 높은 정자에서 내려다보이는 호수와 정자 주변의 정원은 한마디로 절경이었다. 휘트니는 정자의 하얀 기둥에 등을 기대고는 너무도 아름다운 경치에 취해 숨을 들이쉬었다. 그녀는 클레이튼이 자신을 그곳으로 안내한 까닭을 너무도 잘 알고 있었다. 정자 안으로 들어가면 비록 완전하지는 않지만 남들 눈에 덜 뜨일 터였다. 하지만 그녀는 그냥 그대로 서 있었다. 그녀는 안으로 들어가 클레이튼의 품에 안기게 될 순간을 기쁜 마음으로 늦추고 있었다.

느닷없이 클레이튼이 휘트니 앞에 멈춰 서더니 한 손으로 그녀의 어깨를 감싸며 시야를 가렸다. 그는 웃음을 삼키며 키스를 하려고 휘트니 얼굴을 향해 천천히 머리를 숙였다.

"여기서든 저 안에서든 당신에게 키스를 하더라도 부끄럽지 않으니 당신이 원하는 대로 해요."

이렇게 말하는 클레이튼의 목소리는 욕망으로 달떠 있었고, 말투는 유쾌했다.

마침내 클레이튼이 제 입술을 휘트니의 입술에서 뗄 때 휘트니는 깨어나기 시작하는 관능으로 몸을 떨었다. 그러더니 가만히 속삭였다.

"클레이튼, 난……."

클레이튼이 깊고 나직한 음성으로 그녀의 말을 잘랐다.

"당신이 내 이름을 불러주는 걸 들으니 참 좋구려. 그 소리를 들으니 당신을 안고 당신의 달콤한 혀를 내 입속에서 느끼고 싶소. 당신의 젖무덤을 애무하고 젖꼭지가 내 손바닥 안에서 도도하게 일어서는 것을 느끼고 싶다오."

숨결이 불안정해진 휘트니는 시선을 아래로 떨어뜨렸다. 하지만 그때는 이미 클레이튼이 그녀의 비춰빛 눈 깊은 곳에서부터 타오르는 정염과 도발적인 복숭앗빛으로 살금살금 물들어가는 부드러운 뺨을 훔쳐본 뒤였다. 클레이튼은 혼자 소리 없이 웃었다. 지금 당장 사랑을 하려 들면 휘트니가 두려워할지도 몰랐다. 그러나 휘트니는 피가 뜨겁고 열정적인 여자였다. 그러니 곧 두려움을 떨쳐버릴 것이다. 클레이튼은 휘트니의 어깨 너머로 정자를 힐끗 쳐다보았다. 그는 휘트니를 껴안고 그녀의 도발적인 입술에 느긋하게 입맞춤을 하고 싶었다. 하지만 그 자리에서는 곤란했다. 사람들의 이목이 너무 많았기 때문이다. 여유 있게 주위를 두리번거리던 그는 사람들의 눈에 띄지 않을 곳이 좀처럼 보이지 않자 좀 짜증이 났다. 그때 서쪽 멀리, 나무가 우거진 산등성이가 눈에 들어왔다. 그 산등성이에 오르면 사람들 눈을 피하는 것은 물론 수려한 경치도 감상할 수 있을 터였다.

"저 숲으로 가려고요?"

클레이튼이 쳐다보는 곳을 따라 시선을 옮긴 휘트니가 물었다.

클레이튼이 휘트니를 보고 싱긋 웃었다.

"저 숲의 경치는 이 부근에서 가장 뛰어난 곳이지. 말을 타면

금방 오를 거요."

그러나 전적으로 경치 때문만은 아니라오, 하고 클레이튼은 속으로 말했다. 그는 몸을 돌려 정자의 벽에 기대서서는 휘트니의 생기발랄한 옆모습을 바라보았다. 윤기 흐르는 머리채를 목덜미께서 폭이 넓은 벨벳 리본으로 묶은 휘트니를 보고 있자니 떠오르는 풍경이 하나 있었다. 주름 장식이 달린 드레스를 입고 하얀 스타킹을 신고 그네에 앉아 있는 여자 아이와 그 여자 아이가 앉은 그네를 밀어주는 영광을 제가 차지해야 한다고 서로 우겨대는 남자 아이들의 모습이었다. 그렇지만 그런 상상은 곧 끝이 났다. 노란색 승마복을 입고 있어 더욱 뚜렷하게 드러난, 남자의 애간장을 태우는 육감적인 몸매를 보자면 여자 아이의 티는 눈을 씻고 찾아봐도 없었기 때문이었다.

클레이튼은 마지못해 좀 덜 유쾌한 방향으로 화제를 돌렸다.

"우리 사이에 해결해야 할 몇 가지 일이 있소. 이제 난 그 문제를 좀 더 빨리 해결할 생각이오. 그러면 유쾌하지 않은 과거의 일은 묻히고 잊혀질 거요."

휘트니가 고개를 돌리자 클레이튼이 얼른 덧붙여 말했다.

"내 생각에는 당신도 내가 무엇을 물으려는지 벌써 알고 있을 것 같은데."

휘트니도 그가 엘리자베스의 결혼식에서 보인 행동에 대해 설명을 듣고 싶어 한다는 사실을 알고 있었다. 그녀는 곧 고개를 끄덕인 뒤 숨을 깊이 들이쉬며 입을 열었다.

"그러니까 내가 당신을 결혼식장에서 보았을 때 난 우리가 아직 약혼한 상태인 줄 알았어요. 게다가 난 당신이 그 결혼식에 초대받았다는 사실도 전혀 몰랐어요."

휘트니는 클레이튼에게 그동안 있었던 일들을 모두 들려주었다. 간략하지만 자신이 그에게 느꼈던 상처나 분노를 숨기려 애쓰지도 않았다.

클레이튼은 중간에서 말을 끊지 않고 귀를 기울였다가 휘트니가 이야기를 끝내자 물었다.

"그럼 지난 몇 주 동안 그렇게 나를 증오했으면서 어젯밤 이곳으로 오겠다고 결심하게 된 까닭은 뭐요?"

"에밀리가 깨닫게 해줬어요. 내가 당신을 오해하고 있다는 사실을요."

"에밀리 아치볼드가 우리 두 사람에 대해 무엇을 알고 있소?"

"전부 다요."

기어들어가는 목소리로 실토를 한 휘트니는 클레이튼이 움찔하는 것을 보고는 머뭇거리며 물었다.

"이제 내가 당신에게 뭔가를 물어도 되나요?"

"무엇이든."

클레이튼이 진지하게 대꾸했다.

"당신의 능력과 이성 안에서 무엇이든 말인가요?"

휘트니가 장난스레 물었다.

"무엇이든 다 좋소!"

"왜 내게 그런 끔찍한 짓을 했죠? 왜 내가, 내가 폴에게 몸을 주었다고 생각했죠?"

클레이튼은 자기혐오에 가득 찬 목소리로 휘트니의 질문에 대답했다.

"하지만 마거릿이 나를 얼마나 미워하는지 알면서 어떻게 그 애 말을 믿었죠?"

클레이튼의 설명을 듣고 상처를 입은 휘트니는 책망이 담긴 눈길로 클레이튼을 쳐다보았다. 그러나 곧 자신이 그날 밤에 대한 클레이튼의 기억에 더 많은 고통을 보탤 뿐이라는 사실을 깨달았다. 그래서 얼른 클레이튼에게 키스를 한 뒤 말했다.

"그건 중요하지 않아요."

"아니, 중요해. 하지만 언젠가 그에 대한 보상을 하리다."

클레이튼이 부드럽게 덧붙였다.

"당신이 내가 아끼는 암말을 잘 다룰 수 있는지 한번 봅시다. 우리 둘이 저 산등성이까지 경주를 하는 거요."

언덕 꼭대기에서 내려다보이는 전경은 그야말로 장관이었다. 클레이튼이 말 두 마리를 나무에 매어두는 동안 휘트니는 초목으로 우거진 산골짜기들을 내려다보며 서 있었다. 그렇게 서서 초목이 무성한 여름이나 울긋불긋 단풍이 든 가을의 모습은 어떨지 상상해보았다.

"여기서는 경치를 감상하는 것 말고도 즐길 것이 많다오."

클레이튼이 은근한 말투로 입을 열었다.

"이리 와봐요, 내 보여줄 테니."

휘트니가 돌아서 보니 클레이튼은 한쪽 무릎을 세운 채 나무에 등을 기대고 앉아 있었다. 휘트니는 그의 회색 눈 속에서 꽤 흥분된 관능을 읽고 두려움에 몸을 떨었다. 그녀는 클레이튼의 품에 안겨 입맞춤을 하고 싶은 마음이 간절했지만 클레이튼이 그보다 진한 사랑을 나누고 싶어 할지 모른다는 의심이 들었다. 클레이튼이 이미 자신과 침대에 나란히 누워본 적이 있었기 때문에 앞으로 그런 행동을 하는 데 더 이상의 벽은 없다고 생각할지도 모를 일이었다. 휘트니는 두 사람이 같은 침대에 누워본 적이 있다고는 하지만 결혼은 여전히 성행위를 죄책감 없이 받아들일 수 있는 필수조건이었다. 휘트니는 거기서 더 나아가 영원히 사랑의 행위를 피할 수 있기를 바랐다. 물론 그것은 불가능한 일이었다. 하지만 아내로서 고통스럽고 굴욕적인 행위를 할 수 없이 참아내야 하기까지는 아직 8주라는 시간이 남아 있었다. 그래서 휘트니는 그 8주 동안의 유예를 원했고 그 기간이 그녀에게는 절대적으로 필요했다. 휘트니는 등을 돌리고 다시 산골짜기들을 내려다보며 클레이튼의 생각을 사랑의 행위에서 딴 데로 돌리려고 애썼다.

"경치가 너무 아름다워서 숨이 멎을 지경이에요."

휘트니가 열정적으로 말한 뒤 한마디 덧붙였다.

"저 아래로 말을 타고 내려갈 수 있을까요?"

"물론."

클레이튼이 유쾌하게 대답했다. 그러고는 그 역시 한마디 덧붙여 말했다.

"오늘 말고 다음에."

"지금은 왜 안 되죠?"

"당신에게 키스하고 싶어서."

휘트니는 클레이튼의 말에 완전한 믿음이 가지는 않았지만 한시름 놓으며 몸을 돌렸다. 그리고 물었다.

"키스만 하고 싶다는 거죠? 내 말은 그러니까, 더 이상의, 음……"

"오, 휘트니. 이리 와봐요."

클레이튼은 휘트니의 얼굴이 빨갛게 달아오른 것을 보고는 조용히 웃었다.

"그게 내가 원하는 전부요."

휘트니는 안도의 한숨을 내쉬며 클레이튼의 곁으로 가 그 옆에 앉으려 했다. 그런데 클레이튼은 휘트니를 끌어당겨 자신의 무릎 위에 앉히더니 능청스럽게 말했다.

"좀 더 높은 곳에 앉는다면 그만큼 더 잘 보일 거요."

클레이튼은 슬며시 휘트니를 두 팔로 감싸더니 바짝 끌어당겼다. 휘트니는 서두르지 않으면서도 클레이튼의 키스를 기다리며 얼굴을 위쪽으로 들었다. 클레이튼은 그 모습을 보고는 입이 귀에 걸릴 정도로 활짝 웃었다. 그는 먼저 휘트니의 매끄러운 이마와 두 뺨에 입을 맞추었다. 그러고는 관자놀이를 입술로 스치듯 애무하더니 다음에는 두 눈을 감겨주었다. 행여 자신의 강렬한 열정이 휘트니를 놀라게 하지나 않을까싶어 입술에는 키스를 하지 않았다. 그러던 클레이튼은 놀라서 움찔하고 몸을 뒤로 젖혔다. 휘트니가 눈을 빛내며 터져나오려는 웃음을 참고 있었기 때문이다.

"각하께서 과녁을 제대로 맞히지 못하신다면 부득이 각하께 외알 안경을 사드려야겠군요."

"내게 외알 안경을 사주겠다구? 정말이오?"

격정으로 온몸이 뜨거워진 클레이튼이 관능에 달뜬 목소리로 물었다. 그러고는 휘트니의 입술이 으스러질 정도로 강렬한 키스를 했다. 그는 휘트니의 두 손이 제 가슴팍을 스치고 올라와 목덜미를 감싸는 것을 느꼈다. 그러자 그의 가슴이 세차게 고동치기 시작했다. 휘트니가 자신을 받아들이기 위해 입술을 벌리자 클레이튼은 욕정으로 피가 뜨겁게 달아올랐다. 곧이어 휘트니가 수줍은 듯 머뭇거리며 그의 입속으로 혀를 밀어넣자 날카로운 격정이 클레이튼의 온 신경을 타고 급격히 퍼져나가며 통제력을 완전히 잃게 했다. 그는 휘트니의 입속으로 자신의 혀를 깊숙이 밀어넣었다. 그리고 입을 거칠게 움직였다가는 다시 부드러우면서도 절박하게 움직이며 진한 키스를 퍼부었다. 그러자 휘트니도 신음 소리를 내며 입술 위에 격렬한 갈망과 열정을 담아 뜨거운 키스를 돌려주었다. 그는 휘트니가 본능적으로 자신이 원하는 방식대로 반응을 보일 때까지 그녀의 입속에 넣었던 혀를 뒤로 빼는가 하면 다시 깊이 밀어넣었다. 그것은 휘트니에게는 고문과도 같았다.

클레이튼은 자기도 모르게 휘트니의 젖가슴을 감싸듯 받치고 있는 승마복 윗도리를 벗기고 단단해진 그녀의 유두를 엄지손가락으로 간질였다. 승마복 안에서 젖가슴이 생기를 얻은 듯 탱탱해지며 클레이튼을 전율하게 하는 동시에 경고를 했다. 쾌감을 가누지 못해 휘트니의 입에서 새어나오는 신음에 뜨거운 피가 혈관을 타고 클레이튼의 온몸으로 퍼져나갔다. 그는 간신히 젖가슴에서 손을 떼어 날씬한 배를 어루만지다가 아름다운 허벅지를 더듬어 내려갔다. 그러고는 본능적으로 여자의 가장 은밀한 부분으로 손을 옮겨갔다. 스커트만 없다면 실크의 감촉처럼 부드러운 두 다리를 벌리고 관능이 주는 쾌락에 전율하고 있는 사랑스런 제 여자가 자신과 하나가 되고 싶은 갈망으로 녹녹해질 때까지 천천히, 부드럽게, 성적 희열에 떨게 할 수 있으리라. 클레이튼은 휘트니의 입술을 더욱 절박하고 격렬하게 탐하며 치맛단을 향해 손을 뻗었다.

 클레이튼은 마지막 한 방울 남은 자제력으로 휘트니의 입술에서 제 입술을 떼었다. 그러고는 제 목을 두르고 있는 휘트니의 두 팔을 끌어내렸다. 불꽃처럼 타오르는 정염이 그의 혈관을 타고 사납게 휘몰아쳤다. 클레이튼은 휘트니가 욕망의 분명한 증거인 발기된 남성에 놀라거나 충격을 받지 않게 하기 위해, 무릎 위에 앉아 제 가슴에 몸을 기대고 있던 휘트니를 똑바로 일으켜 앉혔다. 그런 다음 그는-마음으로는 여전히 그녀와 한 몸이 되기를 갈망하면서-물끄러미 그녀를 내려다보았다. 클레이튼은 자신의 생명을 휘트니의 몸속에 쏟아붓고 싶었다. 또 방안을 걸어다니는 그녀를 보며 자신이 잉태시킨 생명이 그 몸속 깊은 곳에서 숨 쉬고 있다는 사실을 느끼고 싶었다. 그리고 그녀의 날씬한 몸매가 뱃속의 아이가 자라남에 따라 볼록하게 불러오는 것을 보고 싶었다.

 클레이튼은 천천히 숨을 들이쉬었다가 내쉬었다. 그런 그를 지켜보는 휘트니의 얼굴에는 당혹감과 염려가 서려 있었다. 자신의 육체가 그녀에게 보이는, 통제할 수 없는 반응을 완벽하게 숨기지 못했다고 느낀 클레이튼은 휘트니를 보고 싱긋 웃었다.

 "휘트니, 당신도 내가 무절제하게 행동하는 모습을 보고 싶지 않을 거요. 그렇다면 서로 이런 일에 너무 탐닉하면 안 될 것 같아."

 클레이튼의 말을 듣고 난 휘트니는 어리둥절한 나머지 눈을 동그랗게 떴다. 그런데 곧 그 말의 의미를 깨닫고는 큰 눈을 더욱 크게 떴다. 휘트니는 일어설 생각으로 클레이튼의 품에서 빠져나오려고 했다. 하지만 클레이튼은 휘트니의 등을 끌어당겨 안고는 침착하게 말했다.

"일어서지 말아요. 조금만, 조금만 더 그대로 내 품에 안겨 있어주오. 내가 원하는 건 당신을 내 품에 안고 있는 것이오."

휘트니는 클레이튼이 원하는 대로 가만히 있었다.

"여기까지가 당신의 영지인가요?"

두 사람이 매어둔 말들이 있는 곳으로 걸어갈 때 휘트니가 물었다.

그 말을 들은 클레이튼은 약간 기분이 상해 보였다.

"아니, 웨스트모어랜드 가문 영지의 경계는 더 먼 곳에 있소."

"당신의 영지는 얼마나 크죠?"

휘트니는 클레이튼이 자존심이 상한 듯 묘한 표정을 짓자 이상하게 여기며 물었다.

"대략 11만 2천 에이커요."

클레이튼의 대답을 들은 휘트니는 너무 놀라서 숨이 막힐 지경이었다.

클레이튼은 몹시 놀라는 휘트니를 보고 뭔가 다른 생각이 떠올랐다. 그래서 느닷없이 걸음을 멈추고 웃으면서 휘트니를 바라보았다.

"이제 생각해보니 내 집이 '누추해' 보이는지 물어본다는 걸 깜빡 잊었군."

그러자 휘트니도 웃으면서 대답했다.

"난 '음산할 것 같다'고 했죠. '누추하다'라는 말은 당신이 했어요. 그런데 막상 보니 당당하고 멋져요. 꼭 당신처럼요."

몇 달 동안 사랑하는 여인이 자신을 성이 아닌 이름으로 불러주기만을 기다려온 남자에게 그 소원이 성취된 바로 그날 아침, 사랑하는 여인에게서 자신이 '멋지고 당당하다'는 말을 들으면 다시 한 번 길고 감동적인 입맞춤을 하게 되는 법이다.

저택 측면의 잔디밭이 내려다보이는 넓은 창가에 선 알리사와 스티븐은 휘트니와 클레이튼이 손을 잡고 저택으로 돌아오는 모습을 지켜보고 있었다.

"둘이 함께 있는 모습이 참 보기 좋구나, 그렇잖니?"

알리사는 흐뭇한 마음으로 맏아들과 그의 연인을 따뜻한 눈길로 바라보았다.

"그렇군요, 어머니. 이제 어머니는 대여섯 명이나 되는 손자와 손녀들을 줄줄이 보게 되실 겁니다. 그것도 곧 말이죠. 장담합니다."

스티븐이 키득키득 웃으며 말했다.

"스티븐, 그런 말을 하다니 고약하구나!"

"제가 왜 고약하다는 말씀인지 이해가 안 가는군요. 꽤 멋진 생각인데요."

알리사는 짐짓 노한 눈길로 차남을 쏘아보았다. 그러나 스티븐의 웃음에 자신도 모르게 전염이 돼서 나중에는 함께 따라 웃고 말았다.

"에미 말은 휘트니가 훌륭한 아가씨이며 그런 아가씨와 함께 있으니 네 형이 요즘처럼 행복해 보인 적이 없다는 뜻이야, 요 녀석아."

"휘트니는 정말 훌륭한 아가씨예요."

스티븐은 창문 너머로 휘트니를 바라보았다. 그런데 클레이튼과 나란히 걷고 있던 휘트니가 갑자기 깔깔깔 웃었다. 그러고는 뒤로 물러서면서 클레이튼에게 뭐라고 빠르게 말을 한 다음 달아나기 시작했다. 그러자 단 두 걸음에 휘트니의 허리를 잡은 클레이튼은 그녀가 마치 밀가루 포대인양 어깨에 들쳐메고 저택을 향해 성큼성큼 걸어왔다. 휘트니가 발버둥을 치자 결국 클레이튼은 항복을 하고 그녀를 내려주었다. 거기서부터 휘트니는 두 손을 등 뒤로 돌려 새침하게 뒷짐을 지고는 클레이튼 옆에서 차분하게 걸었다.

"장난이 끝났나보구나!"

알리사가 흐뭇하게 웃으며 말했다.

"속단은 금물입니다."

스티븐이 싱글거리며 말했다. 바로 그때 휘트니가 클레이튼을 앞지르기 시작했다. 이번에는 클레이튼을 네다섯 걸음은 족히 앞질러 걷더니 돌아서서 깡충깡충 뒷걸음질을 쳤다. 클레이튼이 뭐라고 하자 머리를 젖히고 웃더니 다시 휙 돌아서서 달아나버려 알리사와 스티븐은 더 이상 그녀의 모습을 볼 수가 없었다. 클레이튼은 이번에는 휘트니를 뒤쫓는 대신 팔짱을 끼고 나무에 기대섰다. 그리고 달아나는 휘트니의 뒤에다 대고 소리를 질렀다. 그러자 휘트니는 눈 깜짝할 사이에 돌아와 클레이튼의 품으로 뛰어들었다.

"이제 끝난 모양이군요!"

스티븐이 껄껄 웃으며 말했다.

"혹 제가 잊더라도 휘트니에게 여동생이 있는지 물어봐주세요."

그러자 알리사가 둘째 아들을 향해 포문을 열었다.

"그래, 말 한번 잘 꺼냈다, 스티븐. 지난 5년 동안 런던의 딸 가진 어머니들이란 어머니들은 죄다 네게 딸을 선보이려고 갖은 애를 썼지. 그런데도 왜 네가 신부로 맞을 규수를 정하지 않았는지 에미는 정말 모르겠구나. ……그러고 보니 휘트니가 육촌자매가 있다고 말했던 것 같구나."

형 클레이튼의 미소와 너무도 닮은, 아가씨들 가슴에 치명적인 상처를 남기는 느긋한 미소가 스티븐의 얼굴을 언뜻 스쳐갔다.

"만약 휘트니의 육촌자매가 휘트니와 같다면 그녀에게 청혼을 해서 어머니가 남들 보기에 무안하실 만큼 많은 손자, 손녀를 안겨드리지요."

"분명 진심으로 하는 소리는 아니겠지?"

점심 식사를 하던 알리사는 클레이튼이 8주 이내에 결혼을 하겠다는 뜻을 전하자 깜짝 놀랐다.

"진심입니다."

클레이튼은 의자에서 일어서며 휘트니의 이마에 입을 맞추었다. 그러고는 놀리듯 가볍게 말했다.

"세세하게 챙겨야 할 일들은 두 숙녀분께 맡기겠습니다."

문으로 성큼성큼 걸어간 클레이튼이 유감이라는 듯 알리사와 휘트니를 돌아보았다. 두 여자는 몹시 당황한 얼굴로 서로를 쳐다보았다.

"필요한 물품 목록을 작성해서 허드긴스에게 주시기만 하면 됩니다. 그 친구라면 사람들을 설득해서 서둘러 움직이도록 할 수 있을 겁니다."

"허드긴스는 정확히 무슨 일을 하는 사람이죠? 한번도 보질 못했거든요."

휘트니가 물었다.

"클레이튼의 비서란다. 그런데 이제는 클레이튼의 마법사 노릇까지 겸하게 생겼구나."

알리사가 한숨을 쉬며 말했다.

"허드긴스는 클레이튼이라는 강력한 마법을 써서 8주 안에 결혼식을 치를 준비를 끝낼 게다. 하지만 난 충분한 시간을 갖고 결혼 피로연을 제대로 준비하고 싶구나."

알리사의 말은 클레이튼 때문에 중단되었다. 클레이튼이 다시 고개를 방으로 들이밀고는 악마처럼 이를 드러내며 물었다.

"물품 목록은 아직 준비되지 않았습니까?"

31

 조카인 휘트니의 전갈을 받은 앤 길버트는 이틀 뒤 클레이모어에 도착해 결혼식 준비를 거들기 시작했다. 앤과 알리사는 만나자마자 바로 가까운 사이가 되었다.
 그 뒤 나흘 동안을 휘트니는 어떻게 시간이 흐르는지도 모를 만큼 몽롱한 상태에서 보냈다. 안락함과 단란함, 식탁에서 주고받는 따뜻한 미소와 서로서로 포옹하면서 느끼는 기쁜 순간들이 이어졌기 때문이다.
 알리사의 예상대로 모든 가게가 8주라는 촉박한 마감 기한에 맞춰 물품을 만들어 대는 데 동의했다.
 특히 의상실들의 경우엔 이미 다가올 계절을 위해 다른 사람들에게 많은 주문을 받아놓은 상황인데도 기꺼이 수락했다. 게다가 그들은 대부분 직접 드레스의 밑그림과 직물 견본 상자를 들고 클레이모어 공작 관저로 찾아오곤 했다. 그들은 미래의 클레이모어 공작 부인의 결혼식 준비에 힘닿는 대로 기여하겠노라고 하나같이 공언을 했다.

그런데 닷새째 되던 날 휘트니는 클레이튼에게서 다소 격식을 갖춘 부름을 받았다. 클레이튼의 전갈을 전하러 온 하인이 휘트니에게 사무적으로 말했다.

"공작 각하께서 서재에서 스톤 양을 뵙고 싶어 하십니다. 지금 당장 말입니다."

휘트니는 가슴속에서 이는 근심을 애써 누르며 클레이튼의 서재로 들어갔다. 문을 닫은 휘트니는 익살맞고 귀엽게, 하녀처럼 무릎과 상체를 굽혀 인사를 한 뒤 물었다.

"저를 찾으셨습니까, 각하?"

클레이튼은 책상 앞에 서서 아무 말 없이 저만치 앞에 서 있는 휘트니를 물끄러미 바라보았다. 그런 그의 표정은 무척 우울해 보였다.

"뭐, 뭐가 잘못됐나요?"

휘트니가 숨을 죽이며 다시 물었다.

비록 말은 부드럽게 했지만 클레이튼의 말투에는 처음 듣는 묘한 근엄함이 배어 있었다.

"아니, 이리로 좀 와주오."

"클레이튼, 무슨 일이에요?"

휘트니는 급히 클레이튼에게 다가가며 물었다.

클레이튼은 휘트니를 와락 끌어안으면서 대꾸했다.

"아무것도 잘못되지 않았소."

그는 기묘하면서도 투박한 목소리로 말했다.

"보고 싶었소."

클레이튼은 한쪽 팔은 그대로 휘트니의 허리에 감은 채 몸을 옆으로 돌리더니 뒤쪽에 있는 책상에서 작은 벨벳 상자를 집어들었다.

"처음엔 에메랄드로 할까 생각했었소."

클레이튼은 좀 전의 부드럽고 엄숙한 목소리로 말했다.

"하지만 에메랄드의 강렬한 빛은 당신의 아름다운 비취빛 눈동자를 덜 빛나 보이게 할 거요. 그래서 대신 이것으로 결정했소."

클레이튼이 자유로운 한쪽 손으로 상자의 뚜껑을 열었다. 그러자 멋진 다이아몬드가 화려한 광채를 발하며 천장에 복잡한 소용돌이무늬를 그려내었다.

휘트니는 입을 다물지 못한 채 다이아몬드 반지를 뚫어져라 쳐다보았다.

"이제껏 한번도 이토록······."

감격에 겨운 휘트니는 차마 말을 잇지 못했다.

클레이튼은 휘트니의 손을 잡고 그녀의 길고 가는 손가락에 다이아몬드 반지를 끼워넣었다.

휘트니는 이제 자신이 진정 클레이튼의 여자라는, 손으로 만져볼 수 있는 명백한 첫 증거를 갖게 된 제 손을 내려다보았다. 이제 자신은 클레이튼에게 속하게 되었다. 세상 모든 사람들이 반지를 보고 그 사실을 알게 되리라.

그녀는 이제 더 이상 휘트니 앨리슨 스톤이나 마틴 스톤의 딸, 레이디 길버트의 조카딸이 아니었다. 휘트니는 이제 클레이모어 공작의 예비 신부였다. 한순간이라고 할 만큼 짧은 시간 안에 휘트니는 이전의 정체를 벗어버리고 새로운 정체성을 부여받은 것이다.

휘트니는 클레이튼에게 반지가 너무도 아름답다고, 그리고 그를 열렬히 사랑한다고 말하고 싶었지만 눈에 고인 눈물이 볼을 타고 흘러내리려 해서 한 마디밖에 하지 못했다.

"사랑해요."

그러고는 클레이튼의 가슴에 얼굴을 묻으며 덧붙여 말했다.

"슬퍼서 우는 게 아니에요. 행복해서 그래요."

클레이튼이 억센 두 팔로 그녀를 감싸안은 채 대꾸했다.

"알고 있소."

그는 방금 전 다이아몬드 반지를 고를 때 예상 밖으로 자신을 동요하게 했던 똑같은 감정이 휘트니를 전율시킬 때까지 그녀를 그대로 안고 있었다.

마침내 휘트니가 클레이튼의 품에서 벗어나며 웃었다. 그러고는 반지를 낀 손을 들어올리고는 세상에서 오직 하나뿐인 보석을 보며 탄성을 질렀다.

"이 반지는 이제까지 본 것들 중에서 가장 멋져요. 당신은 빼고요."

휘트니가 기뻐하는 모습을 보자 밀려오는 파도와도 같은 뜨거운 욕망이 클레이튼의 온몸을 훑고 지나갔다. 그는 머리를 숙이고 휘트니의 입술을 덮쳤으나 오래지 않아 격정을 억누르고 키스를 그만두었다. 그 무렵 그의 육체에는 성적인 자극을 견뎌낼 수 있는 한계가 생겼다. 대신 그는 짐짓 엄숙한 말투로 대꾸했다.

"마담, 내가 보석을 선물할 때마다 우는 버릇을 들이지 않기를 바라는 바요. 그렇지 않으면 곧 당신 소유가 될, 돌아가신 웨스트모어랜드 집안 할머님들께서 물려주신 보석들을 볼 때는 아예 양동이를 준비해야 할 것 같으니 말이오."

"그럼 이 반지는 웨스트모어랜드 가문의 공작 부인 중 한 분이 끼셨던 반지가 아닌가요?"

"그렇소. 웨스트모어랜드 공작 부인은 다른 사람의 소유였던 반지를 약혼반지로 끼지 않는다오. 가문의 전통이지. 물론 결혼식 때는 가문 대대로 전해지는 반지를 끼게 되겠지만 말이오."

"웨스트모어랜드 가문에서 내려오는, 다른 전통들도 있나요?"

휘트니는 사랑으로 가득한 미소를 지어 보이며 물었다.

클레이튼은 더 이상 욕망을 억제할 수가 없었다. 그래서 휘트니를 끌어안고는 그녀에게 입술을 가까이 대며 말했다.

"우리가 새로운 전통을 만들 수도 있소."

클레이튼이 의미심장하게 속삭였다.

"내게 원하는 것이 있으면 말해보시오."

그가 달뜬 음성으로 속삭였다. 그러나 휘트니의 입술을 덮치는 그의 입술은 더없이 부드러웠다.

"사랑해요."

휘트니는 클레이튼에게 원하는 것을 말하는 대신 그렇게만 말했다. 그렇지만 클레이튼은 휘트니의 몸이 무의식적으로 자신의 몸에 가까워지지 않으려고 애쓰는 것을 느꼈다. 휘트니의 반응이 무엇을 의미하는지 이해하는 클레이튼은 속으로 웃으며 몸을 뒤로 젖혔다. 그리고 그녀의 턱 끝을 살짝 들어올리면서 말했다.

"당신이 날 사랑하는 건 이미 알고 있소, 내 사랑. 하지만 당신은 나를 갈망하기도 하지."

휘트니는 다행스럽게도 이모와 침모들이 다른 방에서 자신을 기다리고 있다는 생각이 났다. 한편으로는 반갑고 한편으로는 서운한 기분으로 휘트니는 걸음을 떼었다.

"제게 하실 말씀은 그게 전부인가요, 각하?"

휘트니는 다시 한 번 하녀가 하듯 무릎을 굽히며 생긋 웃었다.

클레이튼은 정중하지만 아무런 감정도 섞여 있지 않은 말투로 대답했다.

"지금은 그게 전부요. 고맙소."

말은 그렇게 했지만 휘트니가 몸을 돌리자 사랑스럽다는 듯 휘트니의 엉덩이를 찰싹 때렸다.

휘트니는 걸음을 멈췄다. 그러고는 지나치게 엄숙한 표정을 짓고 클레이튼을 어깨 너머로 보면서 경고했다.

"내가 당신이라면 러더포드 가에서 열린 파티 뒤에, 당신이 내게 그런 행동을 보였을 때 어떤 일이 일어났는지 잊지 못할 거예요."

"아치볼드 저택에서 머물 때를 말하는 거요? 그러니까 무도회가 끝나고 아치볼드의 저택으로 데려다주었을 때 말이오?"

클레이튼은 휘트니가 가리키는 때가 언제인지를 확인하려 했다.

휘트니의 입술은 웃음을 참느라 씰룩거렸다. 그녀는 간신히 웃음을 참고는 천천히 고개를 끄덕이더니 말했다.

"바로 맞혔어요."

"그럼 지금 이 그림들을 벽에서 떨어뜨리겠다고 협박하는 거요?"

클레이튼은 짐짓 진지한 표정을 지으려고 애써보았지만 마음대로 되지 않았다.

어리둥절한 휘트니는 벽을 따라 죽 걸려 있는 초상화들을 힐끗 쳐다본 다음 클레이튼의 웃는 얼굴을 쳐다보며 대꾸했다.

"내가 당신 뺨을 때린 것 같은데요."

"내 기억으로는 빗나간 걸로 아는데."

"빗나갔다구요?"

"유감스럽지만 그랬을 거요."

클레이튼이 진지하게 말했다.

휘트니는 쿡쿡 터져나오려는 웃음을 참으며 말했다.

"정말 약이 올랐겠군요."

"당연히 그랬을 거요."

멍하니 생각에 잠긴 휘트니가 몸을 돌려 걸음을 옮기기 시작했다. 그때 클레이튼이 먼젓번보다 좀 더 세게 다시 휘트니의 엉덩이를 철썩 때렸다. 휘트니는 가까스로 몹시 불만스런 표정을 지어보였지만 터져나오는 웃음은 참을 수가 없었다.

그날 저녁, 식사를 끝낸 뒤 온 가족이 응접실에 모여앉았다. 알리사와 앤은 한담에 푹 빠져 있었다. 한편 스티븐은 클레이튼이 어린 시절 저질렀던, 짓궂기 짝이 없는 장난들을 재미있게 각색해서 들려주어 휘트니를 즐겁게 했다. 동생이 들려주는 자신의 어릴 적 이야기에 클레이튼은 극도로 불쾌한 표정과 짓다가 지루하고 싫증난다는 표정을 번갈아 지으며 귀를 기울였다.

"한번은 이런 적이 있었답니다. 형이 열두 살 때였죠. 어느 날 아침, 형이 아침밥을 먹으러 내려오지를 않는 거예요. 방에 올라가 찾아봐도 안 보이자 아버지와 하인들은 정원을 이 잡듯 샅샅이 뒤졌지요. 그런데 그날 오후 늦게 형의 셔츠를 개울 둑 위에서 찾아냈어요. 그곳은 개울이 가장 깊고 물살도 빠른 곳이었답니다. 형이 타던 보트는 그대로 개울 둑에 매어져 있었답니다. 아버지께서 한 달 동안 배를 타지 못하게 하셨거든요."

그 이야기의 맨 끝 부분을 듣고 휘트니는 배꼽을 잡고 웃으며 클레이튼을 보고 돌아앉았다. 그러고는 숨을 고르면서 물었다.

"왜, 왜 아버님께서 보트 타는 것을 금하셨죠?"

클레이튼은 동생 스티븐을 언짢은 눈으로 노려보았다. 그런 다음 휘트니의 생기발랄하고 웃음 띤 얼굴을 물끄러미 내려다보다가 저도 모르게 싱긋이 웃었다.

"내가 기억하기로는 그 전날 저녁 식사 때 단정치 못한 옷차림으로 식당엘 갔다오."

그러자 스티븐이 형을 야유했다.

"단정치 못한 옷차림이라구? 형은 승마복에 승마용 장화를 신고 30분이나 늦게 나타났어. 말가죽과 말이 흘린 땀 냄새를 지독히 풍기면서. 게다가 아버지가 쓰시던 결투용 권총을 몰래 꺼내 가지고 나가서 사격 연습을 하다가 얼굴에 화약 가루를 묻히고 들어왔지."

클레이튼은 더 이상은 못 참아주겠다는 듯 동생을 쏘아보았다. 얼마나 웃었던지 온몸에 힘이 다 빠져버린 휘트니가 스티븐에게 부탁을 했다.

"계속해보세요, 스티븐. 강가에서 클레이튼의 셔츠를 찾은 뒤 어떻게 됐는지 말이에요."

"음, 우리 모두는 형이 익사했다고 생각했죠. 이 사람 저 사람 할 것 없이 모두 익사 현장으로 달려왔지요. 어머니는 펑펑 눈물을 쏟으셨고 아버지의 얼굴은 백짓장처럼 하얘지셨죠.

그런데 그때 형이 녹초가 된 모습으로, 다 부서져가는 뗏목을 타고 나타났답니다. 사람들은 숨을 죽인 채 형이 뗏목을 강둑에 대려고 애쓰는 모습을 지켜보았는데 우린 그 뗏목이 물속으로 가라앉으리라고 예상했죠. 하지만 형은 뗏목을 제대로 둑에 댔어요. 형은 한 손에는 낚싯대를, 다른 손에는 거대한 물고기뼈를 들고 뗏목에서 내리더니 우리를 둘러보더군요. 마치 우리가 거기 서서 멍하니 입을 벌리고 자신을 쳐다보고 있다는 사실이 이상하다는 듯이 말입니다.

형은 강둑을 어슬렁어슬렁 올라와서 아버지와 어머니한테로 갔어요. 그 거대한 물고기뼈를 그대로 든 채 말이죠. 어머니는 그 자리에서 펑펑 울음을 쏟으셨고 아버지는 가까스로 말씀을 할 수 있으시게 되었답니다. 아버지가 형의 무책임한 행동과 무모함, 점잖지 못한 옷차림에 대해서까지 추상같은 일장 훈계를 한창 늘어놓으실 때 장차 스톤 양의 남편이 될 형이 아주 참을성 있게 한마디 말씀을 드렸지요. 아버지가 하인들 앞에서 자기를 호되게 꾸짖는 것은 부당하다고 말입니다."

"오, 설마요?"

휘트니는 등을 구부정하게 굽히며 소파 위에 웅크리고 앉아 속

식였다.

"그 다음엔 어떻게 됐는데요?"

클레이튼이 호탕하게 웃으며 휘트니의 질문에 대답을 했다.

"아버지는 나를 시켜 하인들을 억지로 쫓아버리게 하시고는 내 뺨을 힘껏 후려치셨지."

즐거운 파티에서 뜻이 맞는 사람들이 모인 것 같은 이 화기애애한 분위기 속으로 검은 옷을 입은 집사가 불쑥 끼어들었다. 집사는 근엄하게 목소리를 높여 알렸다.

"에드워드 길버트 경께서 도착하셨습니다."

집사의 말이 떨어지기가 무섭게 에드워드가 모습을 보였다. 에드워드는 응접실로 성큼성큼 걸어오더니 반가운 눈길로 좌중을 휘 둘러보았다.

"세상에! 에드워드예요!"

앤은 기쁘고 놀라워서 소리를 질렀다. 그런 다음 자리에서 일어나 사랑하는 남편을 빤히 바라보았다. 앤은 자신이 보낸 편지가 드디어 남편 손에 들어가 클레이튼과 원하지 않는 결혼을 하게 된 조카딸을 구하려고 이곳까지 서둘러 오지 않았나 하고 불안해했다. 그래서 클레이모어 저택에서 휘트니와 자신, 클레이모어 공작의 가족들이 한자리에 모여 있게 되기까지 일어났던 사건들에 대해 남편에게 간단명료하게 설명할 말을 생각해내려고 필사적으로 머릿속을 뒤졌다.

이모부를 보자마자 자리에서 벌떡 일어선 휘트니 역시 앤과 똑같은 생각을 하고 있었다.

"이모부!"

휘트니는 그 한 마디로 놀라움과 반가움을 표현했다.
"두 사람이 나를 알아봐주다니 참으로 고맙군."
에드워드는 냉담하게 두 여인의 인사에 답했다. 그는 방금 받은 것보다는 좀 더 따뜻한 인사를 기대하는 기색이 역력한 표정으로 앤과 휘트니를 번갈아 쳐다보았다.
다른 사람들이 알아차리지 못하는 사이에 클레이튼은 앞으로 튀어나온 벽난로 장식에 팔꿈치를 올려놓고 기대섰다. 그러고는 무척 재미있다는 얼굴로 눈앞에서 펼쳐지는 정경을 가만히 지켜보았다.
에드워드는 누군가 나서서 휘트니의 시어머니가 될 공작 미망인과 시동생이 될 스티븐 웨스트모어랜드에게 자신을 소개해주기를 기다렸다. 그러나 아내도 휘트니도 입을 열지 못하고 있었다. 그러자 그는 어깨를 으쓱해 보이더니 곧장 클레이튼에게로 걸어갔다. 에드워드는 클레이튼과 다정하게 악수를 나눴다.
"클레이모어 공작, 약혼이 순조롭게 성사되었군요."
"순조롭게라구요?"
너무 놀란 앤이 거의 숨이 막힐 듯한 목소리로 물었다.
"순조롭게라고요?"
휘트니도 천천히 소파에 풀썩 주저앉으며 앤과 똑같은 질문을 했다.
"거의 순조롭게 성사되었다고 볼 수 있지요."
응접실에 앉았던 사람들이 어처구니가 없어 입을 딱 벌리고 빤히 쳐다보는 것을 무시한 채 클레이튼이 조심스럽게 대답했다.
"잘됐군요, 잘됐어. 이렇게 될 줄 알고 있었지요."

에드워드의 말이었다. 클레이튼이 에드워드를 어머니와 동생에게 소개했다. 서로 예의를 갖춰 인사를 주고받은 뒤 에드워드는 다시 뻣뻣하게 서 있는 아내를 보고 돌아섰다.

"여보?"

에드워드가 아내를 부르며 다가가자 앤은 한 발 한 발 뒤로 물러섰다.

"몇 달 만에 만나보는 남편을 이렇게 썰렁하게 맞아서야 어디 쓰겠소?"

그러자 앤이 남편에게 속삭였다.

"에드워드, 당신은 바보예요!"

"그 말이 '세상에! 에드워드예요!'보다 나을 게 뭐가 있소?"

에드워드가 툴툴거렸다.

"당신은 이 약혼에 관해서 처음부터 알고 있었군요."

앤은 잔뜩 찡그린 얼굴로 투덜거린 뒤 혼자 웃고 있는 클레이튼에게로 시선을 돌렸다. 그러자 클레이튼은 당장 얼굴에서 미소를 거두고 공작의 지위에 걸맞은 근엄한 표정을 지었다.

"그동안 저는 정신을 잃을 정도로 불안에 시달렸어요. 그런데 두 분은 그간 죽 연락을 주고받고 계셨군요, 그렇지 않나요? 두 분 중 누굴 먼저 혼내야 할지 모르겠군요."

"당신 각성제가 필요한 건 아니오?"

"내게 필요한 건 각성제가 아니라 해명이라구요!"

앤이 흥분해서 소리를 질렀다.

"무엇에 대한 해명을 말하는 거요?"

에드워드가 어리둥절해서 물었다.

"왜 내 편지에 답장을 하지 않았는지, 왜 이 약혼에 대해 알고 있다는 말을 하지 않았는지, 왜 내게 바람직한 방향을 조언하지 않았는지……."

"난 당신이 보낸 편지 중에서 단 하나만 받아보았소."

에드워드가 약간 퉁명스럽게 대꾸를 했다.

"그런데 당신의 편지에는 클레이모어 공작이 마틴 형님의 집 근처에 거처를 정했다는 게 전부였소. 그래서 나는 당신이 누가 봐도 잘 어울리는 두 사람을 이어주기만 하면 될 텐데 왜 내게 충고를 구하는지 알 수가 없었소. 내가 두 사람의 약혼 사실을 알고 있다고 당신에게 말하지 않았던 것은 클레이모어 공작의 편지를 받기 전까지는 그 사실을 몰랐기 때문이었소."

앤은 남편의 해명을 듣고도 마음이 쉽사리 누그러지지 않았다. 그녀는 클레이튼에게 사과의 뜻을 담은 눈길을 잠깐 보내고는 갑자기 큰 소리로 말하기 시작했다.

"두 사람은 정말이지 조금도 '잘 어울리지' 않았어요!"

"아니, 어울렸소!"

에드워드가 완강히 항변을 했다.

"휘트니가 클레이모어 공작과 결혼하는 데 무슨 못마땅한 점이라도 있소?"

문득 뭔가 이해하겠다는, 재미있다는 듯한 표정이 에드워드의 얼굴을 얼핏 스쳤다.

"그러니까 당신은 공작의 세평 때문에 염려하고 있었군, 그렇소? 아아, 마담."

에드워드는 응접실에 웨스트모어랜드 집안의 사람들이 있다는 사실을 순간적으로 잊은 듯 쿡쿡 웃음을 터뜨리며 말을 이었다.

"당신은 개과천선한 난봉꾼이 종종 최고의 남편이 된다는 속담도 못 들어봤소?"

"어유, 고맙습니다. 길버트 경."

클레이튼이 능청을 떨었다.

에드워드는 별안간 발작과도 같이 터져나오려는 웃음을 애써 삼키느라 쿡쿡거리는 스티븐을 어리둥절한 눈으로 쳐다보았다. 그러고는 아내에게 하던 이야기를 계속했다.

"나는 공작과 휘트니가 가면무도회에서 함께 있는 모습을 본 날, 두 사람이 멋진 결혼을 하게 될 줄 짐작했소. 그리고 웨스트모어랜드 가문의 일을 보는 변호사들이 파리에 머물고 있는 휘트니에 대해 탐문을 하고 다닌다는 정보를 전해 듣고는 무슨 일이 일어나긴 일어나겠구나싶었지. 그때 난 마틴 형님이 휘트니를 영국으로 불러들여 모든 일을 다 망쳤다고 생각했소. 헌데 클레이모어 공작이 마틴 형님의 집에서 얼마 떨어지지 않은 곳에 거처를 마련했다고 쓴 당신 편지를 받고는 정확히 무슨 일이 진행되고 있는지 알게 되었다오."

앤이 흥분해서 소리를 질렀다.

"오, 당신은 몰라요! 진짜 무슨 일이 있었는지 말씀드리지요. 휘트니는 영국에 돌아와 공작 각하를 우연히 마주치게 된 순간부터 각하에 대해 강한 적의를 품었어요. 그래서……."

에드워드는 휘트니에게 고개를 돌렸다. 그런 다음 엄숙한 표정을 짓고 안경 너머로 휘트니를 자세히 바라보았다.

"오, 그러니까 문제는 휘트니였군, 맞소?"

에드워드는 고개를 돌려 클레이튼을 쳐다보며 이렇게 말했다.

"휘트니는 자기를 꽉 잡아줄 남편을 만나야 합니다. 그게 바로 내가 애초부터 각하의 구혼에 찬성한 까닭이지요."

"이렇게 고마우실 수가."

기분이 상한 휘트니가 새침한 표정으로 비아냥거렸다.

"그건 사실이야. 휘트니, 너도 그 사실을 알고 있지 않니?"

에드워드는 앤을 쳐다보며 한마디 덧붙였다.

"그 점에서 휘트니는 당신을 꼭 빼닮았소."

"그렇게 말씀해주시다니 몸 둘 바를 모르겠군요."

앤이 가시 돋친 말투로 빈정댔다.

에드워드는 아내의 화난 얼굴을, 다음에는 조카딸의 반항에 찬 얼굴을 힐끗 쳐다본 다음 클레이튼에게로 눈길을 돌렸다. 클레이튼은 짙은 눈썹을 활 모양으로 치켜올린 채 인상을 쓰고 있었다. 그런 그의 표정에는 재미있어하면서도 빈정거리는 기미가 엿보였다.

에드워드는 다음으로 어깨를 들썩이며 웃음을 참고 있는 스티븐을 쳐다보았다. 진정으로 예의 바른 공작 미망인 알리사만이 아무런 감정도 드러내지 않고 있었다. 에드워드가 한숨을 내쉬며 알리사에게 말을 건넸다.

"음, 이제 보니 제가 여기 있는 모든 분들의 기분을 상하게 했나본데, 그렇다면 제가 유능한 외교관이라는 소문이 안 믿어지시겠군요."

알리사가 환하게 웃으며 입을 열었다.

"길버트 경, 나는 조금도 마음이 상하지 않았답니다. 사실 나는 난봉꾼을 편애한답니다. 나로 말할 것 같으면 난봉꾼과 결혼을 해서 난봉꾼 아들을 둘이나 길렀으니까요."

알리사는 이렇게 말하면서 의미심장하게 스티븐을 잠깐 쳐다보았다.

32

 클레이모어 공작과 휘트니 앨리슨 스톤의 약혼 사실이 신문에 발표되자 런던 시내는 태풍과도 같은 거센 소요에 휩싸였고, 휘트니는 그 소요의 중심에 있었다.
 듣도 보도 못한 온갖 사교모임에 초대하는 무수한 초대장들이 아치볼드 저택으로 속속 도착했고 클레이튼과 휘트니는 두 사람을 축하하기 위해 지인들이 여는, 이러저러한 파티에 참석하지 않을 수 없었다. 그 와중에서도 쉴 틈도 없이 빡빡한 결혼 준비 일정에 쫓겨야 하는 휘트니는 극도의 피로로 기진맥진하다시피 했다. 뿐만 아니라 그녀에게는 결혼 첫날밤이 가까워질수록 커지는 걱정이 있었다.
 휘트니는 가끔 에밀리 집의 손님용 침실에 누워 있을 때면 다른 여자들이 성행위에 따르는 고통을 참을 수 있다면 자신도 참아낼 수 있을 것이라 믿고 싶었다. 뿐만 아니라 그 행위 자체나 그에 따르는 끔찍한 고통은 그리 오래 지속되지 않을 것이라고 자기 최면을 걸곤 했다. 그녀는 무엇보다 클레이튼을 열렬히 사랑했다. 그래서 만약 그가 자신에게 그런 고통을 주는 행동을 하고 싶어 한다면 그때는 그를 행복하게 해주기 위해 괴로움을 참을 터였다. 그래서 휘트니는 그런 일이 아주 가끔만 일어나기를 바랐다. 그럼에도 불구하고 휘트니는 클레이튼이 다시 지난번과 같은 행동을 하게 될 날뿐만 아니라 사실상 그 시간까지 알고 있다는 것이 그렇게 끔찍할 수가 없었다.

그러던 어느 날, 평소보다 좀 더 이성적으로 생각을 하게 된 휘트니는 나름의 결론을 내렸다. 예로부터 신부에게 순결을 지키게 하는 것은 신부가 결혼 첫날밤에 끔찍한 고통이 닥친다는 걸 미리 알지 못하게 하기 위함이라는 결론이었다.

하지만 불행히도 결혼식을 1주일 정도 남겨놓은 무렵 휘트니의 의연한 태도는 온데간데없이 사라져버렸다. 그녀는 날이 갈수록 결혼 첫날밤을 치를 일이 두려워지기 시작했다. 설상가상으로 결혼식이 다가올수록 첫날밤에 대한 클레이튼의 관심은 더욱 불타오르기만 해서 휘트니는 갈수록 불안해졌다.

그녀는 옷장에 걸려 있는 크림색 웨딩드레스만 보아도 등줄기가 오싹해졌다. 웨딩드레스를 보면 클레이튼이 처음 자신을 이곳으로 데려온 날 밤 찢어버렸던 크림색 공단 드레스가 생각났기 때문이다. 그렇다고 휘트니는 자신이 열렬히 사랑하는, 친절하고 이해심 있는 남자가 결혼 첫날밤에 자신의 옷을 찢어버릴 것이라고 믿는 건 아니었다. 하지만 클레이튼이 옷을 그대로 입고 있도록 놓아두리라는 기대도 하지 않았다.

휘트니는 마이클이 에밀리에게 잠자리에 들 준비가 되었는지 아닌지 물었을 때 에밀리가 어떤 반응을 보이는지 은밀히 눈여겨보기 시작했다. 에밀리는 마이클과 침실에 드는 것을 전혀 두려워하지 않는 것 같았다. 앤 이모 역시 이모부와 함께 잠자리에 드는 것을 피하려고 하지 않았다는 기억이 났다. 그렇다면 왜 난 부부 행위에 따르는 고통을 생각하며 겁을 내는 걸까? 그 생각을 하면 할수록 휘트니는 더욱 소름 끼치도록 확신하게 되는 것이 하나 있었다. 자신에게는 성행위를 할 때 고통을 느끼게 하는 육체적 결함이 있다는 생각이었다.

그런 정신적인 괴로움만 있는 게 아니었다. 결혼식 날짜가 가까워짐에 따라 클레이튼이 손과 입과 온몸으로, 잔인하고 의도적으로 자신을 능욕한 그 끔찍한 날 있었던 광경이 끊임없이 그녀를 불안하게 만들었다. 그날 밤 쓰라리게 맛본 굴욕감이 자꾸 되살아나 그녀의 마음을 괴롭히며 두려움과 당혹감에 휩싸이게 했다.

휘트니는 결혼식을 닷새 앞두었을 때 누적된 피로 때문에 클레이튼의 친구가 연 무도회에 참석하지 못했다. 다음 날 휘트니는 클레이튼에게 오후에 러더포드 가에서 열릴 파티에 참석하지 못하겠다는 쪽지를 보냈다.

결혼식을 앞둔 몇 주 동안 휘트니와 가까이 있기 위해 어퍼 브룩에 있는 타운하우스로 거처를 옮겨 지내고 있던 클레이튼은 휘트니의 쪽지를 읽고는 어리둥절해하며 얼굴을 찡그렸다. 클레이튼은 잠깐 생각을 한 뒤 마차를 타고 아치볼드 남작의 타운하우스로 곧장 달려갔다. 클레이튼은 그날 아치볼드 부부가 외출을 하고 휘트니 혼자 있다는 사실을 알고 있었다.

휘트니는 새 편지지를 꺼낸 다음 펜을 잉크병에 담갔다. 그러고는 몇 주 동안에 걸쳐 끊이지 않고 도착하는 결혼 선물에 대한 감사 인사를 쓰는, 심신을 지치게 하는 작업을 계속하고 있었다. 클레이튼은 응접실 입구에서 걸음을 멈추고 휘트니를 가만히 바라보았다. 책상에 앉아 있는 그녀는 숱 많은 진밤색 머리카락을 대충 비틀어 가는 끈으로 묶고 있었다. 머리를 한쪽으로 살짝 기울인 채 편지를 쓰고 있는 그녀의 옆모습은 흠잡을 데 없이 아름다웠다. 그 모습에 취한 클레이튼은 휘트니가 이 세상에 속하지 않는, 천상의 존재처럼 느껴졌다.

"귀찮은 문제라도 있는 거요?"

클레이튼이 한참을 그대로 서 있다가 비로소 입을 열며 문을 닫고 안으로 들어섰다. 휘트니에게로 다가선 그는 그녀의 손을 잡고 부드럽지만 힘차게 그녀를 의자에서 끌어냈다. 그리고 소파로 데려가며 능청스럽게 말했다.

"아가씨, 날 이렇게 구경꾼으로 세워두었다가 결혼식장에 가서야 내 존재를 기억할 참이오?"

휘트니는 클레이튼 옆에 주저앉으며 입을 열었다.

"러더포드 가에서 열리는 무도회에 못 가서 미안해요."

휘트니가 지친 얼굴로 대답하자 클레이튼은 비록 가볍게라도 휘트니를 책망한 것을 당장 후회했다.

"하긴 이런저런 일들로 정신없이 바쁜 나도 가끔은 구경꾼처럼 느껴질 때가 있어요. 어젯밤엔 당신이 얼마나 보고 싶었는지 몰라요. 무도회에서는 즐겁게 보냈어요?"

클레이튼이 휘트니의 턱을 들어올리고 대답했다.

"당신이 없는데 어떻게 즐거웠겠소?"

클레이튼은 그녀의 입술을 덮으며 중얼거렸다.

"자, 나를 얼마나 보고 싶어 했는지 보여주오."

휘트니의 긴장과 피로는 클레이튼이 열정적으로 퍼붓는 키스의 열기 속에서 금세 녹아 없어졌다. 일종의 관능이 주는 몽롱함 속에서 휘트니는 클레이튼이 자신을 소파 위에 눕히기 위해 느리지만 굴함 없이 자신을 끌어당기고 있음을 어렴풋이 알아차렸다. 하지만 클레이튼이 혀를 넣었다 뺐다 하며 자극적인 키스를 퍼붓는 상황에서 자신이 어떤 자세를 취하는가는 거의 무의미해 보였다.

휘트니의 오감은 정신을 아득하게 하는 진한 키스와 벌어진 입에 대고 속삭이는, 부드러우면서도 감정을 자극하는 밀어들 때문에 몽롱해졌다.

"아무리 당신을 품어도 당신에 대한 갈증을 완전히 채우지는 못할 거요. 영원히!"

클레이튼이 휘트니에게 몸을 굽히며 속삭였다. 그리고 휘트니의 목둘레선 위로 드러난 맨살을 손으로 더듬었다. 그런 다음 드레스 전면에 촘촘하게 달려 있는 자잘한 단추들을 재빨리 풀었다. 휘트니가 반항을 하기도 전에 속옷을 벗겨내린 그는 유유히, 그녀의 드러난 젖무덤으로 입술을 가져갔다.

"하인들이 봐요!"

휘트니가 질겁하며 속삭였다.

"이곳 하인들은 나를 끔찍이도 무서워하거든. 행여 불이 났다고 해도 그걸 알려주러 들어올 엄두조차 못 낼 거요."

클레이튼은 혀로 휘트니의 분홍빛 젖꼭지를 건드렸다. 그러자 휘트니는 쾌락에 빠져들지 않으려고 사력을 다해 몸부림을 쳤다. 그리고 꽉 잠긴 목소리로 외쳤다.

"그만 해요, 제발!"

휘트니는 비틀거리며 일어나 앉아 열린 보디스를 부여잡고는 더듬거리는 손으로 황급히 단추를 채웠다.

클레이튼이 손을 뻗어 잡으려 하자 휘트니는 소파에서 얼른 일어섰다. 휘트니의 반응에 놀란 클레이튼은 상체를 일으켜 소파에 앉았다. 그리고 휘트니를 물끄러미 바라보았다. 얼굴이 발그레하게 상기된 휘트니는 너무나 아름다웠다. 그러나 거의 까무러칠 만큼 놀란 상태였다!

"휘트니?"

클레이튼이 무슨 일인지 조심스럽게 물었다.

휘트니는 소스라치게 놀라 두세 걸음 뒤로 물러섰다. 그런 다음 클레이튼이 앉은 소파의 반대쪽 끝에 무너지듯 풀썩 주저앉았다. 표정을 보니 괴롭고 당혹스러워 보였다. 클레이튼은 그런 휘트니를 가만히 지켜보았다. 그녀는 뭔가 말을 꺼내려고 했다가 마음을 바꾸고는 이마를 쓸어올렸다. 드디어 휘트니가 애원이 담긴 눈을 들어올려 클레이튼의 눈을 마주보면서 어렵게 입을 열었다.

"당신한테 부탁하고 싶은 게 있어요. 헌데 그 부탁은 당혹스럽고 불쾌한 거예요. 우리 결혼식에 관한 일인데, 첫날밤을 치르는 것과 관련이 있어요."

클레이튼은 휘트니의 얼굴이 긴장되었다는 걸 느끼고 걱정스러워졌다.

"부탁이라는 게 뭐요?"

클레이튼이 나직하게 물었다.

"내 부탁을 듣고 화내지 않겠다고 약속해줄래요?"

"그렇게 하겠소."

"그러니까 나, 난 진심으로 우리 결혼식 날을 기다릴 수 있으면 좋겠어요. 하지만 그럴 수가 없어요. 결혼 첫날밤에 일어날 일 때문이죠. 그러니까, 그날 밤 이후로 죽 말이에요. 다른 신부들은 정확히 이해하지 못할 거예요. 하지만 난 지금 그래요. 게다가 난……."

휘트니는 얼굴을 붉히며 말끝을 흐리더니 더 이상 말을 잇지 못했다.

"내게 부탁하고 싶은 게 뭐요?"

클레이튼이 물었다. 그렇지만 그는 휘트니가 무엇을 부탁하려는지 이미 알고 있었다.

"당신이 기다려준다고 동의해줄지 궁금해요."

휘트니가 간신히 설명을 시작했다.

"그러니까 내 말은 결혼 첫날밤에, 내게 전에 했던 그런 행동을 하지 않겠다고 약속해줄 수 있는지 궁금하다구요."

더 이상 클레이튼의 침착한 시선을 마주할 수 없었던 휘트니는 고개를 돌렸다. 휘트니는 부부생활에 대해서는 충분한 지식이 없었지만 여느 부부들이 그런 약속을 하지 않는다는 사실 정도는 알고 있었다. 그리고 혼례란 신랑신부가 잠자리를 함께하고 나서야 완결된다는 것도 잘 알고 있었다. 지금은 구식으로 취급되는 일이지만 갓 결혼한 신혼부부의 '동침을 지켜보는' 오래된 관습에 따르면 혼례는 신랑신부가 결혼 초야를 치르는 방을 구경꾼들이 훔쳐보는 것으로 완성되었다. 구경꾼들은 신부가 모든 점에서 남편을 따르고 또 남편의 욕정을 만족시켜주는 것을 포함한 아내의 의무와 맹세들을 제대로 지키는지 지켜보았다.

"정녕 그렇게 하고 싶소?"

클레이튼이 오랜 침묵을 깨고 물었다.

"꼭 그렇게 하고 싶어요."

휘트니가 속삭이듯 대답했다.

"내가 동의해주지 않으면 어떻게 할 거요?"

휘트니는 제 손을 뚫어져라 쳐다보며 침을 삼켰다.

"그럼 당신에게 복종하겠어요."

"내게 복종하겠다?"

클레이튼은 어리둥절해서 휘트니에게 되물었다. 또 '복종'이란 말에 조금은 화가 났다. 그는 휘트니가 여전히 서로를 애타게 원하는 두 남녀가 그 갈구의 절정에 이르러서 하는 행위를 '복종'해야만 하는, 일종의 처벌로 여긴다는 사실을 도무지 납득할 수가 없었다. 휘트니는 언제나 간절한 마음으로 자신의 품에 안겼고 자신과 거의 다름없을 만큼 열정적이고 갈망에 차서 자신의 키스에 응했다. 그리고 그가 포옹을 할 때마다 본능적으로 몸을 밀착시키며 바싹 안겨왔다. 그런데 휘트니는 결혼 첫날밤 내가 어떤 행동을 할 것으로 상상하는 것일까? 혹 발광한 짐승으로 돌변해서 예전처럼 자신의 옷을 갈기갈기 찢고 난폭하게 대하리라고 생각하는 것일까?

"날 두려워하는 거요?"

클레이튼이 조용하게 물었다.

그러자 휘트니는 얼른 눈을 들어 클레이튼을 쳐다보며 단호하게 말했다.

"아니에요! 당신이 그렇게 생각하는 건 견딜 수 없어요. 난 당신이 먼젓번처럼 행동하지 않으리라는 걸 잘 알고 있어요. 난 다만 당신이 내게 어떻게 할지 정확하게 알고 있기 때문에 당혹스러울 뿐이에요. 그런데 그것 말고 다른 문제가 있어요. 몇 주 전에 당신한테 말했어야 했을 끔찍한 거예요. 클레이튼, 내 몸 어딘가 문제가 있는 것 같아요. 그러니까 그날 밤 당신이 내게 그렇게 할 때 끔찍하게 아팠어요. 그런데 다른 여자들은 그런 고통을 안 느끼는 것 같아서……."

"그만!"

더 이상 자신의 잘못을 견딜 수 없었던 클레이튼이 꺼칠한 목소리로 휘트니의 말을 중단시켰다. 그리고 한숨을 쉬며 휘트니의 말을 그날 밤 자신의 무자비한 폭행에 대한 형벌로 받아들였다. 그런데 그날 휘트니에게 행한 몹쓸 짓에 비추어볼 때 이 형벌은 너무도 가벼워 보였다.

"다음 두 가지 조건을 받아들인다면 당신이 나와 사랑을 나눌 준비가 될 때까지 기다리겠노라 약속하겠소."

클레이튼이 나직하게 말했다.

"첫째, 결혼 첫날밤 이후 우리가 사랑을 나눌 시간을 선택하는 권한은 내가 갖겠소."

그 말에 휘트니는 고개를 주억거리며 큰 시름을 놓았다는 표정을 지었다. 그 바람에 클레이튼은 그만 웃음을 터뜨릴 뻔했다.

"둘째, 지금부터 며칠 동안 당신은 이제 내가 들려주는 말을 진지하게 생각해보겠다고 약속하시오."

휘트니는 두 번째 조건에도 열심히 고개를 끄덕였다.

"휘트니, 먼젓번 우리 사이에 있었던 일은 내가 당신에게 일방적으로 가했던 폭행일 뿐이오. 그건 사랑의 행위가 아니라 이기적인 앙갚음에 지나지 않았소."

클레이튼은 그녀가 자신의 말뜻을 이해하려고 애쓰고 있음을 알아차렸다. 그러나 이 시점에서 휘트니에게 행위는 행위일 뿐이었다. 그러니 그 행동이 이전에 고통스럽고 굴욕적이었다면 앞으로도 역시 고통스럽고 굴욕적일 터였다.

"이리 오시오. 행동으로 보여주면 이해가 더 잘 될 거요."

클레이튼이 부드러운 말로 그녀를 불렀다.

휘트니의 얼굴에 걱정스런 기색이 언뜻 스쳤다. 하지만 그녀는 고분고분하게 클레이튼 곁으로 다가와 옆에 앉았다. 클레이튼은 휘트니의 턱을 들어올리고는 깊고도 부드럽게 키스를 했다. 그의 키스에 대한 휘트니의 반응은 평소보다 늦게 나타났다. 하지만 그녀의 반응은 무척 따뜻하고 사랑으로 가득 차 있었다.

"레이디 유뱅크의 저택 발코니에서 내가 당신에게 처음으로 키스한 때를 기억하오?"

굽혔던 몸을 바로 세워 앉은 클레이튼이 휘트니의 눈을 가만히 들여다보며 물었다.

"그 키스는 세버린의 질투를 사려고 나를 이용하려 했다는 데 대한 벌이었소. 기억하오?"

휘트니는 고개를 끄덕이며 대답했다.
"그래서 당신 따귀를 때렸죠."
그때를 떠올리며 휘트니가 웃었다.
"지금도 내 뺨을 후려치고 싶소? 어떤 점에서든 방금 전의 키스가 처음으로 한 키스와 같게 느껴지는 점이 있소?"
"아뇨."
"그렇다면 내가 당신을 다음 번 내 침대로 데리고 갈 때는, 이 키스가 상황에 따라 서로 다르게 느껴지는 것처럼 우리 두 사람 사이에 일어나는 일도 전과는 다를 것이라는 말을 믿어주오."
"알겠어요."
휘트니는 한시름 놓았다는 듯 환하게 웃었다. 하지만 휘트니가 자신의 말을 조금도 믿지 않고 있다는 사실을 클레이튼은 알 수 있었다. 어쨌든 휘트니는 결혼 초야를 치르는 일이 뒤로 미뤄져서 날아갈 듯 기뻤다.

33

 첫새벽이 밝아오자 휘트니는 서늘한 이불 밑에서 빠져나왔다. 그녀는 어둠 속에서 실내복을 더듬어 찾아 입고 창문 앞에 놓여 있는 의자에 앉았다. 그러고는 자신의 결혼식 날 런던 시가지 위로 떠오르는 태양을 지켜보았다. 그녀는 기도를 했다. 그녀의 모든 기도는 '부디'가 아닌 '고맙습니다'로 시작되었다.
 휘트니는 집 안팎이 서서히 활기를 띠어가는 소리와 하인들이 복도를 오가는 소리며 제 방 앞을 지나다니는 발자국 소리들을 들었다. 결혼식은 오후 세 시나 되어야 시작될 텐데 그 시간이 마치 영원처럼 멀게 느껴졌다.
 아침 식사를 한 뒤 오전 네 시간 동안은 시간이 너무 느리게 흘러가더니 정오가 지나고 나서는 날듯이 휙휙 지나갔다. 사람들은 휘트니의 침실을 종종걸음을 치며 들락거렸다. 그러는 동안 앤은 침대에 앉아 클라리사가 휘트니의 숱 많은 머리칼을 빗질하는 것을 지켜보고 있었다. 드레스로 갈아입을 준비를 마친 에밀리가 가운 차림으로 방안으로 들어왔고 엘리자베스가 그 뒤를 따라 들어왔다.

"어서들 와."

휘트니는 차분하면서도 기쁨에 넘치는 목소리로 인사를 건넨 다음 입을 다물었다.

"긴장이 돼서 그러니? 아니면 그냥 입을 다물고 싶어서 그런 거니?"

에밀리가 짓궂게 놀렸다.

"어느 쪽도 아냐. 그냥 행복해서 그래."

"조금도 긴장되지 않는단 말야?"

엘리자베스가 웃음을 참으며 에밀리와 앤에게 공모자들끼리 나누는 은밀한 시선을 던지며 말을 이었다.

"공작 각하께서 그새 변심이라도 하셨으면 어떻게 할래?"

"그럴 리 없어."

휘트니가 아주 차분하게 말했다.

그때 클레이튼의 모친 알리사 웨스트모어랜드가 웃으며 방으로 들어섰다.

"여기 사정도 어퍼 브룩이나 별반 다를 게 없는 것 같군그래. 스티븐이 제 형을 폭발하기 직전까지 몰고 갔거든."

"클레이튼의 신경이 예민해져 있나요?"

휘트니가 못 믿겠다는 듯 물었다.

"믿을 수 없을 정도란다!"

알리사가 웃으며 앤 옆에 앉았다.

"왜죠?"

휘트니가 놀라서 물었다.

"왜냐구? 적어도 열댓 가지 이유가 있는데 직접적이든 간접적이든 모두 스티븐과 관련이 된 거란다. 오늘 아침 정각 10시에 집에 도착한 스티븐이 짐을 잔뜩 실은 두 대의 마차 중 한 대에 휘트니 네가 올라타는 걸 두 눈으로 똑똑히 봤다고 했단다. 그랬더니 클레이튼은 스티븐이 농담이라고 실토하기도 전에 벌써 너를 찾으려고 계단을 뛰어내려갔지 뭐냐."

알리사가 간신히 웃음을 참고 있는 휘트니를 보고 말을 이었다.

"너는 그 얘기가 재미있는지 모르지만 클레이튼은 안 그랬단다. 그 다음엔 신랑 들러리들이 클레이튼을 납치해서 결혼식에 늦게 도착하게 하려고 음모를 꾸미고 있다는 허무맹랑한 이야기를 사실처럼 전했단다. 그래서 지금 열두 명이나 되는 신랑 들러리들이 클레이튼의 감시를 받으며 결혼식을 기다리고들 있단다. 그런데 이건 시작에 불과하단다."

"가엾은 클레이튼."

"가엾은 건 스티븐이지. 난 맏아들이 제 동생을 죽이는 꼴은 지켜볼 수가 없어서 예로 왔단다. 클레이튼은 스티븐이 잡히기만 하면 가만 놓아두지 않겠다고 씩씩거렸단다. 그것도 꽤 진지하게 말이다."

시간은 시위를 떠난 화살처럼 빨리 지나갔다. 어느새 휘트니는 식장에 나갈 준비를 마치고는 앤 이모와 알리사의 점검을 받으러 침실로 들어섰다.

"오 내 사랑스런 아가."

휘트니의 모습에 넋이 나간 알리사가 입을 다물지 못했다.

"내 평생 이렇게 아름다운 신부는 처음 본다."

알리사는 뒤로 물러서서 중세의 신부를 연상시키는, 진주를 수놓은 아이보리색 웨딩드레스를 꼼꼼하게 살펴보았다. 목선이 사각으로 깊이 파인 드레스의 상체 부분은 휘트니의 볼록한 가슴을 꽉 조이고는 가는 허리선을 따라 점점 가늘어졌다. 그리고 허리선에는 꽃처럼 송이를 이룬 다이아몬드와 진주가 달린 금색 체인이 엉덩이 위로 늘어뜨려져 있었다. 공단으로 만들어진 소매의 아랫부분은 팔에 꼭 달라붙었고 진주를 촘촘히 수놓은 소매 위쪽 부분은 팔꿈치에서 종 모양으로 넓게 부풀어 있었다. 뒤로는 가장자리를 진주로 장식한 공단 망토가 멋지게 늘어뜨려져 있었는데 허리에 두른 것과 같은 체인이 어깨에도 늘어뜨려져 있었다.

휘트니는 얼굴을 베일로 가리지 않았다. 대신 긴 머리채를 이마가 훤히 내보이게 뒤로 빗어넘긴 다음 다이아몬드와 진주로 만든 장식핀을 이용해 머리 꼭대기에서 묶은 다음 물결 모양을 이루며 어깨로 흘러내리게 했다. 그리고 부드럽고 풍성하게 말려 올라간 머리카락 끝은 등 한가운데까지 늘어뜨렸다. 언젠가 클레이튼은 그런 식으로 꾸민 머리가 가장 마음에 든다고 한 적이 있었다.

알리사는 여전히 숨을 죽였다. 앤은 바야흐로 공작 부인이 될 조카의 침착한 모습을 보고는 그리 오래되지 않은 기억을 떠올렸다. 마구간지기 소년의 바지를 입고 천천히 달리는 말 등에서 맨발로 균형을 잡고 서 있던 휘트니를 말이다. 잠자코 있던 앤이 드디어 입을 열었을 때는 목이 잠겨 말소리가 똑똑히 들리지 않았다.

"일찍 서둘러 성당으로 떠나야 할 거다. 네 아버지 말씀이 몇 시간 전 성당을 지나오면서 보니까 벌써 구경꾼들이 구름처럼 모여들어서 길이 지독히 막힌다는구나."

그런데 휘트니 일행이 막상 거리로 나서고 보니 도로 사정은 마틴이 말한 것보다 훨씬 더 심각했다. 성당과 네 블록 떨어진 곳에서 휘트니와 앤, 마틴이 탄 4륜 마차는 완전히 멈춰 서고 말았다. 마차들과 결혼식을 구경하려고 나선 사람들이 뒤엉켜 길을 막고 있는 통에 꼼짝도 할 수가 없었다. 마치 런던 시민 전부가 휘트니와 클레이튼의 결혼식을 보려고 나온 것만 같았다.

성당의 커다란 대기실에서 기다리고 있던 신랑 들러리 열두 명은 스티븐이 옆문으로 들어오자 희망을 품고 그를 올려다보았다. 스티븐은 탁자에 기대앉아 있는 클레이튼에게 다가갔다. 클레이튼의 굳은 얼굴은 점점 거세고 불고 있는 마음속 폭풍을 그대로 드러내 보여주었다. 그 모습은 행여 휘트니가 주례 앞에서 자신을 차버리면 어쩌나 두려워하는 것처럼 보였다. 그러나 스티븐은 태연하고 명랑하게 바깥 사정을 전했다.

"바깥이 얼마나 혼잡한지 아수라장이 따로 없을 정도야. 쏟아져 나온 사람들로 온 거리가 발 디딜 틈도 없어. 말이고 마차고 꼼짝도 못하고 서 있다니까."

클레이튼이 벌떡 일어서더니 문 쪽으로 고개를 돌렸다.

"맥레이를 찾아봐라. 이 성당 어딘가에 있을 거야. 그 친구를 찾아서 성당 앞에다 마차를 대기시키라고 전해. 만일 휘트니가 5분 안에 도착하지 않으면 내가 데리러 가련다."

"형의 마차를 모는 말들에게 날개가 솟아나오지 않는 한 아무 소용도 없을 걸. 그러지 말고 이 문으로 와서 왜 형수가 늦는지 직접 눈으로 확인하는 게 어때?"

클레이튼은 스티븐을 따라 광장이 내려다보이는 성당 측면에 난 문으로 걸어갔다. 거리는 떼 지어 몰려나온 인파와 가망 없이 뒤얽힌 마차들로 아수라장을 방불케 했다.

"도대체 무슨 일이 있는 거지?"

"공작이 곧 결혼을 하거든. 그것도 귀족 가문의 혈통도 아닐 뿐더러 어마어마한 자산가의 딸도 아닌 평범하지만 아름다운 여자와 말이야. 분명히 말하지만 형의 결혼식은 세기에 한 번 있을까 말까 한 동화 같은 결혼식이야. 그러니까 사람들이 그 결혼식을 보려고 여기로 몰려오려고 저 난리들을 부리는 거지."

"도대체 누가 저 사람들을 초대한 거야?"

"성당은 교회 소유니까 모두들 여기 들어올 권리가 있다고 생각했을 거야."

스티븐이 심술궂게 한마디 덧붙였다.

"발코니까지 사람들이 꽉 들어차서 들어설 여지도 없지만."

그때 침착하면서도 굵직한 목소리로 클레이튼을 부르는 사람이 있었다.

"각하."

클레이튼을 비롯해 결혼식에서 각각 할 몫이 있는 남자들이 화려한 제의를 차려입은 주교에게 고개를 돌렸다.
"신부께서 도착하셨습니다."
주교가 조용한 목소리로 전했다.
20만 개의 하얀 촛불이 성당의 측랑과 제단을 비추었다. 파이프 오르간 연주자가 연습 삼아 건반의 키를 고르며 곧 결혼식이 거행될 것임을 알렸다. 곧 음악이 장중하게 울려퍼지자 대리석으로 된 성당 바닥에서부터 높은 천장에 이르기까지 메아리가 온 성당을 가득 채웠다.
휘트니는 측랑을 미끄러지듯 내려오는 열두 명의 신부 들러리들을 한 사람 한 사람 쳐다보았다. 테레즈 뒤비에가 하녀한테서 부케를 받아들고는 일행을 정렬시킨 다음 부드럽게 웃으며 휘트니에게로 고개를 돌렸다.
"니키 오빠가 바로 이 순간 너한테 전하라고 한 말이 있어. '다시 한 번 즐거운 항해가 되기를.'"
니콜라의 인사를 전해들은 휘트니는 잠시 냉정함을 잃을 뻔했다. 순간적으로 눈물이 앞을 가렸다. 그러자 휘트니는 일부러 에밀리를 쳐다보았다. 에밀리는 막 연둣빛 공단이 깔린 성당 중앙 복도로 걸음을 내딛고 있었다. 이제 휘트니 곁에는 아버지 마틴만 남았다. 휘트니는 아버지가 이틀 전 결혼식에 맞춰 런던에 온 뒤로 공손하지만 감정이 섞이지 않은 이야기들만 주고받았다. 아버지와 단 둘만 남게 되자 휘트니는 아버지에게 고개를 돌렸다. 아버지는 엄하고 무표정하게 보였다.
"긴장되세요, 아버지?"
휘트니가 아버지를 바라보며 상냥하게 물었다.

"긴장될 게 뭐 있겠니? 영국에서 제일 아름다운 여성의 손을 붙잡고 걸어갈 텐데."

이렇게 말하는 마틴의 목소리가 이상하게도 잠긴 듯했다. 고개를 돌려 딸을 바라보는 그의 눈에 눈물이 어렸다.

"너와 내가 늘 티격태격했으니 네가 이 말을 믿으리라고 생각지는 않는다. 하지만 공작이 너를 충분히 다룰 줄, 아니 너한테 맞는 남자라고 생각하지 않았다면 공작에게 너를 주겠다는 약속은 결코 하지 않았을 게다. 공작이 처음 집으로 찾아왔을 때 너희 두 사람 성격이 닮았다는 생각이 들더구나. 그래서 그 자리에서 공작의 청혼을 받아들였다. 공작도 나도 약혼에 동의할 때까지 돈 얘기는 꺼내지도 않았다."

아버지 쪽으로 몸을 기울여 그 주름진 이마에 입맞춤을 하는 휘트니의 눈이 촉촉이 젖어 있었다.

"그 말씀을 해주셔서 고마워요. 저도 아버지를 사랑해요."

음악이 갑자기 멎었다. 한동안 긴장된 침묵의 순간이 뒤따랐다. 그런 다음 오르간이 두 번 울려퍼졌다. 그러자 휘트니는 떨리는 손을 아버지의 팔 위에 올려놓았다. 음악 소리가 차양을 뚫고 울려 퍼졌다. 한 걸음 한 걸음 뗄 때마다 4천 명이 넘는 사람들이 경외심 가득한 눈으로 바라보는 가운데 휘트니는 길게 뻗은 통로를 걸어가기 시작했다.

클레이튼은 휘트니가 그 순간 어떤 모습일지 마음속으로 그려 보았다. 베일을 쓰고 하늘하늘 나부끼는 흰색 웨딩드레스를 입은 아름다운 신부의 모습을. 그러나 촛불을 지나서 다가오는 신부의 아름다운 모습에 그는 그만 숨이 멎는 것만 같았다. 가슴이 터질 듯한 자랑스러움이 온몸으로 퍼져갔다. 휘트니 같은 신부는 일찍이 없었다. 그녀는 부끄러워하기는커녕 베일로 얼굴을 가리지도 않은 채 자신에게 다가오고 있었다.

휘트니는 클레이튼의 눈을 마주 바라보았다. 그리고 그가 손을 뻗어 자신을 맞을 때까지 그 눈을 계속 바라보았다. 성당 안에 있는 모든 이들에게 신랑에게 다가가고 있는 것이 자랑스럽다는 사실을 보이려고 말이다.

어깨 위로 흘러내린 풍성한 머리채와 날씬한 엉덩이 위에 늘어뜨린 체인이 그녀가 한 걸음 한 걸음 뗄 때마다 우아하게 흔들렸다. 그리고 뒤로는 영롱한 진주로 반짝이는 망토자락이 길게 끌렸다. 그녀는 빼어나게 아름다운 여왕처럼 보였다. 침착하지만 오만하지 않고 도발적인 아름다움을 지녔으되 초연하여 함부로 손댈 수 없는 여왕.

"오, 세상에 저렇게 아름다울 수가!"

클레이튼은 그렇게 혼자 속삭였다.

군중들은 푸르스름한 자줏빛 벨벳 예복을 걸쳐 눈부시게 빛나 보이는 훤칠한 체격의 공작이 앞으로 걸음을 떼자 숨을 죽이고 지켜보았다. 공작이 신부의 손을 잡고 미소 띤 얼굴로 신부의 눈을 들여다보며 속삭였다. 휘트니만이 알아들은 그 속삭임은 "안녕, 내 사랑!"이었다. 잘생긴 공작이 아름다운 신부를 깍듯한 예의를 갖추며 자랑스럽게 내려다보자 신랑신부가 미처 결혼 서약도 하기 전에 사람들은 손수건으로 감격의 눈물을 찍어내기 시작했다.

클레이튼은 휘트니를 제단 위의 자신의 옆자리로 데려갔다. 자신의 옆! 그 자리는 영원토록 그녀의 자리가 되리라.

휘트니는 보기만 해도 마음이 든든해지는 클레이튼의 굳센 손을 잡고 섰다. 결혼 서약을 따라하라는 주교의 말에 그녀는 클레이튼에게로 고개를 돌리고 마음을 편하게 해주는 그의 따뜻한 눈을 바라보았다. 그녀는 단호하고 확신에 찬 목소리로 결혼 서약을 따라했다. 헌데 그녀가 신랑에게 복종한다는 약속을 하자 클레이튼의 표정이 바뀌었다. 그는 못 믿겠다는 듯 한쪽 눈썹을 치켜올리며 아주 익살스런 표정을 지었다. 휘트니는 갑작스럽게 터져나오려는 웃음을 삼키느라 서약의 내용을 잊어버릴 뻔했다.

마침내 두 사람의 성혼이 선언되었다.

오르간으로 연주되는 음악이 높이 울려퍼졌다. 이제 클레이튼은 신부에게 입맞춤할 수 있는 당당한 권리를 갖고 키스를 했다. 그런데 이번 키스는 너무나 순진하고 가벼운 것이, 이제까지 그녀에게 했던 키스와는 너무도 달랐다. 휘트니는 눈을 동그랗게 뜨고 그 놀라움을 표현했다.

"제대로 키스하는 방법을 터득할 때까지 좀 더 연습을 해야 할 것 같소."

클레이튼이 하객을 향해 돌아서며 놀리듯 속삭였다.

공작의 아름다운 신부가 엄숙함을 가장하고 고개를 끄덕이고는 새침하게 속삭였다.

"주인님의 학습을 기꺼이 도와드리지요."

바로 이 말이 나중에 신문에 보도가 된 대로, 공작이 제단을 떠날 때 한쪽 팔로 아내를 감싸고 어깨를 들썩이며 웃은 이유였다.

휘트니와 클레이튼은 마차에 나란히 앉아 클레이모어로 가는 평탄한 길을 따라 당당히 나아갔다. 길버트 경 부처의 마차는 여전히 성당 부근에서 다른 마차들과 뒤엉킨 채 꼼짝도 못하고 있었다. 결국 앤과 에드워드 부부는 갓 결혼식을 마친 신혼부부의 오붓한 시간을 방해하게 된 것을 미안해하면서 마지못해 신랑신부가 탄 마차에 올랐다. 그리고 네 사람 모두 그 사실을 민감하게 느끼고 있었다. 휘트니는 이모, 이모부와 담소를 나누고 있는 클레이튼의 이야기에 귀를 기울이며 그가 자신의 손가락에 끼워준 묵직한 금반지를 가만히 내려다보았다. 길고 가는 손가락 첫마디까지 덮이는 넓은 금반지의 느낌이 낯설었다. 그것은 휘트니 자신이 클레이튼의 소유라는 사실을 세상에 알리는 과감한 선언과도 같은 것이었다.

내 남편? 휘트니는 속눈썹 사이로 클레이튼을 힐끔 훔쳐보았다. 내 남편, 그녀는 속으로 이렇게 되뇌어보았다. 그러자 짜릿한 느낌이 온몸으로 퍼져갔다. 이제 클레이튼은 내 남편이야. 180센티미터가 훌쩍 넘는, 훤칠하고 남자다운 체격에 우아하고 세련되고 힘까지 센 남자가 바로 내 남편이야. 하지만 이 사람이 지닌 힘은 몸속에 축적된, 함부로 휘두르지 않는 절제된 힘이지. 난 이제 클레이튼의 성(姓)까지 지니게 되었어. 내가 이 사람에게 속해 있다니……. 그것은 두려우면서도 멋진 것이라고 휘트니는 생각했다.

신혼부부의 가까운 친지들을 태운 마차가 클레이모어에 있는 간선 도로를 조용히 지나 공작 관저에 이르는 구불구불한 길을 따라 빠르게 달려갔다. 길 양쪽에는 곧 도착하게 될 손님들을 위해 축제의 등불들이 환하게 밝혀져 있었다. 신혼부부 일행이 저택의 본관 앞에 마차를 세웠다. 클레이튼은 휘트니가 마차에서 내리는 것을 도와주었다. 휘트니는 집사에서부터 청지기, 남녀 하인들은 물론 정원사와 문지기, 마부에 이르는 모든 아랫사람들이 각자의 지위에 따라 말끔하게 제복을 갖춰입고는 저택 정면 계단에 줄을 맞춰 서 있는 모습을 보고 깜짝 놀랐다.

휘트니의 예상과는 달리 클레이튼은 그녀를 현관 정문이 아니라 계단 아래로 데려가 아랫사람들 앞에 세웠다. 휘트니는 150명이나 되는 사람들에게 좀 애매한 미소를 지어 보인 다음 클레이튼을 힐끗 쳐다보았다.

"기운을 내요."

클레이튼이 싱긋 웃으며 속삭였다. 다음 순간 우레 같은 환호와 박수 소리가 공기를 갈랐다. 클레이튼은 그 왁자한 소리가 잦아들기를 기다렸다가 입을 열었다.

"이것 역시 웨스트모어랜드 가문의 전통이라오."

눈가에 웃음을 머금고 휘트니에게 설명을 해준 클레이튼은 엄숙한 얼굴로 하인들을 바라보며 오래 전, 납치한 신부와 함께 돌아온 초대(初代) 클레이모어 공작이 하인들 앞에서 했던 말을 쩌렁쩌렁 울리는 목소리로 반복했다.

"그대들의 새 안주인인 내 아내를 보라. 그대들의 안주인이 하는 명령은 곧 내 명령임을 알라. 그대들이 내 아내에게 바치는 봉사는 내게 바치는 봉사임을 알라. 그대들이 내 아내에게 충성을 하는 것은 곧 내게 충성하는 것과 똑같으니라."

클레이튼의 말을 듣는 사람들의 얼굴에 환한 미소가 번졌다. 그가 휘트니를 향해 돌아서서 그녀를 건물 안으로 안내해 들어갈 때 좀 전보다 두 배나 큰 환호성이 들렸다.

흰색과 금색으로 꾸며진 응접실에서 클레이튼은 네 사람을 위해 유리잔에 샴페인을 따랐다. 곧 동생 스티븐과 어머니가 자리를 함께하자 두 잔의 샴페인을 더 준비했다. 저택의 본관 건물에 있는 126개의 방과 본관 건물과 이어진 영빈관에 있는 70개의 객실은 결혼식 하객들로 꽉 들어찼는데, 그들 중 많은 이들이 결혼식 전날 도착했다. 벌써부터 저택 앞에 마차들이 서는 소리가 지치지도 않고 끊임없이 들려왔다. 저택에 여장을 풀었던 하객들이 성당에서 돌아오는 소리였다.

"쉬고 싶소, 여보?"

클레이튼이 휘트니에게 샴페인 잔을 건네며 물어보았다. 휘트니는 시계를 힐끗 쳐다보았다. 7시였다. 결혼피로연은 8시에 열리기로 예정되어 있었다. 그 사이에 클라리사가 드레스를 다림질해야 할 터였다. 그것은 느긋하게 앉아서 샴페인을 마실 여유가 없다는 걸 뜻했다. 휘트니는 마지못해 고개를 끄덕이며 술잔을 내려놓았다.

클레이튼은 샴페인 잔을 아쉬운 듯 쳐다보는 휘트니를 보았다. 그는 놀리듯 휘트니를 보고 싱긋 웃더니 잔 두 개를 들었다. 그리고 그녀를 두 사람이 쓰게 될 방으로 올라가는 폭 넓은 나선형 계단으로 데리고 갔다. 자신의 방과 붙어 있는, 오늘 이후로 줄곧 그녀가 기거하게 될 방 앞에 다다른 그는 걸음을 멈추고 그녀를 위해 문을 열어주었다. 그러고는 들고 있던 샴페인 잔을 건넸다.

"병째 올려 보낼까?"

휘트니를 놀리던 그는 아내가 응수할 틈도 주지 않고 입을 가까이 대더니 눈 깜짝할 사이에 가볍지만 달콤한 입맞춤을 남기고 방을 나갔다.

저택 앞, 마당에서 현관에 이르는 테라스식 계단에는 진홍색 카펫이 깔려 있었다. 하객들은 자주색과 금색 천으로 지은 웨스트모어랜드 가문의 제복을 차려입고 꼿꼿이 차려 자세를 취하고 서 있던 하인 30명의 사열을 받으면서 꾸준히 그 웅장한 계단을 밟고 올라왔다.

피로연장 천장에 매달린, 6단으로 된 샹들리에 불빛 아래 휘트니와 클레이튼이 나란히 서 있었다. 그동안 집사는 하객들이 한 사람 한 사람씩 꽃으로 장식된 피로연장으로 통하는 대리석 정문을 지날 때마다 입장하는 손님들의 이름과 신분을 소리 높이 알렸다.

"레이디 아멜리아 유뱅크이십니다."

집사가 외치는 소리가 휘트니의 귀에 들렸다. 무서운 것이라고는 하나도 없는 늙은 귀족 미망인이 멋진 녹색 터번에 자줏빛 공단 드레스 차림으로 가까이 다가오자 휘트니는 저도 모르게 긴장했다.

"부인, 저는 폴 세버린의 '경쟁심'을 충분히 자극했다고 생각하는데, 맞습니까?"

클레이튼이 싱긋 웃으며 유뱅크를 놀렸다. 유뱅크는 돌연 깔깔 웃더니 클레이튼에게 몸을 바싹 기울이고는 입을 열었다.

"클레이모어 공작, 오래 전부터 묻고 싶은 게 있었다오. '휴식'을 취할 곳으로 하필 핫지 가의 별장을 고른 정확한 이유가 뭐였나 하는 것이지요."

"정확히 말씀드리자면 부인께서 짐작하시는 그대로입니다."
유뱅크가 깔깔거리며 대꾸했다.
"내 그럴 줄 알았다니까! 비록 그 사실을 확인하기까지 몇 주가 걸렸지만 말이에요. 맹랑한 젊은이 같으니라구!"
그녀는 애정이 넘치는 얼굴로 고개를 끄덕이더니 외알 안경을 눈에 대고 돌아섰다. 시골 마을에서 올라온, 불행한 이웃들 중 한 사람을 골라 괴롭히려는 게 분명했다.
샴페인으로 첫 건배를 시작하며 시작된 그날의 만찬은 성대한 파티를 방불케 했다. 스티븐이 첫 건배를 제안했다.
"클레이모어 공작 부인을 위하여."
스티븐이 잔을 들고 외쳤다.
휘트니는 시어머니에게 환하게 웃어 보이며 잔을 들어올렸다.
"스티븐은 당신을 위해 건배하자고 한 것 같은데, 여보."
클레이튼이 싱글거리며 휘트니에게 속삭였다.
"나를 위해서라고요? 아, 네! 물론이죠."
휘트니는 재빨리 들고 있던 잔을 내려놓으며 실수를 감추려 했다. 하지만 너무 늦었다. 이미 하객들이 그녀를 보며 큰 소리로 웃고 있었던 것이다.
신혼부부의 건강을 빌고 두 사람의 행복과 만수무강을 기원하는 축배를 들고 나자, 하객들은 신랑에게 건배를 하라고 야단들이었다. 클레이튼이 의자에서 일어섰다. 휘트니는 사람들을 은근하게 휘어잡는 클레이튼의 위엄을 느끼자 갑자기 가슴이 뿌듯했다.
클레이튼이 입을 열자 낮고 굵은 목소리가 피로연장 구석구석에까지 가 닿았다. 그는 애정이 듬뿍 담긴 눈길로 휘트니를 바라보며 말문을 열었다.

"몇 달 전 파리에서, 어떤 사랑스러운 아가씨가 저를 보고 '공작인 척' 한다고 비난을 했습니다. 그 아가씨는 제가 남의 작위를 사칭하는 사기꾼이라며 다른 작위, 다시 말해 제게 좀 더 어울릴 만한 다른 작위를 고르는 게 어떻겠느냐고 충고를 했답니다. 그때 저는 제가 원하는 다른 작위가 오직 하나 있다는 사실을 깨달았습니다. 다름 아닌 그 아가씨의 남편이라는 작위였습니다."

클레이튼은 눈에 웃음기를 머금고 고개를 흔들었다.

"믿어주십시오. 제가 그 아가씨의 남편이라는 작위를 얻는 것이 공작 작위를 얻기보다 훨씬 어려웠다는 사실을 말입니다."

왁자하던 웃음소리가 가라앉자 클레이튼이 엄숙하게 한마디 덧붙였다.

"그런데 제게는 그 아가씨의 남편이라는 작위가 훨씬, 훨씬 더 값지답니다."

악단이 첫 왈츠를 연주하기 시작하자 클레이튼이 휘트니를 플로어로 이끌었다. 그는 신부를 품에 안고 모든 사람들이 바라보는 가운데 플로어를 돌고 또 돌았다. 하지만 하객들이 쌍쌍이 플로어로 나오자 그는 긴장을 풀고 조금 전보다 느긋하게 휘트니를 리드했다.

클레이튼의 후각은 휘트니의 황홀한 향기에 취했고 그의 몸은 그녀의 손가락 끝만 닿아도 민감하게 반응했다. 그는 내일 밤이나 그 다음날 밤으로 생각했다. 진정으로 휘트니와 자신이 하나가 되는 순간을. 그러자 몸속의 피가 너무도 뜨겁게 들끓어 억지로 그 생각을 떨쳐버리고 다른 생각에 집중하려고 애썼다. 그런데 그는

10초도 지나지 않아 휘트니의 옷을 벗기고 키스를 하고 그녀가 자신을 미친 듯이 갈망할 때까지 손과 입으로 애무하는 상상을 했다.

얼마 후 마틴이 딸에게 다음 춤을 함께 추자고 청해오자 클레이튼은 어머니 알리사와 춤을 추었다. 그렇게 몇 시간이 흘러갔다. 휘트니와 클레이튼이 플로어를 떠나 팔짱을 끼고 한가롭게 거닐며 하객들과 웃고 이야기를 한 것은 자정이 한참 지나서였다.

휘트니는 분명 즐거운 것 같았고 클레이튼도 그녀를 서둘러 피로연장에서 데리고 나가려 하지 않았다. 그는 그날 밤은 침대에서 혼자 잠을 푹 자는 것 말고는 아무것도 간절하게 바라는 것이 없었다. 그러나 새벽 1시를 넘기자, 클레이튼은 하객들이 신랑신부가 그만 침실로 들어가기를 바라고 있다는 느낌을 받기 시작했다. 그런 막연한 느낌은 마커스 러더포드가 그에게 나지막하고 웃음기 어린 목소리로 말함으로써 확인되었다.

"이 친구 참, 딱하기는……. 벌써 두 시간 전에는 슬그머니 사라졌어야지."

클레이튼이 휘트니에게 다가갔다.

"즐겁게 즐기는데 방해해서 미안하지만 그만 이곳을 벗어납시다. 우리가 곧 떠나지 않으면 사람들이 이러쿵저러쿵 수군댈 거요. 이모부님 내외께 편히 주무시라고 인사를 드리러 갑시다."

이렇게 휘트니를 재촉하긴 했지만 클레이튼도 피로연장을 떠나고 싶은 마음은 별로 없었다. 제가 부른 손님들을 모셔놓고 제 집에서 열리는 파티에서 떠밀리듯 떠나게 된 클레이튼은 은근히 부아가 났다. 하지만 곧 깨닫게 되었다. 신랑이 결혼식날 밤에 손님들을 떠나 일찍 잠자리에 드는 것을 반가워하지 않는다는 것이, 또 그 신랑이 바로 자신이라는 사실이 얼마나 별나고 재미있는 것인지를 말이다. 생각이 거기에 미치자 그는 머리를 절레절레 흔들며 웃었다.

클레이튼은 휘트니가 이모부에게 안녕히 주무시라는 인사를 드리고 있을 때까지 여전히 싱글거리고 있었다. 그런데 클레이튼의 웃음을 음탕한 웃음으로 오해한 에드워드는 신랑에게 얼굴을 찌푸려 꾸짖어줘야 할 필요가 있다고 느꼈다. 그 무언의 질책에 어색함과 부당하게 비난을 받았다고 느낀 클레이튼이 딱 잘라 인사했다.

"그럼 그만 물러가겠습니다. 내일 아침 식탁에서 뵙지요."

사실 클레이튼은 그 말을 하기 직전에 에드워드에게 다정한 밤인사를 하려고 했었다.

클레이튼은 입을 다문 채 휘트니를 데리고 본관 건물 서쪽으로 난 별채의 긴 복도를 따라 걸었다. 두 사람이 발코니를 지날 때 휘트니의 마음속에서는 긴장감이 똬리를 틀기 시작했다. 그리고 난간이 있는 계단에 이르자 발걸음이 느려졌다. 그러나 클레이튼은 새로운 문제로 씨름을 하느라 휘트니의 심정을 알아차리지 못했다. 휘트니를 자기 방으로 데려가야 할까, 아니면 그녀가 쓸 방으로 데려다주어야 할까? 하인들이 저택 곳곳을 분주하게 오가고 있었다. 클레이튼은 결혼 첫날밤을 그대로 보냈다는 사실을 하인들이 알게 되는 것을 원치 않았다.

클레이튼이 휘트니를 그녀의 침실로 데려가야겠다고 막 마음을 정한 순간 하인 둘이 계단으로 올라왔다. 그는 제 집에서 도둑질을 하던 사람처럼 하인들의 눈치를 보며 얼른 방향을 바꿔 자기 방의 문을 열었다. 문가에 멈춰 선 휘트니가 무지막지하게 옷을 찢기던 기억에 사로잡힌 것을 알아차리지 못한 클레이튼은 이미 방으로 발을 들여놓고 있었다.

"들어와요, 여보."

그가 홀을 얼른 내려다보고 신부를 안으로 힘차게 끌어들이면서 말했다.

"두려워할 거 없소. 당신에게 덤벼들 미친놈은 이제 없으니까."

휘트니는 자신을 괴롭히던 기억을 떨쳐버리려는 듯 머리를 뒤로 젖혔다. 그런 다음 안으로 발을 들여놓았다. 클레이튼은 안도의 한숨을 내쉬며 문을 닫고 휘트니를 벽난로 오른쪽에 있는 긴 소파로 안내했다. 건너편에는 그날 밤 그가 앉아 있던 의자가 놓여 있었다. 그는 휘트니의 옆에 앉아 그녀의 고혹적인 옆모습을 바라보면서 휘트니의 맞은편에 있는 의자에 앉을 걸 그랬나보다고 생각했다.

하인들이 양쪽 방에 있는 두 침대 모두에서 사람이 잔 흔적을 본다면 이상하게 생각할 테니 각 방을 쓸 수는 없을 거야. 그러니 휘트니를 내 침대에서 재우고 난 소파에서 자야겠군.

클레이튼은 그런 생각을 하며 휘트니를 쳐다보았다. 그녀는 단 위에 있는 커다란 침대를 외면하고 머리를 돌려 벽난로에서 타오르는 불꽃을 바라보고 있었다. 그때 문득 클레이튼은 자신이 약속을 지키지 않은 이유를 휘트니가 궁금해할지 모른다고 생각했다.

"당신은 여기서 자야 할 거요. 그러지 않으면 하인들이 쑥덕거릴 테니까. 난 소파에서 자리다."

휘트니가 고개를 들고 그를 올려보며 방긋이 웃었다. 마치 전혀 다른 생각을 하고 있었다는 듯이 말이다.

잠시 어색한 순간이 지나자 클레이튼이 제안했다.

"우리 이야기나 할까?"

"그래요."

휘트니가 선뜻 동의했다.

"무슨 얘기를 하면 좋겠소?"

"으음, 아무거나 좋아요."

클레이튼은 재미있는 화제를 찾으려고 머리를 짜냈다. 하지만 그의 정신과 육체는 휘트니가 자신의 침실에 있다는 생각으로 흥분되어 있었다.

"오늘 날씨가 참 좋았지?"

그가 고심 끝에 꺼낸 말이었다. 그 말을 들은 휘트니의 얼굴에 미소가 살짝 스쳐가는 것 같았다. 아니면 벽난로의 불빛이 일으킨 착각이었을까?

"비가 오진 않았어."

이렇게 덧붙이고 보니 스스로 생각해도 몹시 멋쩍었다.

"비가 왔다고 해도 상관없었을 거요. 그래도 아름답고 멋진 날이었을 테니까."

클레이튼은 휘트니가 그 빛나는 비취빛 눈으로 자신을 쳐다보며 넋을 빼어갈 것 같은 모습으로 미소 짓지 않기를 바랐다. 제발 오늘밤만은. 그때 누군가가 방문을 조심스럽게 두드렸다.

"도대체 누구지?"

"클라리사 같은데요."

휘트니가 일어서서 자신의 침실로 통하는 문이 없나 둘러보았다. 클레이튼이 복도 쪽의 문을 열었다. 그리고 시종 암스트롱을 짜증스럽게 노려보았다.

"좋은 밤입니다, 각하."

암스트롱이 침착하게 인사를 하더니 물어볼 것도 없이 방안으로 들어왔다. 젠장! 암스트롱과 클라리사를 잊고 있었군. 휘트니와 내가 옷을 입고 잔다면 욕정을 견디기가 훨씬 쉬울 텐데. 클레이튼은 속으로 모든 하인들을 저주하며 휘트니에게 그녀의 방으로 통하는 문을 보여주고는 자신의 방 어딘가에 암스트롱이 있다는 사실도 잊어버린 채 몸을 휙 돌려 침실과 인접한 서재로 성큼성큼 걸어가버렸다.

클레이튼은 줄지어 서 있는 서가를 살펴보며 읽을 만한 책을 찾다가 문득 한심한 생각이 들었다. 도대체 신혼 첫날밤에 책은 무슨 얼어죽을 책이란 말인가! 두 사람이 함께 휩싸였던 격정을 가까스로 억눌러온 게 벌써 8주나 되었는데 휘트니는 왜 아직도 저렇게 소스라치게 놀랄까? 그리고 내가 맨정신이었다면 어떻게 그처럼 얼토당토않은 약속을 할 수 있었단 말인가?

클레이튼이 책으로 손을 뻗는데 암스트롱이 발소리도 내지 않고 조용히 서재로 들어왔다.

"도와드릴까요, 각하?"

클레이튼이 서가에서 얼른 손을 내리며 암스트롱에게 대꾸했다.

"필요하면 벨을 울리겠네!"

클레이튼은 짜증을 드러내지 않으려고 애쓰며 퉁명스럽게 대꾸했다. 만약 그가 성을 내거나 고함을 치면 하인들은 자신이 신혼 첫날밤에 소년처럼 긴장했다고 수군댈 터였다.
"오늘은 고생이 많았으니 그만 쉬게, 암스트롱. 잘 자게."
클레이튼은 이렇게 덧붙여 말했다. 그런 다음 놀란 암스트롱을 몸소 방문까지 데리고 가서는 복도로 밀어낸 다음 문을 잠갔다.

클레이튼은 서재로 돌아가서는 겉옷을 벗고 넥타이를 풀었다. 그리고 셔츠 위쪽 단추 두 개를 풀었다. 책상 위에 있는 술병의 마개를 열고 유리잔 가득 브랜디를 따랐다. 그런 다음 서가에서 책을 하나 뽑아 의자에 앉아 다리를 쭉 뻗었다. 긴장을 풀 생각으로 브랜디를 천천히 음미하며 같은 구절을 네 번이나 되풀이해 읽었다. 그러다가 결국 책읽기를 포기하고 책상에 털썩 내려놓았다.

단 하룻밤만 정욕을 참으면 될 것을, 그것을 못 참고 안절부절 못하는 자신에게 클레이튼은 무척 화가 났다. 그리고 조금은 놀라기도 했다.

8주 동안이나 금욕의 시간을 견뎌냈는데 이 하룻밤이 왜 이다지 중요하단 말인가? 중요하긴 중요하지. 그는 뒤늦게 깨달았다. 그것은 자신도 모르는 사이에 신혼 첫날밤을 육체적인 사랑을 나누는 것으로 알고 있었기 때문이다. 그는 성년이 된 이후 자신의 삶에서 '해야 하는 것으로 되어 있는' 것들에 관심을 둔 적이 없었다는 사실에 대해 곰곰이 생각하게 되었다. 그래서 자신이 왜 오늘밤 남들이 하듯 사랑을 나눠야 하는지 이해할 수가 없었다. 그것은 신부의 취할 듯 아름다운 육체가 결혼을 함으로써 이제 자신의 것이 되었고 그 아름다운 몸이 애가 탈 정도로 달뜬 자신의 육체 가까이에 있기 때문이었던 것이다.

클레이튼은 휘트니가 마음의 준비를 하는 데 필요한 시간을 넉넉하게 준 다음 휘트니가 있는 자신의 침실로 돌아왔다. 그런데 휘트니는 없었다. 두 방이 통하는 문이 조금 열려 있었다. 클레이튼은 침실 옆에 딸린 옷방을 통해 휘트니의 침실로 들어갔다. 그런데 거기에도 휘트니는 없었다. 스스로에게 그녀는 자신에게서 실제로 달아날 수도, 달아나지도 않을 거라고 말하면서도 그의 가슴은 쿵쾅거리기 시작했다.

잰걸음으로 갔던 길을 되짚어 온 클레이튼은 자신의 침실 문가에서 안도의 숨을 내쉬며 걸음을 멈추었다. 휘트니가 문 반대쪽, 침대 가까이에서 커다란 침대를 물끄러미 바라보며 서 있었던 것이다. 클레이튼은 촛불에 비친 휘트니의 표정에서 이전 밤의 기억과 두려움을 읽을 수 있었다. 높다란 벽에 그림자를 길게 늘이며 그는 방안으로 걸어갔다.

휘트니가 고개를 들고 클레이튼을 올려다보았다. 그는 휘트니가 두려운 기색을 매혹적인 미소 뒤로 얼른 숨기는 것을 보았다.

"당신은 정말 누구세요?"

휘트니는 오래 전 아르망 가의 가면무도회 때와 똑같이 다른 꿍꿍이가 있는 듯한 말투로 물었다.

"공작이오."

클레이튼은 그날 밤 두 사람이 서로 희롱하던 양을 떠올리며 미소를 지었다.

"또 그대의 남편이기도 하오. 그러는 그대는 누구요?"

"공작 부인이에요!"

휘트니는 기쁘면서도 믿어지지 않는다는 듯 소리쳤다.

"그리고 내 아내이기도 하오?"

휘트니가 천천히 고개를 끄덕였다. 그리고 기쁨에 겨워 활짝 웃어 보였다. 클레이튼은 가면무도회가 열렸던 밤, 노란 미나리아재비와 자줏빛 바이올렛으로 머리를 장식한 도발적인 여신을 떠올렸다. 그와 동시에 자신의 침대 옆에 서 있는 휘트니를 보았다. 그러자 갑자기 그녀와 당장 사랑을 나눌 수 없다는 사실이 대수롭지 않게 여겨졌다. 중요한 것은 마침내 휘트니가 자신의 아내가 되었다는, 마침내 자신이 성공적으로 휘트니를 아내로 맞이했다는 것이었다. 휘트니는 이제 정말로 내 아내야! 그런 생각을 하자 클레이튼은 개선장군처럼 득의만만하고 뿌듯해졌다.

"나의 '순종적'인 아내요?"

그는 순종적이라는 말에 힘을 주며 휘트니를 놀렸다.

휘트니가 다시 고개를 끄덕였다. 그러는 그녀의 눈에서는 웃음기라고는 좀처럼 찾아볼 수 없었다.

"그럼 이리 오시오, 내 순종적인 아내여."

클레이튼이 달뜬 목소리로 말했다.

불안의 그림자가 휘트니의 생기에 찬 얼굴을 스쳐갔다. 하지만 클레이튼을 향해 몸을 완전히 돌리고 언제나처럼 자연스럽고 우아하게 다가가기 시작했다. 그때서야 클레이튼은 휘트니가 무엇을 입고 있는지 깨닫고는 신음을 토했다. 휘트니의 실내복은 전체가 하늘하늘한 흰색 레이스로 만들어진 것이어서 팔과 젖가슴, 심지어는 다리에 이르기까지 맨살이 거의 드러났다. 목둘레선 위로 비어져나온 휘트니의 젖가슴을 본 클레이튼은 끓어오르는 욕정을 참아내야 한다는 아쉬움 때문에 다시금 괴로워졌다.

휘트니는 클레이튼의 앞까지 몇 걸음 남겨놓고 멈춰 서서는 두렵고 당혹스런 얼굴로 클레이튼을 가만히 바라보았다. 마치 마저 걷고 싶지만 혼자서는 그렇게 할 수 없다는 듯이.

"다, 당신이 했던 약속을 기억해요?"

휘트니가 머뭇거리며 물었다.

클레이튼은 분명히 기억하고 있었다!

"기억하오, 내 사랑."

그가 나지막이 대답했다. 그러고는 휘트니에게 다가가 살며시 품에 안았다. 그는 자신의 얇은 셔츠 위로 살며시 눌린, 거의 맨살이나 다름없는 젖무덤의 감촉을 모르는 체하려고 애썼다. 그는 휘트니와 키스를 하고 싶었다. 하지만 휘트니가 너무 심하게 떠는 바람에 그것마저 조심스러웠다. 그래서 제 가슴팍에 기댄 휘트니의 얼굴을 한 손으로 붙잡고 다른 한 손으로는 길고 반들거리는 머리칼을 천천히 쓰다듬기만 했다.

"어렸을 때는 밤마다 침대에 누우면 벽장에 무언가 들어 있다는 상상을 했어요."

휘트니가 클레이튼의 가슴에 대고 떨리는 목소리로 말했다.

"내 벽장엔 장난감 병정들이 들어 있었는데 당신 벽장에 뭐가 들어 있었소?"

클레이튼은 휘트니가 침묵에 빠져들자 하던 이야기를 계속하도록 그녀를 거들었다.

"괴물들이 들어 있었죠! 발톱이 날카롭고 커다란 눈이 툭 튀어나온, 징그럽게 생긴 거대한 괴물들이었어요."

그녀는 떨리는 숨을 삼키고서는 이야기를 계속했다.

"이 방에도 괴물들이 있어요. 어둠 속 구석구석에 소름 끼치는 기억들이 숨어 있어요."

클레이튼은 가슴 저린 후회 때문에 움찔하고 말았다.

"그런 기억들이 있다는 걸 알고 있소. 하지만 당신은 아무것도 두려워할 필요가 없소. 약속대로 난 오늘밤 당신에게 아무것도 요구하지 않을 테니까."

휘트니는 몸을 조금 뒤로 젖히고 클레이튼을 올려다보았다. 그녀의 얼굴은 너무도 사랑스럽고 여려 보였다. 그는 어쩌다가, 도대체 어쩌다가 자신이 그날 밤 휘트니에게 그토록 몹쓸 짓을 했는지 이해가 되지 않았다. 휘트니는 뭐라고 말을 하고 싶었지만 할 수가 없었다. 대신 클레이튼의 가슴에 뺨을 대고 두 팔을 살며시 내려 그의 허리에 감았다.

조금 뒤 휘트니가 이야기를 다시 시작했다.

"난 밤이면 벽장에 무엇이 들어 있을까 두려워하며 침대에 누워 있었어요. 그러다가 더 이상 두려움을 참을 수 없게 되면 방을 가로질러 달려가 벽장문을 벌컥 열고는 그 안을 들여다봤어요."

클레이튼은 속으로 웃었다. 그것은 두려움 때문에 이불을 뒤집어쓰고 움츠린 채 시들어가다가 드디어 어둠과 대면한 것과 같았다. 휘트니가 다시 입을 열었을 때는 목소리가 너무 낮아서 클레이튼은 귀를 바짝 세워야 했다.

"벽장은 항상 비어 있었어요. 괴물도 없고, 무서워할 게 아무것도 없었어요."

휘트니는 떨고 있었다.

"클레이튼, 난 당신 침대에 누워서 어둠 속에 무엇이 웅크리고 있을까 두려워하며 첫날밤을 보내고 싶지는 않아요."

그 말에 클레이튼은 깜짝 놀란 나머지 손동작을 멈췄다. 그런 다음 그는 휘트니를 달래려 계속 머리칼을 어루만지며 그녀에게 다시 생각할 시간을 주었다.

"확실하오?"

그가 나지막이 물었다.

휘트니가 고개를 끄덕이며 속삭였다.

"네, 그래요."

클레이튼은 몸을 굽히고 휘트니를 번쩍 안아들고 침대로 데려갔다. 그 침대 위에서 그는 휘트니에게 남녀간에 이루어지는 성행위가 여자의 자존심을 얼마나 무지막지하게 짓밟을 수 있는지를 가르쳐주었었다. 그는 한 발짝 한 발짝 떼어놓으며 다짐하고 또 다짐했다. 이번에는 더할 나위 없이 따뜻하게 그녀를 보듬어 안아서 지난번의 혹독한 기억을 떨쳐버리도록 하겠어. 휘트니의 무릎을 받쳐들고 있던 손을 빼내자 그녀의 다리가 클레이튼의 허벅지를 미끄러지듯이 타고 침대로 내려갔다. 그 느낌 때문에 그녀의 앞가슴에 매인 끈을 풀고 드레스를 벗기는 손이 욕정으로 떨렸다.

휘트니의 우윳빛 어깨와 장밋빛 유두를 달고 있는 풍만한 젖무덤이 방 반대편에서 타고 있는 벽난로의 불빛 덕분에 어슴푸레 빛났다.

"당신은 너무 아름다워."

클레이튼이 달뜬 목소리로 속삭였다. 그런데 그의 손이 그녀의 팔을 타고 슬며시 내려가며 얇은 드레스를 바닥으로 떨어뜨리자 그녀가 심하게 떠는 것이 느껴졌다. 그는 이슬처럼 촉촉한 그녀의 입술을 빨아들여서는 길고 달콤한 키스를 했다. 그런 다음 공단 이불을 뒤로 젖히고 그녀를 살며시 들어 침대 위에 눕혔다.

휘트니는 머리끝에서 발끝까지 발갛게 물들인 채 눈을 감고 고개를 돌렸다. 그녀가 눈에 띄게 수줍어하자 클레이튼은 마지못해 협탁 위에 켜져 있던 촛불을 껐다. 잠시라도 그녀의 곁을 떠나면 그녀가 다시 끔찍한 기억을 떠올릴까 두려워 클레이튼은 침대 옆에서 옷을 벗은 다음 그녀와 나란히 누워 조심스럽게 그녀를 품에 안았다. 휘트니의 몸이 뻣뻣해졌다. 클레이튼이 손으로 그녀의 벗은 등을 쓰다듬자 그녀의 몸은 한층 더 뻣뻣해졌다. 클레이튼은 애무를 멈추고 베개에 기댄 채 누워서 그녀의 머리를 자신의 가슴에 대게 했다.

몇 분이 지나자 얕고 느리던 휘트니의 숨소리는 거칠고 빨라졌다. 클레이튼은 그녀에게 손가락 하나도 대지 않았다. 그날 밤 휘트니에게 한 행동을 생각하면 그는 자신이 그렇게 증오스러울 수가 없었다. 휘트니의 온몸이 너무 긴장하고 있어서 그녀의 긴장을 풀어주지 않고는 그녀를 아무리 부드럽게 대한다고 해도 상처만 줄 터였다.

그래서 휘트니가 두 사람이 벌거벗고 있다는 사실을 지나치게 의식하지 않도록 클레이튼은 이불을 끌어당겨 덮어주었다.

"잠깐 이야기를 나눌까?"

클레이튼이 입을 열자 휘트니의 얼굴은 밝아졌다. 클레이튼은 신부가 마치 방금 사형집행 직전에 집행유예를 받은 사람처럼 보여 껄껄껄 웃었다.

"나는 웬만하면 당신이 전에 있었던 일을 마음속에서 몰아내려고 노력했으면 좋겠소. 또 당신이 부부관계에 대해 어떤 이야기를 들었든, 그 모든 것을 잊고 그냥 내 말에 귀를 기울여주었으면 좋겠소."

"네, 그럴게요."

휘트니가 나지막이 대꾸했다.

"'그에게 복종하다'거나 '그녀를 차지하다'는 것과 같은 표현들은 사랑의 행위를 일컬을 때 절대 사용해서는 안 되는 표현들이오. 그렇지만 나는 당신이 사랑의 행위를 이런 식으로 이해하고 있다는 걸 알고 있소. 첫째 표현은 의무를 뜻하며 둘째 표현은 이기적으로 무력을 사용한다는 걸 뜻하오. 나는 당신을 '차지하지' 않을 것이며 당신이 내게 '복종하지' 않도록 할 작정이오. 물론 당신은 어떤 고통도 느끼지 않을 것이오."

휘트니에게 부드러운 미소를 짓던 그가 한마디 덧붙였다.

"장담하지만 당신의 육체는 잘못된 게 아니오. 오히려 당신 몸은 조물주께서 특별히 완벽하고 절묘하게 빚어주셨소."

클레이튼은 검지로 휘트니의 사랑스런 뺨을 간질이듯 쓰다듬었다.

"이제부터 우리가 함께 할 행위는 일종의 나눔이오. 할 수 있는 만큼 당신에게 가까이 가고자 하는, 더 정확히는 당신의 일부가 되고자 하는 내 갈망에서 비롯된 나눔의 행위요. 내가 당신 안에 있을 때 나는 당신을 '차지하는' 것이 아니라 당신에게 나를 주는 것이오. 나는 앞서 당신에게 내 사랑을 주고 오늘 내 반지를 주었듯이 내 몸을 당신에게 줄 것이오. 나는 당신 안에 들어가서 당신이 부양하고 보호할 내 생명의 씨를 남길 것이오. 당신이 끼고 있는 반지처럼 내 사랑의 상징으로서 말이오."

침실 저편에 있는 벽난로에서 깜박거리는 불빛 덕분에 휘트니가 머뭇거리는 것을 볼 수 있었던 클레이튼은 그녀의 얼굴을 살짝 들어올리고 입술을 갖다 댔다. 그리고 아주 천천히 부드럽게 몸을 굽히고 휘트니에게 키스를 하기 시작했다. 그는 가슴이 아릴 만큼 깊은 애정을 담아서 오래도록 길게 입을 맞추었다. 그러자 몇 분 동안 긴장한 채 미온적인 반응을 보이며 미동도 없다시피 하던 휘트니가 가느다란 손가락을 그의 뺨에 가져다 댔다. 그리고 몹시 부끄러워하면서도 욕정에 떨며 그에게 키스를 하기 시작했다. 클레이튼은 그녀의 육체가 관능으로 떨리는 것을 느낄 수 있었다.

클레이튼이 입술을 살짝만 건드렸는데도 휘트니는 그의 혀를 받아들이기 위해 입을 열었다. 그리고 두 팔로 그의 목을 휘감고 그의 혀를 자신의 입속으로 끌어들였다. 그런 다음에는 자신의 혀를 그의 입속에 집어넣었다. 클레이튼은 고문이라도 하듯 애를 태우며 혀를 집어넣을 듯 말 듯 하다가 깊이 밀어넣어서 자신을 송두리째 그녀에게 내어주었다. 그런 다음에는 천천히 혀를 뒤로 뺐다 도로 넣었다 하기를 여러 차례 반복했다. 그러자 클레이튼의 자극적이고 격렬한 키스에 항복한 휘트니가 그에게 바싹 달라붙으며 열정적으로 키스를 해왔다. 휘트니의 머리카락을 쓰다듬던 클레이튼의 손이 그녀의 목을 타고 젖가슴으로 미끄러지듯 내려왔다. 그는 분홍빛 젖꼭지가 꼿꼿이 일어설 때까지 엄지손가락으로 빙글빙글 돌리며 애무했다. 그러자 휘트니는 전율하며 그의 단단한 허벅지에 자신을 밀착시켰다. 그리고 나서는 마치 살갗이 타들어가는 고통을 받는 사람처럼 갑자기 몸을 비틀기 시작했다. 클레이튼은 즉각 그녀가 두려워했던 것이 무엇인지 알게 되었다. 그래서 비록 그녀가 저항을 했지만 그는 손으로 그녀의 엉덩이를 제 엉덩이에 바짝 갖다 붙였다.

"그러지 말아요."

클레이튼은 휘트니가 자신의 빳빳하게 선 성기를 피해서 아랫도리를 당기려 하자 부드럽게 말했다.

"아프게 하지 않을 거야."

긴 속눈썹을 치켜올린 휘트니가 어찌나 못 미덥고 책망하는 눈길로 쳐다봤던지 클레이튼은 하마터면 웃음을 터뜨릴 뻔했다.

"당신 손을 내 가슴에 대봐요."

클레이튼이 부드럽게 말했다.

"그냥 내 가슴에 대기만 해봐요."

손을 들어올린 채 망설이는 그녀를 안심시키려는 듯 클레이튼이 말했다. 그녀가 자신의 뜨거운 피부에 손가락을 대자마자 그의 근육들은 당장 꿈틀거렸다.

"내 몸이 당신의 손길에 어떻게 반응하는지 보이지 않아?"

그가 조용히 말을 이었다.

"당신이 두려워하는 내 몸의 일부 역시 오직 당신을 느끼고 당신에게 가까이 가 닿고 싶어 할 뿐이오."

클레이튼은 허벅지와 엉덩이를 그녀에게 바짝 붙였다. 하지만 그녀의 몸은 여전히 뻣뻣했다.

"아프게 하지 않겠다고 약속했는데도 아직도 두려워하는군?"

휘트니는 침을 꼴깍 삼키고는 베개 위에다 머리를 흔들었다. 클레이튼이 고통스럽지 않다고 했으면 그의 말이 맞을 것이다. 그녀는 시험 삼아 손가락으로 클레이튼의 가슴에 난 털을 만져보았다. 그랬더니 한결같던 가슴의 고동 소리가 약간 커지는 것 같았다. 손을 조금 아래로 내리자 그의 가슴 근육이 더욱 힘차게 꿈틀거렸다.

클레이튼은 정염이 혈관을 타고 통제할 수 없이 달리는 것처럼 느껴졌다.

"부디 당신이 내게 기쁨을 줄 수 있다는 사실을 자랑스럽게 여겨보오. 그러고 싶지 않은데도 당신의 손이 살짝 스치기만 해도 내 몸이 반응한다는 것을 알게 되니 내 오만한 콧대가 꺾이는 것 같군. 이렇게 고백하는 나는 더욱 겸손해지는구려. 하지만 설령 그렇다 하더라도 당신에게 말하겠소. 만약 당신이 나를 좌지우지할 수 있는 힘을 가지고 있는 걸 자랑스럽게 여긴다면 나는 당신의 그런 자부심 때문에 또 다른 기쁨을 맛볼 거야. 하지만 이런 행동이 당신을 놀라게 하거나 수치심을 느끼게 한다면 우리가 사랑을 나누는 행위는 분명 수치스럽고 불명예스럽게 여겨지겠지."

휘트니는 거칠게 숨을 들이키더니 팔을 뻗어 클레이튼의 목에 둘렀다. 그리고 그의 튼실하고 늠름한 몸에 달라붙어 그에게 입을 맞추었다. 그녀는 신랑의 이마와 눈과 입에 입을 맞추었다. 그런 다음 혀를 그의 입술에 대고 부드럽게 움직이며 따뜻하고 매끄러운 그의 입술의 감촉을 맛보았다. 그러자 클레이튼이 신음을 내뱉더니 그녀의 혀를 받아들이려고 열정적으로 입을 벌렸다. 클레이튼은 그녀를 침대에 눕힌 다음 몸을 구부려 키스를 하고 부드럽고 능숙한 손길로 애무했다. 그때 휘트니는 황홀하고 몽롱하며 불가사의한 느낌을 받았다.

"온몸이 저리도록 당신을 원해."

클레이튼이 휘트니에게 속삭인 뒤 떨리는 손으로 그녀의 얼굴을 감싸고 말했다.

"절대 당신을 아프게 하지 않을 거야."

그의 목소리는 애정과 사랑으로 달떠 있었다.

"당신이 날 아프게 하지 않으리라는 걸 알고 있어요. 하지만 당신이 매일 밤 나를 아프게 해도 괜찮아요. 당신이 항상 나와 하나가 되고 싶다고 말해준다면요."

휘트니의 말에 클레이튼은 통증을 느낄 정도로 목이 메었다. 더 이상 참을 수가 없게 된 그는 휘트니의 입을 제 입으로 덮고 격렬하게 키스에 몰입했다. 젖가슴을 애무하고 손가락으로 유두를 간질였다. 손으로 애무하며 지나간 곳들을 입으로 애무하기 시작하자 휘트니가 조용하게 신음을 토했다.

클레이튼은 자신의 부드러운 자극을 받아 비틀어대는, 관능에 눈을 떠가는 휘트니의 조그만 움직임과 그녀가 내는 모든 소리가 최음제처럼 자신의 혈류를 타고 내달리는 것을 느꼈다. 그는 휘트니의 몸속에 잠재해 있던 정열과 그녀를 품으려는 자신의 육체의 격렬한 갈망에 새삼 놀랐다. 그는 미친 듯 격렬하게 휘트니의 몸을 파고들었다.

휘트니는 클레이튼의 머리카락을 마구 쥐어뜯었다. 그런 다음에는 손으로 어깨와 등을 쓸고 내려가 손톱으로 살을 긁었다. 그러나 클레이튼이 한쪽 손을 다리 사이에 있는 부드러운 삼각지대로 쓰다듬어 내려가자 그녀는 화들짝 놀라 양쪽 허벅지를 꼭 붙여버렸다.

"그러지 말아요, 여보."

클레이튼이 뜨겁게 달뜬 목소리로 중얼거리며 휘트니에게 깊고도 절절한 키스를 퍼부었다. 그러면서 끈질기게 그녀의 허벅지를 벌리고 미지의 땅을 탐사하듯 그녀의 몸을 더듬고 손가락으로 간질이며 애무했다. 그러자 휘트니의 몸은 부드럽고 촉촉이 젖어들며 그를 받아들일 준비를 했다.

그러나 클레이튼이 자신을 바로 눕히고 그 위에 올라타자 망각과도 같은 몽롱한 관능의 소용돌이에 휩쓸려가던 휘트니는 번쩍 정신을 차렸다. 떨쳐버릴 수 없는 공포 속에서 클레이튼이 두 다리를 떼어놓고, 자신의 몸속으로 들어오기 위해 엉덩이를 들어올리자 그녀는 터져나오려는 비명을 가까스로 삼켰다. 그의 약속에도 불구하고 그녀의 몸은 무의식적으로 다가올 고통에 대비했다. 하지만 그녀 속으로 서서히 미끄러져 들어오는 그에게서는 오로지 열정만이 느껴졌다. 휘트니는 본능적으로 긴장을 풀고 그를 받아들이기 위해 몸을 열었다. 그를 반기기라도 하듯 부드러워진 몸속으로 그가 완전히 들어오자 격렬한 쾌감에 숨이 넘어갈 것만 같았다.

휘트니는 클레이튼을 이대로 영원히 제 안에 머물게 하고 싶으면서도 그를 어떻게든 더 깊이 제 몸속으로 끌어들이고 싶은 열망에 휩싸였다. 그것으로 사랑의 행위가 끝나는 줄 알았던 휘트니는 울고 싶을 정도로 아쉬움을 느꼈다. 그런데 다음 순간 클레이튼이 몸속에서 움직이기 시작했다. 그러자 그녀의 모든 생각이 끊어졌다. 뭔가 조그만 것이 그녀의 명치에서 꿈틀댔다. 그러더니 부드러운 온기처럼 퍼져나가 천천히 힘을 그러모았다. 그 무엇인가가 그녀의 온 신경을 타고 격렬하게 떨면서 내달릴 때까지 말이다. 그녀는 발작적으로 베개에 머리를 비벼대며 제 몸속으로 깊이 들어오는 그를 마중하기 위해 몸을 아치처럼 둥글게 말았다.

"제발요."

휘트니가 작은 소리로 빌었다. 하지만 자신이 무엇을 비는지 몰랐다.

클레이튼은 알았다. 그는 휘트니가 원하는 것을 들어주고 싶은 간절한 마음에 자신의 격렬한 욕망을 성취하는 것은 뒤로 미뤘다.

"조금만 기다려요. 곧 끝날 거요, 여보."

클레이튼은 왕복 운동의 속도를 차츰 높이기 시작했다.

마침내 휘트니의 내부에서 용솟음치던 화산이 폭발했다. 그녀의 목에서는 낮은 비명 소리가 새어나왔다. 곧 클레이튼도 터져나오는 절규를 삼켰다. 휘트니가 떨던 몸을 가라앉히자 클레이튼은 그녀의 달콤한 입술을 빨며 긴 키스를 했다. 그리고 마지막으로 한번 더 그녀의 몸속으로 자신을 깊이 밀어넣고는 그녀의 몸 안에다 따뜻한 생명을 쏟아부었다.

자신의 무거운 몸에 휘트니가 눌릴까 걱정스러웠던 클레이튼은 그녀의 몸에서 내려와 나란히 누웠다. 그는 이제껏 알았던 어떤 것과도 비교할 수 없는 만족감과 나른한 평화를 맛보았다.

클레이튼은 휘트니가 제 품에 안긴 채 잠이 들기를 기대했다. 하지만 몇 분이 지난 뒤 그녀는 머리를 뒤로 젖히고 그를 쳐다보았다. 그는 휘트니의 뺨 위로 제멋대로 헝클어져 내린 머리카락을 걸어주었다.

"행복하오?"

휘트니는 클레이튼을 보고 웃었다. 그것은 누군가를 사랑하고, 그 누군가의 사랑을 받고 있음을 알고 있는 여자만 지을 수 있는 뿌듯하고 행복한 미소였다.

"네, 행복해요."

그녀가 속삭였다.

클레이튼이 이마에 입을 맞추자 휘트니는 신랑에게 좀 더 바싹 다가들었다. 그는 한가로이 휘트니의 사랑스러운 등과 엉덩이를 애무하며 그녀가 잠들기를 기다렸다. 그런데 휘트니는 전혀 잠들고 싶은 마음이 없는 듯했다.

"무슨 생각을 하고 있소?"

한참 만에 클레이튼이 물었다. 휘트니는 얼른 신랑을 올려다보더니 그의 가슴에 얼굴을 묻었다.

"아무 생각도 안 했어요."

그런데 왠지 그녀의 대답은 진실처럼 들리지 않았다.

클레이튼이 휘트니의 턱을 들어올려 자신을 바라보게 했다. 그는 아내가 무슨 생각을 하고 있는지 알지 못했지만 두 사람 사이에 놓여 있던 마지막 장벽을 방금 제거한 마당에 새로운 장벽이 생기는 것을 원치 않았다. 그래서 부드러우면서도 단호한 말투로 다시 물었다.

"무슨 생각을 했소?"

휘트니는 아랫입술을 깨물며 부끄러움과 웃음이 뒤섞인 표정을 짓더니 실토를 했다.

"그때 사랑을 하는 것이 이런 건 줄 알았으면 여기서 달아나는 대신 예의를 갖춰 당장 나와 결혼을 하라고 요구했을 거예요!"

그 말을 듣고 난 클레이튼은 웃어야 할지 키스를 해야 할지 망설였다. 결국 그는 두 가지를 다 했다. 그렇게 휘트니를 품에 안고 어둠 속에서 이야기를 나누며 벌거벗은 몸으로 서로 뒤엉켜 누워 있자니 천국이 따로 없었다. 그는 잠들기보다는 이 같은 행복을 축하하고 싶었다. 조금 뒤 휘트니를 내려다보니 난롯불을 바라보며 여전히 깨어 있었다. 그가 물었다.

"졸리지 않아?"

"잠을 잘 수가 없을 것 같아요. 정신이 말똥말똥해요."

"잘됐군. 나도 그렇소."

클레이튼은 싱긋 웃었다.

"당신 옆에 있는 테이블 위에 초 세 토막이 있는데 그 초에다 모두 불을 붙여주겠소?"

"주인님의 명에 따르겠나이다."

그의 '순종적인' 아내는 몸을 돌려 엎드린 다음 팔꿈치를 괴더니 남편에게 진한 키스를 하며 장난스레 대답했다. 그녀는 촛불을 켜려고 침대에서 몸을 일으키기 전에 조심스럽게 이불을 끌어당겼다.

그는 휘트니가 조심스럽게 젖가슴을 덮어 가리는 것을 보고는 입술을 씰룩거렸다. 그는 베개들을 버팀목처럼 등 뒤에 괴고는 편안히 기대앉아서 그녀를 바라보며 흐뭇해했다. 촛불을 다 켜고 몸을 돌리다가 자신을 가만히 바라보고 있는 클레이튼을 본 휘트니는 수줍어하며 흐트러진 머리칼을 손가락으로 빗어내리고 풍성한 머리채를 세게 흔들어 등 뒤로 흘러내리게 했다.

"당신은 어떤 옷을 걸쳐도 아름다워. 이불을 뒤집어쓰더라도 아름다울 거야."

휘트니가 가만히 생각에 잠긴 채 입을 열었다.

"내 생각은 달라요. 프랑스에서도 그랬고 심지어는 이곳 영국에서도 숙녀들이 단정치 못한 옷차림으로 신사를 맞아들이는 게 대유행이죠. 하지만 내 분명한 생각은, 숙녀라면 이것보다는 더 많이 걸쳐야 한다는 거예요."

휘트니는 문득 그런 '유행'에 대해서는 클레이튼이 틀림없이 자신보다 훨씬 더 많이 알고 있으리라는 사실을 깨닫고 얼굴을 붉혔다. 휘트니는 그 생각을 하자 좀 쓸쓸한 기분이 들었다.

클레이튼에게 많은 애인이 있었다는 것은, 그리고 결혼한 남자들 역시 애인을 몰래 숨겨두고 만나는 일이 흔하다는 것은 누구나 알고 있는 사실이었다. 클레이튼이 방금 전 자신과 나눈 사랑의 행위를 다른 여자와도 나누었다는 생각이 들자 휘트니는 자신의 존재가 산산조각이 나는 기분이었다. 그러자 휘트니는 대담하면서도 부끄러운 듯 더듬더듬 말을 꺼냈다.

"클레이튼, 모르는 체하기가 아니, 순종적으로 받아들이는 게 아주 힘들 것 같아요."

"무엇을 받아들인단 말이오?"

클레이튼은 휘트니의 관자놀이에 입술을 대고 속삭였다.

"당신의 애인 말이에요!"

엉겁결에 말이 튀어나오고 말았다.

클레이튼이 머리를 젖혔다. 잠깐 동안 그는 휘트니를 망연히 바라보았다. 그리고는 두 팔로 그녀를 감싸고는 웃음을 터뜨렸다. 하지만 휘트니가 그 문제를 진정으로 걱정하고 있는 것을 알게 된 그는 바야흐로 하려고 하는, 평생에 걸친 자제의 선언에 걸맞게 얼굴 표정을 좀 더 엄숙하게 만든 다음 조용하게 말했다.
"나는 당신 외에 다른 애인을 두지 않을 거요."
"고마워요. 그런 문제라면 몹시 예민하게 반응할 것 같아요."
"분명 그럴 거요."
클레이튼이 웃지 않으려고 애쓰며 말했다.
조금 뒤에 클레이튼은 침대 옆 테이블에 숨겨둔 벨벳 상자를 생각해냈다. 그는 마지못해 휘트니의 어깨 밑에서 한쪽 팔을 빼면서 말했다.
"당신한테 줄 선물이 있소."
휘트니는 자신도 클레이튼에게 줄 선물이 있다는 게 생각났다. 그녀는 매끄러운 몸매를 그대로 드러낸 채 침대에서 빠져나왔다.
"클라리사한테 당신에게 줄 선물을 내 방에다 갖다 놓으라고 부탁했어요."
휘트니가 침대를 떠나면서 말했다. 클레이튼은 그녀의 더없이 아름다운 나신을 뚫어져라 바라보았다. 그의 눈길을 의식한 휘트니는 벗어놓았던 레이스 가운을 향해 내달렸다.
클레이튼은 휘트니에게 사면이 반짝이는 다이아몬드 줄로 둘러싸인 사각형의 에메랄드 목걸이와 그와 어울리게 맞춘 팔찌와 귀고리 한 쌍을 내밀었다.
"공작 부인에게 어울리는 장신구야."
클레이튼이 휘트니에게 입맞춤을 하며 속삭였다.

휘트니도 키득키득 웃으면서 클레이튼에게 선물을 건넸다.
"이건 공작한테 어울리는 거예요."
휘트니는 남편 옆에 앉아 상자를 열어보는 그의 모습을 지켜보았다. 선물 상자의 뚜껑을 열어본 그는 고개를 뒤로 젖히고 큰 소리로 웃었다. 상자 안에는 금으로 멋지게 만든 외알 안경이 들어 있었던 것이다. 휘트니는 아르망가에서 열린 가면무도회에서와 똑같은 말투로 말했다.
"외알 안경은 귀족이라면 꼭 지니고 있어야 할 애장품이죠."
그런 다음 그녀는 손을 뒤로 돌리더니 작은 벨벳 상자에 든 다른 선물을 내밀었다. 그 선물을 건네는 휘트니의 얼굴은 웃음기가 사라졌음은 물론 전체적인 표정도 바뀌어 있었다. 클레이튼은 상자를 열기 전 한참 동안 휘트니를 쳐다보았다. 그는 휘트니가 왜 갑자기 부끄러운 얼굴을 하는지 의아해하며 상자 뚜껑을 열었다. 루비가 박힌 묵직한 금반지가 들어 있었다. 검은 벨벳 천 위에 놓인 금반지를 집어들자 어슴푸레한 가운데서 반짝반짝 빛이 났다. 그것을 들고 촛불 가까이 가져간 그는 감탄을 발했다. 그가 결혼식에서 휘트니의 손가락에 결혼반지를 끼워준 것처럼 그녀가 직접 자기 손가락에 반지를 끼워주겠느냐고 감상에 젖어 막 물어보려고 하던 참이었다. 그때 그는 반지 안쪽에 깔끔한 필체로 소용돌이 모양의 작은 단어 두 개가 새겨져 있는 것을 보았다. 첫 단어에 밑줄이 그어져 있었다. '나의 군주여!'
클레이튼은 신음을 지르며 휘트니를 힘차게 끌어당겨 안았다.
"세상에, 이토록 나를 사랑하다니!"
그는 제 입술로 그녀의 입술을 덮으며 속삭였다.

키스가 끝난 뒤에도 휘트니는 클레이튼의 품에 그대로 안긴 채 손가락으로 남편의 관자놀이 부근에 난 머리카락을 가볍게 쓰다듬었다. 그런 그녀의 손길과 거의 제 몸 위에 눕다시피 한 그녀의 젖가슴이 벌거벗은 제 가슴팍에 와 닿는 감촉으로 인해 그는 자신의 육체가 놀랄 정도로 강하게 꿈틀거리는 것을 민감하게 의식했다. 그의 오감은 제 몸 위에 누워 있는 휘트니의 몸에 의해 깨어났다. 하지만 그는 첫날밤에 너무 많은 사랑 행위를 해서 그녀를 두렵게 하는 위험을 감수하고 싶지 않았다. 휘트니는 흥분에 떨고 있는 클레이튼의 가슴 위에서 팔을 굽혀 상체를 떠받치고 있었다. 그녀의 부풀어오른 가슴을 보니 끓어오르는 용암과 같은 욕망이 혈관을 타고 퍼져나갔다.

"내가 너무 무거워요?"

휘트니가 조용히 물었다.

"아니. 그나저나 당신 잠 좀 자야 할 텐데."

클레이튼이 아쉬운 기색을 숨기지 못하며 말했다.

"하나도 졸리지 않은 걸요."

살짝 헝클어진 머리칼을 클레이튼의 어깨에 늘어뜨린 채 그의 몸 위에 나른하게 늘어져 있는 휘트니는 순결한 여신처럼 보였다.

"자고 싶지 않은 게 분명해? 그럼 뭘 하고 싶소?"

클레이튼은 휘트니의 매끄러운 뺨을 손가락 마디로 가볍게 쓰다듬으면서 물었다.

그때 휘트니는 그를 쳐다보며 얼굴을 붉히더니 그의 한쪽 어깨에다 빨갛게 달아오른 얼굴을 얼른 묻어 숨겼다.

클레이튼은 휘트니를 흥분으로 떨리는 자신의 몸 위에 올려놓고는 두 팔로 껴안으면서 속에서 터져나오는 웃음을 간신히 참아야 했다.
"한 번 더 할 수 있을 거 같군."
클레이튼의 목소리는 그지없이 달떠 있었다.

34

 1주일이 지난 뒤 휘트니와 클레이튼은 프랑스로 신혼여행을 떠났다. 그곳에서 한 달 동안 머물다가 런던으로 돌아온 두 사람은 모든 사람들의 기대와는 달리 어퍼 브룩에 있는 공작의 웅장한 타운하우스를 수리하지 않았다. 그들은 클레이모어에 틀어박힌 채 누리는 평온한 생활을 더 좋아했다. 하지만 런던에서 열리는 사교 모임에는 꼬박꼬박 모습을 드러냈는데 날이 밝기가 무섭게 클레이모어로 돌아갈 때가 많았다.
 부부가 함께 밖에 나와 있을 때 너무 붙어다니는 것을 시대에 뒤진 행동이라고 여기는 사회에서 클레이모어 공작 부부는 그들만의 유행을 만들어냈다. 두 사람은 떨어져 있는 일이 드물었다. 그러다 보니 거의 모든 사람들이 두 사람이 함께 모습을 나타내는 것이 얼마나 보기에 좋은지 깨닫게 되었다. 그들은 당연히 사람들의 이목을 끌었다. 훤칠한 체격과 남자다운 품위를 갖춘 공작은 젊고 아름다운 아내를 보며 여유 있고 흐뭇하게 웃었는데 그것은 공작이 일찍이 다른 사람들에게는 한번도 보여준 적이 웃음이었다. 사람들은 그런 모습을 보면서 두 사람이 마치 애정이나, 심지어는 결혼까지도 넘어서는 어떤 단단한 끈으로 맺어진 게 아닌가 하는 느낌을 받았다. 두 사람의 결혼은 당시 기준으로 볼 때 정말 보기 드문 결혼이었다. 그래서 놀라움에 한숨을 쉬는 많은 사람들과 이따금 질투를 하는 소수의 사람들은 그것을 일시적인 현상이라고 말했다. 하지만 거만한 상류 인사들 중에도 공작 부부가 서로를 진정으로 사랑하는 것이 아주, 아주 분명하다고 감개무량해서 말하는 이들이 일부 있었다.

클레이튼은 자신이 휘트니를 사랑한다는 사실을 털끝만큼도 의심하지 않았다. 그는 영혼 깊은 곳에서 우러나는 열정과 헌신을 바쳐 휘트니를 사랑했다. 아무리 그녀를 보고 그녀의 말을 듣고 그녀를 만져도 그녀에 대한 갈망은 채워지지 않았다. 밤마다 절절한 사랑을 나눠도 내면에서 솟아오르는 휘트니를 향한 채워지지 않는 뜨거운 욕구는 줄어들기는커녕 점점 커지기만 했다. 휘트니 역시 아무리 클레이튼과 가까이 있고 또 오래 함께 있어도 그와 함께 가까이 있고픈 열망을 채울 수 없다는 듯 그에게 바싹 달라붙어 있었다. 휘트니는 잠자리에 들면 그를 행복하게 하는 관능적이고 뇌쇄적인 애인이 되었다. 클레이튼은 결혼을 하자마자 둘 사이에 당혹스러워할 것도, 부끄러워할 것도 없다는 사실을 휘트니에게 가르쳐주었다. 그래서 휘트니는 부끄러워하지 않고 남편의 애무에 빠져들었다. 클레이튼은 휘트니가 어떤 것도 감추는 것을 허용하지 않았다. 그래서 남편의 애무에 열정적으로 반응하고 싶은 욕구를 숨기려고 몇 번 시도한 뒤에는, 남편이 불러일으키는 성적 희열에 기꺼이 자신을 내맡기고 성희의 절정에 이르면 부끄러워하지 않고 소리를 질렀다. 클레이튼은 사랑이 끝나면 휘트니를 품에 안고 그녀의 몸을 어루만졌다. 두 사람은 그런 상태로 서로 속삭임을 주고받다가 행복하고 평화롭게 잠에 빠져들었다.

휘트니의 하루하루는 만족으로 가득 찼다. 낮 동안에는 시간이 날 때마다 클레이튼의 넓은 서재 한구석에 앉아 집안 살림에 들어간 비용을 점검하거나 식단을 짜거나 책을 읽었다. 그렇지 않을 때는 의자에 앉아 사업과 관련된 편지나 보고서를 자세히 검토하는 남편을 몰래 바라보았다. 클레이튼은 휘트니가 거기 그대로 있는지 확인하려는 듯 이따금 고개를 들었다. 그러고는 휘트니를 보고 싱긋 웃거나 살짝 윙크를 던지고는 하던 일로 다시 주의를 돌렸다.

처음 휘트니는 클레이튼이 자신이 서재에 있는 것을 좋아하리라고는 꿈에도 생각지 못했다. 서재라는 공간은 그가 사업대리인과 어마어마한 액수의 돈에 대한 이야기를 하고, 뛰어난 통찰력과 신중함이 필요한, 위험이 따르는 투자를 결정하기도 하는 그만의 사적인 공간이자 세계였기 때문이다. 어느 날 밤 휘트니한테 이야기한 대로 사실 클레이튼은 그런 일을 할 필요가 없었다. 그런데도 그는 그런 일을 좋아했다.

언젠가 스티븐이 이야기해줘서 알게 된 사실이지만 클레이튼은 지난 5년 동안 막대한 웨스트모어랜드 가문의 재산을 거의 두 배로 늘려놓았다. 뿐만 아니라 동생의 투자까지 맡아서 해주고 있었다. 그런 데다 결혼 이후에는 장인인 마틴의 투자 문제도 처리해주고 있었다.

휘트니는 클레이튼이 변호사들이나 사업상 알고 지내는 사람들과 만나서 이야기를 할 때 그의 말에 귀 기울이는 것을 좋아했다. 그녀는 그의 목소리에서 묻어나는 은근한 위엄이 너무도 마음에 들었다. 클레이튼은 민첩하며 자신감이 넘쳤고 단호했다. 게다가 아주 잘생기기까지 한 남편을 쳐다볼 때마다 휘트니는 새삼스레 뿌듯해졌다. 그녀는 클레이튼이 곁에 있으면 사랑은 물론 안전하게 보호받고 있다는 느낌이 들었다.

밤이면 두 사람의 사랑의 의식이 치러졌다. 가끔 클레이튼은 결혼 첫날밤처럼 부드러우면서도 그만두기 아쉬운 듯 오래도록 사랑을 해주었다. 어떤 때는 애를 태우고 일부러 감질나게 애무를 해서 휘트니가 원하는 것을 정확히 말하도록 하기도 했다. 그런가 하면 난폭하다싶을 정도로 날래게 덮칠 때도 있었다. 그러다 보니 휘트니는 어떤 식으로 사랑을 나누는 것이 가장 좋은지 판단할 수가 없었다.

휘트니는 가벼운 키스와 살짝 스치는 손길, 애정이 담긴 애무만으로도 클레이튼에게 맹렬하고 폭풍과도 같은 격정을 불러일으킬 수 있다는 사실을 알고 처음에는 약간 놀랐다. 그렇지만 금세 한창때에 이른 성년 남자의 대담하고 사내다운 씩씩한 기상을 자랑스럽게 여기게 되었다. 그녀는 남편의 육체이자 가슴이자 영혼이었다. 그녀는 자신의 세계에 만족했다.

결혼한 지 5개월이 지난 뒤, 휘트니는 임신을 했다.

이제 휘트니는 남편이 자신을 팔에 안고 재울 때면 흥분과 막연한 근심을 안은 채 잠을 설치곤 했다. 생리가 있어야 할 시기가 3주나 지났다. 그러나 몇 가지 이유로 휘트니는 클레이튼에게 그 이야기를 하는 것을 뒤로 미뤘다. 테레즈 뒤비에는 자신이 임신을 해서 남편의 성적인 관심에서 일시적으로 놓여날 생각이라고 결혼식 때 휘트니에게 털어놓았었다. 그러나 휘트니는 테레즈와는 생각이 달랐다. 그렇다고 사랑의 행위를 계속해서 아기에게 해를 미치는 위험을 무릅쓰고 싶지도 않았다. 그런 휘트니의 마음을 더욱 복잡하게 하는 것이 있었다. 클레이튼이 한번도 아기 이야기를 꺼내지 않았다는 것이다. 휘트니가 보기에 남자들은 하나같이 아이를 원하는 것 같았다. 특히 물려줄 귀족 작위가 있는 남자들은 더 더욱 아이에게 집착하는 것처럼 보였다. 다음 달도 생리를 하지 않고 지나갔고 낮에 졸음이 쏟아지자 휘트니는 임신 사실을 확신하게 되었다. 하지만 여전히 클레이튼에게는 비밀로 하고 있었다.

그로부터 며칠 지나지 않은 날이었다. 휘트니와 클레이튼이 여느 때처럼 훤히 트인 시골길을 전속력으로 질주하는, 위험하기 짝이 없는 승마를 즐기기 위해 옷을 갈아입으려고 위층으로 올라갈 때였다. 클레이튼이 계단을 올라가는 휘트니를 세우고 말했다.

"칸의 오른쪽 다리에 좀 문제가 있어서 마부들이 돌보는 중이라오. 그러니 우리 승마 대신 산책이나 하는 게 어떻겠소?"

클레이튼이 다른 때와는 달리 무게 있고 온화한 목소리로 제안을 했다. 휘트니는 칸이 다리를 치료받고 있다는 사실을 전혀 모르고 있었다. 그리고 마구간에는 다른 훌륭한 말들이 열댓 마리는 있었다. 하지만 남편의 제안에 이의를 제기하지는 않았다. 아니, 오히려 그 제안을 받고 적이 안심이 되었다. 두 사람은 언제나 무모할 정도의 속력으로 말을 몰았다. 그래서 행여 낙마라도 하면 벌어질 일에 생각이 미치기만 해도 소름이 끼쳤는데 이유도 없이 클레이튼에게 속력을 늦춰 달리자고 말할 묘안이 생각나지 않아 사실 속으로 전전긍긍하고 있던 참이었다.

그날 밤 잠자리에 들어 사랑을 나눌 때 클레이튼은 이전과는 다르게 행동했고 그 이후로는 죽 그랬다. 그는 휘트니가 자신과 몸을 섞기를 원하며 행복에 겨워 어쩔 줄 몰라 할 때까지 애무하고 성적으로 자극했다. 그런 다음에는 최대한 부드럽게 휘트니의 몸속으로 들어가려고 했다. 깊이, 그러나 천천히 그녀의 몸속으로 들어갔다가 뒤로 물러나올 때 역시 망설이듯 천천히 나왔다. 그런 식의 행위는 참을 수 없도록, 그리고 무척 만족스럽게, 당연하게 뒤따라올 즐거운 절정의 순간을 연장시켜주었다. 그렇게 하면 클레이튼의 몸이 아주 부드럽게 자신의 몸속으로 들어오게 되어 태아에게 해를 미치지 않을지도 모른다는 생각에 휘트니는 안심이 되었다.

그 다음 주 휘트니는 클레이튼에게 임신 사실을 알리기로 마음먹었다. 자신의 태도가 어리석다는 생각이 들었던 것이다. 그녀는 임신 소식을 전할 생각에 가슴이 터질 것만 같았다. 그리고 만약 임신 사실을 털어놓는 것을 더 이상 미룬다면 불러오는 배가 먼저 그 사실을 남편에게 알리게 될 터였기 때문이다. 휘트니는 남편에게 임신 사실을 알릴 생각으로 런던으로 가서 아기에게 입힐 옷 여섯 벌을 샀다. 그리고 집으로 돌아오자마자 방에 틀어박힌 채 아무도 모르게 아기옷에다 수를 놓기 시작했다.

수를 다 놓고 난 휘트니는 제대로 됐는지 봐달라고 메리와 클라리사를 불렀다. 그녀는 한숨을 내쉬며 수놓은 아기옷을 두 사람 앞에 내밀었다.

"놀랍지 않아요, 클라리사? 그리스어는 막힘없이 하는데 바느질 솜씨는 왜 이렇게 형편없을까?"

공작의 저택에서 나름으로 확고한 위치를 차지하고 있는 메리와 클라리사가 안주인의 자수 작품을 한번 들여다보았다. 나이 든 두 하녀는 서로 눈을 마주치더니 침대에 쓰러져 배꼽을 잡고 웃어댔다.

다음 날 저녁, 식사 무렵이 되자 휘트니는 아주 조그마한 아기옷의 칼라에 파란색 실로 수놓은 W자에 드디어 만족하게 되었다.

"이 정도면 되겠죠?"

휘트니가 클라리사에게 한숨을 쉬며 물었다.

"그런데 아씨, 언제 제가 키운 아기가 아기를 낳게 됐다고 공작 각하께 말씀드릴 거죠?"

클라리사가 주름이 자글자글 진 눈가에 애정이 담뿍 담긴 눈물을 글썽이며 물었다.

"난 공작 각하께 이 소식을 말로 전할 생각이 아닌데……."

휘트니는 키득키득하며 클라리사의 주름 진 뺨을 살짝 두드렸다.

"사실 난 공작님한테 아무 말씀도 안 드릴 거예요. 대신 이걸 보고 아시도록 할 생각이죠."

휘트니는 아기 옷을 가리키며 말했다.

"그리고 내 생각에는 오늘밤 저녁 식사를 마치고 나서 알려드리는 게 아주 적당할 것 같아요."

휘트니는 무슨 꿍꿍이가 있는지 명랑한 미소를 띠고 아기 옷을 책상 서랍 속 편지지 옆에 넣었다. 그런 다음 저녁을 먹으러 클라리사와 함께 요란스런 소리를 내며 아래층으로 내려갔다. 휘트니는 클레이튼이 저녁 식사 뒤에 마시는 포트와인을 다 마실 때까지 기다렸다. 조금 뒤 두 사람은 응접실에 앉아 있었다. 독서에 빠진 체하며 휘트니는 한숨을 내쉬었다.

"요즘 들어 몸이 왜 이렇게 노곤한지 모르겠어요."

휘트니는 고개를 들지 않아서 클레이튼이 자신을 보며 지은 자부심이 어린 은근한 웃음을 보지 못했다.

"왜 그런지 모르겠다고, 여보?"

클레이튼이 조심스럽게 물었다. 그는 아내가 임신을 했다는 사실을 알고 있으리라 생각했지만 확신하지는 못했다. 그런데 혹시라도 아내가 해산의 고통을 두려워한다면 할 수 있는 한 그 걱정을 나누고 싶었다.

"모르겠어요."

휘트니는 생각에 잠긴 말투로 대답했다.

"참, 오늘밤에 이모가 보낸 편지에 답장을 쓰고 싶었는데 이모 편지를 위층에 있는 책상 서랍에 넣어두고 내려온 생각이 좀 전에 난 거 있죠. 번거롭겠지만 그 편지 좀 가져다줄래요? 요즘 들어서는 계단을 오르내리는 것도 산을 오르는 것만큼이나 힘이 들어서요."

클레이튼은 휘트니의 이마에 가볍게 키스를 하고 풍성한 머리카락을 애정 어린 손길로 헝클어뜨렸다. 그런 다음 나선형 대리석 계단을 활기차게 걸어올라갔다.

클레이튼은 아내의 방으로 들어가 주위를 둘러보며 혼자 싱글싱글 웃었다. 방안에는 아내가 뿌리는 향수 냄새가 희미하게 배어 있었다. 그리고 아내가 사용하는 빗들이 화장대 위에 놓여 있었다. 아내의 존재가 우아한 방안을 가득 채우며 그곳을 아내 자신처럼 사랑스럽고 상쾌하고 활기찬 공간으로 만들었다.

휘트니가 아이를 가졌다는 사실을 알고 있는지, 또 만일 알고 있다면 도대체 왜 자신에게 그 말을 하지 않는지 궁금해하며 클레이튼은 아내의 책상 서랍을 열었다. 그런 다음 아내가 쓰는 두툼한 편지지 더미 위에 있는 파란 편지지를 치우고 처이모가 보낸 편지를 찾으려고 서랍을 샅샅이 뒤졌다. 그래도 편지를 찾지 못한 그는 흰 손수건으로 보이는 것을 옆으로 치우고 아직 쓰지 않은 편지지 뭉치를 훌훌 넘겨보았다. 이윽고 클레이튼은 서랍 바닥 가까이에서 접혀 있는 편지를 발견했다. 그는 그 편지가 휘트니가 찾는 편지인지 확인하기 위해 편지를 펼치고 내용을 대충 훑어보았다. 그 편지는 다름 아닌 클레이튼을 돌아오게 하려는 어리석은-그래서 중간에 포기한-시도로, 몇 달 전 에밀리의 집에서 쓴 편지였다.

'치욕스럽게도 임신을 했어요. 그러니 당장 이리로 와주세요. 휘트니.'

치욕스럽다고? 클레이튼은 어리둥절해서 얼굴을 찌푸리고 그 말을 되풀이해 읽었다. 두 사람이 서로에게서 찾은 격렬한 기쁨의 살아 있는 증거에 대해 그녀가 느끼는 반응은 얼마나 이상한가?

게다가 그 소식을 자신에게 전하려고 선택한 방법은 또 얼마나 별난가. '당장 이리로 와달라고.'

클레이튼은 뒤이은 몇 초 동안에 세 가지 사실을 깨닫고는 어안이 벙벙해졌다. 그 짧은 편지는 두 사람이 결혼하기 두 달 전에 쓰인 것이었다. 그 편지는 바네사를 여기로 데려와 보니 휘트니가 자신을 기다리고 있던 바로 그 전날 쓰인 것이었다-편지에는 수신인의 이름이 쓰여 있지 않았다-그런데 편지는 배움이 많은 사람 티가 나는 휘트니의 유려한 필체로 쓰여 있었고 또 휘트니의 이름으로 서명이 되어 있었다. 불쌍한 녀석 같으니, 휘트니는 자신을 임신시켰다고 믿은 익명의 남자에게 이 편지를 쓴 것이 분명해.

클레이튼의 마음에 불신이 똬리를 틀기 시작했다. 그러면서도 그럴 리가 없다고 속으로 소리쳐 부인했다. 그러는 동안에 그의 내면에서는 무엇인가가 차츰 금이 가서 갈라지고 무너져내리기 시작했다. 그는 마치 자신의 존재가 산산이 부서지고, 그 부서진 조각들이 삼지 사방으로 흩어져 날아가는 것 같은 느낌이 들었다. 분명히 휘트니는 이곳으로 자신을 찾아온 날 밤 연기를 하고 있었던 것이다. 그는 휘트니가 자존심을 꺾고 서재를 가로질러 자신에게 달려오던 기억을 소중히 간직하고 있었다. 그런데 이제 그는 그 소중한 기억이 비열하고 추악한 연극에 지나지 않았다는 사실을 깨달은 것이다. 휘트니가 "당신을 사랑해요."하고 속삭이던 그 애정 넘치던 모습이 연극이었다니! 클레이튼은 아찔할 정도의 괴로움에 빠져 의자에 앉았다. 그러고는 괴로워하면서도 그 모든 일이 어떻게 된 영문인지 이해해보려고 애썼다. 그리고 무시무시한 결론에 이르게 되었다. 곧, 휘트니는 자신이 임신을 했다고 믿고는 그 편지를 쓴 다음 날 밤 클레이모어로 왔다. 그 편지를 받아보아야 할 남자가 책임지기를 거절했거나 책임을 질 수 없었던 것이리라. 아마 그 빌어먹을 놈은 이미 결혼을 했던 유부남이었을 것이다.

휘트니는 그날 밤 다른 놈의 아이에게 아버지를 얻어주려고 클레이모어로 온 것이었다. 제기랄! 휘트니와 그 정부는 음모를 꾸며 여기로 함께 왔을 것이다. 하지만 휘트니는 뱃속에 든 아이의 아버지가 정말로 필요하지는 않았던 거야. 아이를 유산했음에 틀림없어, 하고 클레이튼은 분노에 떨며 명확한 결론에 도달했다. 휘트니가 결혼식이 치러지기 전 몇 주 동안 그렇게 피로하고 힘이 없어 보인 것은 당연한 일이었다.

게다가 결혼 첫날밤에 보인 연기는 얼마나 놀라운가! 그때쯤에는 유산이 되었다는 사실을 분명히 알고 있었을 것이다. 하지만 코앞에 닥친 불행에 너무나 큰 공포를 느낀 나머지 계획된 음모를 그대로 밀고 나가 자신과 적당히 결혼해버린 것이 틀림없다. 아마 휘트니가 결혼하는 것이 휘트니와 그녀의 정부에게는 더 나았을지도 모른다. 그렇게 되면 아무도 휘트니가 임신했다고 이상하게 여기지 않을 테니 말이다. 클레이튼은 지난 몇 달 동안 휘트니가 '쇼핑을 하고', '친구들을 만나보러' 런던에 갔던 때를 떠올렸다. 분노가 부글부글 끓어올랐다. 지금 임신 중인 아이는 자신의 아이일 가능성도 있었지만 다른 남자의 아이일 가능성도 있었다.

음탕한 계집 같으니! 교활하고 앙큼한……. 아니, 클레이튼은 몸부림이라도 치고 싶은 고통 속에서조차도 휘트니를 다시는 그렇게 부를 수가 없었다. 휘트니를 두고 욕을 하기에는 그는 조금 전까지만 해도 휘트니를 너무나 사랑했던 것이다. 헌데 그는 사기꾼 여자를, 더할 나위 없이 노련한 여배우를, 빈껍데기뿐인 여자를 사랑했던 것이다. 그가 차지한 것은 육체뿐이었다. 그런데 그 육체도 그만의 소유가 아니었다.

휘트니의 생존 본능은 얼마나 대단한가! 나는 휘트니를 살려둬야 해! 휘트니는 내가 바네사를 데려온 바로 그날 이 집 서재에서 나와 대면하면서 내 분노를 견뎌냈어. 걱정을 견뎌내며 제 몸을 내 몸에 바싹 갖다 댔고 마치 온 가슴을 담은 것 같은 키스를 하면서 말이지. 그 모든 행동이 임신 때문이었어! 클레이튼은 휘트니의 뱃속에 있는 아이가 자신의 아이일지도 모른다고 믿고 싶었다. 잠시 동안 그 사실을 납득하려고까지 했다. 그러나 그가 알고 있는 것은 그뿐이 아니었다. 즉, 휘트니를 런던에서 클레이모어로 데려온 그날 밤 제 몸이 그녀의 몸속으로 들어가 있던 시간은 1분도 채 되지 않았다. 사정이 이루어지지 않았던 것이다. 휘트니가 그날 밤 생명을 잉태했을 가능성은 너무 적어서 고려해볼 가치조차 없었다.

그렇다면 두 사람의 생활은 제스처 게임(몸짓으로 판단하여 말을 한 자씩 알아맞히는 놀이)에 불과했다는 것이다. 휘트니가 했던 말과 얼굴에 나타낸 표정, 잠자리에서 보인 열정적인 행동, 그 모든 것이 그녀가 매일같이 펼치는 연기였던 것이다. 그 모든 것이 추잡하고 역겨운 연기였다.

클레이튼은 편지지 위에다 손을 꽉 누르고는 천천히 편지지를 꾸겨서 단단하고 딱딱한 공처럼 만들었다. 차갑고 음울한 분노가 그를 엄습하자 내면의 고통이 무뎌지기 시작했다. 그는 꾸깃꾸깃 뭉친 편지지를 멍하니 책상서랍 속으로 떨어뜨리고는 서랍을 쾅 소리가 나게 닫았다. 헌데 서랍이 닫히지를 않았다. 파란색 실로 칼라에 작은 W자를 새겨넣은 조그만 흰색 옷이 서랍과 책상 사이에 끼어 있었다. 반은 서랍 안에 나머지 반은 서랍 밖으로 나온 채.

클레이튼은 그 옷을 빤히 노려보더니 휙 잡아뺐다. 이걸 가져오라고 날 보냈군. 이런 식으로 임신 사실을 알리려 하다니, 사람을 감동시키는 재주는 알아줘야 해! 클레이튼은 혐오감이 일어나 아기 옷을 방바닥에 떨어뜨렸다. 그리고 휙 돌아서 나오면서 그 옷을 밟아버렸다.

"난 당신이 찾은 걸 알아요."

문가에서 속삭이던 휘트니는 남편이 아기 옷을 밟고 있는 것을 보고는 고통으로 시선이 얼어붙었다.

"언제요?"

클레이튼이 싸늘하게 물었다.

"이, 일곱 달 안에 낳을 것 같아요."

클레이튼은 모든 숨구멍으로 격렬한 분노를 내뿜으면서 휘트니를 노려보았다. 그는 잔인하고도 악의에 찬 한 마디 한 마디를 똑똑하게 발음했다.

"나는, 그, 아이를, 원하지, 않소."

아내가 아이를 가졌다는 소식을 듣고 희색이 만면한 공작의 얼굴을 보려고 발코니를 맴돌던 클라리사와 메리는 클레이튼이 눈

앞에 있는 것은 무엇이든 때려눕힐 것 같은 사나운 기세로 계단을 내려가자 질겁하며 얼른 뒤로 물러났다. 저택의 정문을 나간 클레이튼은 문이 부서질 정도로 세게 문을 닫았다. 천천히 몸을 돌려 방으로 달려간 클라리사는 눈앞에 벌어진 광경을 보고는 깜짝 놀라 그 자리에 우뚝 섰다.

책상 옆에 무릎을 꿇고 앉은 휘트니는 어깨를 들썩이며 소리 없이 흐느끼고 있었다. 애지중지하며 수를 놓았던 아기 옷을 가슴에 꼭 움켜쥐고 머리를 뒤로 젖힌 그녀의 두 눈에서는 눈물이 하염없이 흘러내렸다.

"울지 마세요, 아씨. 이러면 아기한테 해로워요."

휘트니를 일으켜세우는 클라리사가 목이 메어 속삭이듯 작은 소리로 달랬다.

휘트니는 머리가 아프고 목에 통증을 느끼게 되어서야 겨우 울음을 그쳤다. 그때쯤에는 더 이상 흘릴 눈물도 남아 있지 않았다. 몸이 물기 하나 없이 메마르게 느껴졌다.

'나는 그 아이를 원하지 않소!'

그 한마디가 휘트니의 가슴을 둘둘 휘감아 숨을 쉴 수 없을 때까지 꽉 조이고 비틀었다.

새벽하늘이 밝아올 때 휘트니는 몸을 모로 눕혀 창밖으로 어슴푸레한 여명을 바라보았다. 그녀는 침대에 홀로 누워 있었다. 결혼 후 처음으로 독수공방을 했던 것이다. 클레이튼은 그들의 아기를 원하지 않았다. 자신의 아이가 아니라는 뜻이었나? 오 세상에, 안 돼! 그럴 리가 없어. 그렇지 않을 거야. 그가 왜 그렇게 하겠어? 휘트니는 베개에 머리를 묻고는 자문자답을 했다. 클레이튼은 내게 아기를 포기하게 할 생각인 거야. 그게 그가 말한 의미였어. 그는 아이가 태어나자마자 유모를 구해 다른 영지에서 자라도록 보내버릴 거야. 두 사람 사이에서 거치적거리지 않게. 아이가 들어설 여지도 없을 정도로 나에 대한 갈망이 그토록 이기적이란 말인가?

몇 시간 전만 해도 휘트니는 자신의 임신 사실에 대해 어떤 반응을 해야 할지 몰랐다. 하지만 이제는 알았다. 클레이튼이 아이를 거부하자 아이를 보호하겠다는 의지가 밀물처럼 밀려들었던 것이다. 그 감정은 너무도 맹렬해서 존재의 뿌리까지 흔들었다. 절대 아이를 다른 곳으로 보내도록 놔두지 않을 거야. 절대로!

휘트니는 아주 늦게 잠에서 깨어났다. 여전히 머리는 아프고 어질어질했다. 그럼에도 식당으로 내려가 아침을 먹었다. 식탁 반대편 클레이튼의 자리에 차려진 음식은 그대로 있었다.

"각하께서는 아침 입맛이 없다고 하셨습니다, 아씨."

하인의 말이었다. 휘트니는 태아를 위해 꾸역꾸역 밥을 먹었다. 그런 다음 밖으로 나가 오래도록 산책을 했다.

휘트니는 남편이 어디 있는지 몰랐다. 클레이튼은 새벽이 밝아오기 바로 전까지도 그의 방으로 들어오지 않았다.

휘트니는 좌우 대칭으로 꾸며놓은 장미 정원 구석구석을 돌아보았다. 정원은 빨간색과 흰색, 분홍색, 노란색 등으로 꽃을 피운 장미가 색깔별로 나뉘어 있어서 눈에 선명하게 들어왔다. 정원을 한 바퀴 돈 다음에는 잔디를 짧게 깎아 다듬은 호숫가를 거닐었다. 커다란 호수의 수면 위에서는 백조가 정처 없이 떠다니고 있었다. 휘트니는 멀리 둑 위에 지은, 호수가 내려다보이는 하얀 정자로 발길을 옮겼다. 정자 안으로 들어간 그녀는 벤치를 뒤덮다시피 한 화사한 색상의 쿠션 위에 기대앉았다.

휘트니는 두 시간 동안 정자에 앉아 있었다. 그동안 자신이 어제 존재했던 바로 그 사람이고 지금 벌어지고 있는 이 상황도 다름 아닌 자신이 보고 느꼈던 삶이라는 사실을 납득하려고 애썼다.

휘트니가 집으로 돌아가 천천히 계단을 올라가다 보니 클레이튼의 시종과 하인 셋이 부산하게 남편의 옷을 방에서 내오고 있었다. 금방이라도 기절할 것만 같은 상태에서 휘트니는 숨을 헐떡이며 메리에게 물었다.

"저 사람들 지금 뭐 하는 거예요? 메리, 말해봐요. 왜 저 사람들이 남편의 물건들을 내가는 거죠?"

"각하께서 동쪽 별채로 거처를 옮기신대요."

메리가 쾌활하고 태연하게 들리도록 애쓰며 대답했다.

"또 아씨의 물건을 공작 각하의 침실로 옮기고 아씨의 침실은 출산 때가 되면 멋진 육아실로 꾸미신대요."

"오!"

휘트니는 클레이튼 없이 그 방에서 어떻게 견딜지 한숨이 새어나왔다.

"공작 각하의 새 방으로 안내해주겠어요? 오, 오늘밤 계획에 대해서 여쭤볼 게 있어요."

메리는 휘트니를 동쪽 별채 맨 끝에 있는 우아한 스위트룸으로 안내하고는 자리를 떴다.

클레이튼은 그날 종일토록 그곳에 있었다. 하지만 공교롭게도 휘트니가 찾아갔을 때는 어디론가 가버리고 없었다. 셔츠는 벗어서 의자 위에 걸쳐놓았고 장갑 한 켤레가 침대 위에 던져진 채 그대로 있었다. 휘트니는 옷방으로 천천히 들어가서는 남편의 셔츠와 외투들을 만지며 괴로워했다. 저 외투에 맞으려면 얼마나 어깨가 넓어야 할지 알겠어. 그렇게 넓은 어깨를, 하고 휘트니는 생각했다. 휘트니는 항상 클레이튼의 넓은 어깨가 마음에 들었다. 그리고 그의 회색빛 눈도.

휘트니가 문을 향해 걸어가고 있을 때 클레이튼이 들어왔다. 그는 한마디 말도 없이 휘트니를 지나쳐 성큼성큼 옷방으로 걸어들어갔다. 그러고는 윗도리를 벗기 시작했다.

남편을 따라 옷방으로 들어간 휘트니가 울먹이는 목소리로 물었다.

"왜 이러는 거예요, 클레이튼?"

클레이튼은 입을 꾹 다문 채 셔츠를 벗어부쳤다.

"우, 우리 아기 때문이에요?"

휘트니는 포기하지 않고 속삭이듯 물었다. 그런 휘트니를 클레이튼이 위아래로 훑어보며 퉁명스럽게 대꾸했다.

"아이 때문이지."

그는 휘트니가 '우리 아기'라고 한 말을 그냥 '아이'라고 고쳐 말했다.

"다, 당신은 아이를 싫어해요?"

"다른 남자의 아이는 싫소."

클레이튼의 대꾸는 얼음처럼 차가웠다. 셔츠를 의자 위로 던진 그가 몸을 돌리더니 휘트니의 팔을 우악스럽게 잡아 방밖으로 끌고 나갔다.
"하지만 당신 아이는 틀림없이 원할 거 아니에요?"
클레이튼은 더듬거리는 휘트니를 지나가는 하인이 빤히 쳐다보는 가운데 복도로 무지막지하게 밀쳐버렸다.
"내 피를 받은, 내 아이를 원하오."
클레이튼은 위협적인 목소리로 강조했다. 그는 한 손으로 문을 잡은 채 휘트니 앞에 우뚝 섰다. 마치 휘트니의 코앞에다 대고 문을 닫으려고 하는 것처럼.
"오늘밤 우린 윌슨 가에 가는 건가요? 며, 몇 주 전에 초대를 받아들였어요."
"난 외출할 거야. 그러니 당신은 당신 좋을 대로 하시오."
"그럼 당신도 갈 건가요? 만약 당신이……."
휘트니가 애원하듯 물었다.
"안 갈 거요!"
클레이튼은 소리를 버럭 질렀다. 그런 다음 위협적인 목소리로 한마디 덧붙였다.
"그리고 만약 다시 한 번 당신이 이 방에 있는 게 내 눈에 띄면, 아니, 이 동쪽 별채에 얼쩡거리기만 하면 그때는 내가 직접 당신을 내쫓을 거요."
휘트니의 코앞에서 문이 쾅 소리를 내며 닫혔다.
클레이튼은 닫힌 문 앞에 꼼짝 않고 서서 주먹을 쥐었다 폈다 하며 애써 분노를 가라앉혔다. 그는 그날 새벽녘까지 서재에서 정신을 잃을 정도로 술을 마셔댔다. 그러나 그건 사랑과 신뢰를 배신한 데 대한 앙갚음을 할 수 있는 모든 방법을 신중하고 냉정하게 생각하고 난 다음이었다. 그는 정부를 둘 수도 있었다. 그리고 휘트니가 그 여자의 존재를 알게 될 때까지 새로운 정부를 과시하고 다닐 수도 있었다. 상류 사회 사람들은 정부가 있는 유부남을 너그럽게 눈감아주었다. 언제나 그랬다. 하지만 휘트니가 정부를 둔다면 부도덕하다는 비난에 휩싸이게 될 터였다. 휘트니가 혼자서 자주 외출을 하게 되면 사람들 입에 오르내리게 될 것이고, 게다가 다른 남자와 자주 함께 모습을 나타낸다면 공공연히 멸시와 배척을 당할 것이다.

하지만 그것만으로는 충분하지 않아. 휘트니가 아이를 낳고 그 아이에게 성을 물려주고 나면 절대 그 아이를 쳐다보지도 않고 누구 아이인지 궁금해하지도 않을 거야! 아이를 눈에 띄지 않는 곳으로 보내버릴 거야. 하지만 당장은 아냐. 우선 1, 2년 동안은 모자간에 정이 깊이 들도록 그냥 놔두겠어. 그런 다음 그 아이를 휘트니한테서 떼어놓는 거지. 요컨대 클레이튼에게는 그 아이가 궁극적인 무기였던 것이다. 클레이튼은 아이가 휘트니와 그녀의 더러운 정부가 밀통을 해서 낳은 아이든 아니면 그 자신의 욕망의 살아 있는 증거든 개의치 않았다.

휘트니는 여전히 그의 방문 밖에서 출입문을 바라보며 그대로 서 있었다. 그녀의 목은 쓰라렸고 두 눈은 타는 듯이 화끈거렸다. 하지만 난 울지 않을 거야! 내가 사정하고 설득하면 할수록 클레이튼은 더욱 잔인해지고 분별을 잃을 거야. 휘트니는 뻣뻣하게 굳은 몸으로 긴 복도를 걸어가 자신이 쓰던 방으로 갔다.

메리와 클라리사가 주인의 방에서 일을 하고 있었다. 휘트니의 옷가지들을 옮기느라 방안에 있던 모든 것이 뒤죽박죽 뒤섞여 있었다.
"괜찮다면 자, 잠깐 나 혼자 있고 싶어요."
휘트니는 숨을 고르면서 입을 열었다.
"이 일은 나중에 끝내도 돼요."
휘트니는 두 늙은 하녀가 슬프고 연민에 찬 눈길로 바라보는 것을 견딜 수가 없었다.
휘트니는 메리와 클라리사가 물러가자 주위를 돌아보며 자신에게 일어나고 있는 일을 현실로 받아들이려고 애썼다. 클레이튼은 부부관계가 임신이라는 결과로 이어졌다는 이유로 사실상 그녀를 버렸다.
지난밤 이후 처음으로 휘트니는 생생한 분노가 치밀어오름을 느꼈다. 임신이 온전히 여자의 잘못이란 말인가? 게다가 남녀가 몸으로 사랑을 하면 정확히 어떤 일이 일어나는지 모른단 말인가? 순진한 나도 아이가 어떻게 생기는지는 알고 있는데. 휘트니는 남편의 방으로 달려가서 그 얘기를 해주고 싶은 욕구가 마음 한구석에서 꿈틀거리는 것을 느꼈다.
그 생각을 하면 할수록 휘트니는 더욱 화가 치밀었다. 고개를 쳐든 휘트니는 씩씩하게 걸어가서 벨을 잡아당겨 클라리사를 불렀다.
"외출할 테니 내 파란색 실크 드레스 좀 다려주고 저녁 식사 뒤에 마차를 대기시켜줘요."
네 시간 뒤 휘트니는 식당으로 당당히 들어섰다. 풍성한 머리카락은 사파이어와 다이아몬드 사슬로 정교하게 머리 위로 말아올려져 있었다. 클레이튼과 남남처럼 살아갈 거라면 다정한 타인처럼 살 수도 있으리라. 그렇지만 클레이튼이 만약 한순간이라도 내가 출산을 한 뒤에 다시 내 침대로 들어올 수 있다고 생각한다면 하, 클레이튼은 나를 몰라도 한참 몰라!

식당으로 들어간 휘트니는 클레이튼을 단 한 번 쳐다보았다. 그런데도 그를 향한 갈망과 욕구 때문에 너무 고통스러워서 현기증이 날 지경이었다. 클레이튼은 견딜 수 없을 정도로 멋져 보였다. 만약 그가 자신을 보고 살짝 미소만 지어줬어도 당장 달려가 몸을 던지고 빌었을 것이다. 헌데 무엇 때문에 빈단 말인가? 그를 사랑하는 것을 용서해달라고? 아니면 그의 아이를 임신했다고?

아무 말 없이 저녁을 먹는 동안 대여섯 번, 클레이튼은 휘트니의 드레스 위로 솟아오른 젖가슴에 눈길을 던졌다가는 얼른 고개를 돌렸다. 휘트니는 그가 그럴 때마다 점점 더 화가 나 있다는 느낌을 받았다. 도대체 아이를 질투하는 것이 가당키나 한 일인가. 휘트니는 참으로 궁금했다. 어쨌든 두 사람은 결혼 이후 처음으로 저녁 시간에 각자 다른 일을 하게 되었다. 그의 시선이 무의식중에 다시 한 번 휘트니의 가슴에 머무르자 휘트니가 별다른 뜻 없이 물었다.

"내 새 드레스가 마음에 드나요?"

"당신 몸매를 세상 사람들에게 드러내고 싶은 욕망에 딱 맞는 드레스를 골랐으니 좋겠군."

클레이튼이 대꾸했다.

"새 방에서 지낼 만한가요?"

클레이튼은 마치 휘트니의 말 때문에 식욕이 사라졌다는 듯 접시를 옆으로 밀어놓고 자리에서 일어섰다.

"전에 쓰던 방보다 훨씬 낫소."

얼음처럼 차갑게 대답을 마친 그는 휙 돌아서서 식당을 성큼성큼 걸어나갔다. 몇 분 뒤 현관문 닫히는 소리와 마차가 달려가는 소리가 들려왔다. 휘트니는 자신감이 꺾였으며 비참하고 초라한 기분이 들었다. 그렇지만 기운을 내어 윌슨 가의 파티에 참석했고 일부러 자정이 한참 넘을 때까지 거기서 머물렀다. 그런 가운데 클레이튼이 그녀 혼자 외출하는 것을 싫어해서 다음번에는 동행하겠다고 나서리라는, 실낱같은 희망을 품고 있었다.

파티에서 돌아온 휘트니는 마차가 클레이모어 저택 앞에 멈춰서자 녹초가 되도록 피곤했지만 얼른 눈을 떴다. 바로 그때 클레이튼도 마차에서 내렸다. 두 사람은 함께 계단을 올라갔다. 휘트니는 어금니를 꽉 물고 있는 남편의 얼굴을 보고는 화가 나 있음을 알아챘다.

"계속 이렇게 밤늦게까지 돌아다니다가는 일주일도 못 돼서 온 런던이 당신을 두고 이러쿵저러쿵 입방아를 찧어댈 거요."

"일단 배가 불러오면 외출하고 싶어도 할 수 없겠죠."

휘트니는 머리를 똑바로 쳐들고는 덧붙였다.

"게다가 난 아주 즐거운 시간을 보냈어요!"

휘트니는 전적으로 확신할 수 없었지만 클레이튼이 속으로 욕을 했으리라 생각했다.

다음 날 아침 휘트니는 마구간으로 내려갔다가 일언지하에 승마를 거절당했다. 휘트니는 불쾌하고 당혹스러웠으며 화가 났다. 그리고 승마를 하지 말라는 공작의 명령을 전한 사람이 하인들이라는 사실에 황당했다. 휘트니는 너무도 비참한 기분이 든 나머지 자신의 행동을 재고해볼 마음의 여유가 없었다. 그래서 한마디 말도 없이 돌아서서 저택으로 씩씩하게 걸어갔다. 현관문을 지나 남편의 서재로 가서는 노크도 하지 않고 안으로 들어갔다.

클레이튼은 책상 둘레에 반원 형태로 앉아 있던 여러 남자들과 회의 중이었다. 그를 제외한 모두들 벌떡 자리에서 일어섰다. 클레이튼도 언짢은 기색을 드러내며 엉거주춤 일어섰다.

그녀가 놀란 남자들에게 천사처럼 미소를 지어 보이며 입을 열었다.

"실례합니다, 신사 여러분. 손님들이 계신 줄 미처 몰랐습니다."

그런 다음 그녀는 책상 뒤에 뻣뻣하게 서 있는 남편에게 말했다.

"마부들이 오해를 하고 있더군요. 칸이 내 소유라는 사실을 아무도 모르는 것 같았어요. 제가 말할까요? 아니면 당신이 설명해 주시겠어요?"

"칸을 타겠다는 생각은 하지도 마시오."

클레이튼이 무섭게 호통을 쳤다.

"회의를 방해해서 유감스럽습니다."

휘트니는 남편이 낯선 사람들 앞에서 자신의 자존심을 멍들게 할 만큼 호통을 치자 얼굴이 화끈거렸다. 그녀는 곧 자신의 방으로 뛰어들어갔다. 이건 말도 안 돼. 잔인하고 비틀린 미치광이 같은 짓이야. 이제 클레이튼은 내가 소일 삼을 만한 일도 하지 못하게 할 생각인 거야. 일상에서 찾을 수 있는 아주 작은 기쁨마저 빼앗고 싶은 거야. 휘트니는 승마 모자를 벗어던졌다. 말 타는 재미의 반은 머리카락을 휘날리게 하는 바람을 느끼는 것이었다. 그래서 휘트니는 그런 바보 같은 모자를 쓰는 것을 정말 싫어했다. 그녀는 옷을 갈아입을 생각으로 옷방으로 발걸음을 떼어놓았다가 마음을 바꿨다.

휘트니는 마구간으로 다시 돌진해 갔다. 그러고는 처음 마주친 하인이 주눅이 들어 비켜설 정도로 거만하고 경멸에 찬 표정을 지어 보였다. 그런 다음 성큼성큼 칸에게로 갔다. 그녀는 손수 칸에게 빗질을 해주고 또 직접 고삐를 달았다. 그런 다음 자신의 안장이 보관되어 있는 선반으로 당차게 걸어가 안장을 끌어내렸다. 그녀는 시간이 갈수록 대담해졌다. 아무도 감히 그녀를 제지할 엄두를 내지 못했다. 세 번을 시도한 끝에서야 무거운 여성용 안장을 칸의 등에 얹은 그녀는 말의 배에 두르는 가죽끈을 최대한 단단히 조이고 마구간 밖으로 칸을 끌고 나갔다.

휘트니는 세 시간 동안 승마를 즐겼다. 처음 한 시간을 탄 뒤에는 피곤을 느꼈다. 하지만 집으로 돌아가는 것은 정말이지 싫었다. 칸을 타고 밖으로 나간 순간부터 클레이튼이 자신의 행동을 보고 받았으리라는 것을 알고 있는 휘트니는 그를 마주칠 일이 두려웠다. 하지만 클레이튼과 그토록 일찍 얼굴을 마주하리라고는, 그가 마구간에서 자신을 기다리고 있으리라고는 전혀 예상하지 못했다. 그는 흰색 페인트를 칠한 울타리에 느긋하게 한쪽 어깨를 기댄 채 서 있었다. 마부장과 이야기를 나누고 있던 그의 얼굴은 태연해 보였다. 휘트니는 덜컥 겁이 났다. 그녀는 긴장이 풀려 나른해 보일 정도로 느긋한 그의 태도는 단지 표면적인 냉정함일 뿐, 그 이면에는 그녀에게 터뜨릴 무시무시한 분노를 감추고 있다는 사실을 알고 있었다.

휘트니가 활기차게 클레이튼을 지나칠 때 그는 무심결에 하는 행동인 양 손을 뻗더니 칸의 고삐를 잡고는 이빨이 흔들릴 정도로 세게 멈춰 세웠다. 그의 눈빛은 무시무시할 정도로 위협적이었고 목소리는 차가우면서도 조용했다. 휘트니의 가슴은 두려움으로 사정없이 쿵쾅거렸다.

"내리시오!"

휘트니가 급히 말머리를 돌려 내달리려고 하는 순간 클레이튼이 그 위협적인 목소리로 호통을 쳤다.

"경고하는데 달아날 생각은 아예 마시오."

섬뜩하니 놀랐으면서도 격렬한 분노를 느낀 휘트니는 뺨이 화끈거리고 손이 떨리는 것을 느꼈다. 그녀는 침을 삼키고 버릇없는 어린애가 하듯 두 팔을 그에게 내뻗었다.

"그럼 말에서 내리도록 도와주겠어요?"

클레이튼은 휘트니를 안장에서 번쩍 들어올려 바닥에 내려놓았다.

"감히 내 말을 거역하다니."

클레이튼은 휘트니의 팔을 우악스럽게 잡고는 호기심을 감추지 못하는 마부들과 마구간지기들이 안 보이는 곳으로 끌고 갔다.

휘트니는 두 사람의 말소리가 다른 사람들 귀에 들리지 않을 만큼 마구간에서 멀어져 저택 후문 가까이 다가가자 클레이튼의 손에서 팔을 잡아 빼고는 남편 쪽으로 몸을 돌렸다.

"당신을 거역한다구요?"

휘트니가 발을 구르며 되물었다.

"당신 지금 내게 결혼 서약을 상기시켜주려는 건가요? 왜 결혼 서약의 전부를……. 아, 당신의 서약만 상기시켜주고 싶으신가요, 주인님?"

"한 가지만 경고하겠소. 경고라기보다 충고라고 하지. 당신이 충고를 더 마음에 들어 한다면."

"충고가 필요하더라도 당신한테는 절대 충고해달라고 부탁하지 않을 거예요!"

휘트니는 불꽃이 이글거리는 눈으로 남편을 쳐다보며 쏘아붙였다. 그리고 말을 더 하려고 하다가 마음을 바꿨다. 자신의 폭탄 같은 선언에 남편의 얼굴이 끓어오르는 분노로 시뻘게진 것을 보았기 때문이다.

"한번만 더 내게 반항하면, 단 한 번이라도 다시 내게 도전하면 당신 뱃속의 그 애새끼가 태어날 때까지 당신을 방에 가둬둘 거야!"

"당신이 하고 싶은 게 바로 그거였군요?"

휘트니는 남편이 아기를 '애새끼'라고 부르자 증오심에 불타기 시작했다.

"당신은 아주 비열하고 아주 잔인하고…… 당신은 사기꾼에다 거짓말쟁이예요! 사랑한다고 말해놓고 어떻게 날 이런 식으로 대할 수 있죠? 그리고 한 가지 더 있어요. 군주이신 공작님."

휘트니는 분노 때문에 거의 숨이 막힐 지경이면서도 덧붙였다.

"분명 당신한테는 놀라운 일이겠지만, 남자와 여자가 잠자리에서 사랑을 나누면 아기가 생기는 법이라구요!"

클레이튼은 휘트니의 우스꽝스러운 '폭로'를 듣고는 어안이 벙벙한 나머지 휘트니의 손이 날아오는 것을 전혀 보지 못했다. 휘트니는 손바닥으로 그의 뺨을 정통으로 후려갈겼다. 그런 다음 얼른 뒤로 물러섰다. 그런데 그 모습은 분노로 치를 떨고 있는 광포한 여신처럼 보였다.

"어서 날 쳐보시죠. 당신은 내가 고통받는 걸 좋아하잖아요? 뭐가 잘못됐죠? 나를 괴롭히고 싶은 욕망이 사라지기라도 했나요?"

휘트니는 관자놀이에서 쿵쿵 울리는 맥박 소리를 무시한 채 클레이튼을 비웃어주었다.

"그럼, 좋아요. 난 너무 화가 나서 다시 한 번 당신의 따귀를 때리고 싶거든요!"

그녀는 팔을 크게 휘둘렀다. 그런데 그녀의 손이 클레이튼의 얼굴에 닿기 전, 눈 깜짝할 사이에 되려 손목을 꽉 잡혔다. 그 고통이 어찌나 컸던지 휘트니는 숨이 막힐 것만 같았다.

"당신은 사람을 기만하는 앙큼한 계집이야."

불같이 화가 난 클레이튼이 쏘아붙였다.

"하지만 우리 두 사람이 함께 하는 부정한 삶에서 단 한 번만이라도 진실을 말해보시오. 당신의 대답이 '난 몰라요' 나 '그래요.' 어느 쪽이든 상관하지 않겠다고 맹세할 테니."

"당신이 내게 맹세를 한다구요?"

이번에는 휘트니가 클레이튼에게 쏘아붙였다.

"당신이 결혼식장에서 한 맹세 같은 건가요? 아니면 나를 아프게 하지 않겠다고, 이 집에서 했던 맹세를 말하는 건가요? 당신의 맹세는 믿을 가치가……."

"아이가 내 아이란 말이오?"

클레이튼이 휘트니의 말을 자르고 그녀의 손목을 더욱 억세게 쥐며 물었다.

휘트니는 눈알이 튀어나올 정도로 눈을 동그랗게 떴다. 그리고 부드러운 입술은 충격을 이기지 못한 듯 벌어졌다. 그 모습을 본 클레이튼은 순간 자신이 뭔가 크게 착각하고 있는 것은 아닐까 하는 생각이 뇌리를 스쳤다. 휘트니의 눈에 눈물이 솟구쳐 그렁그렁해졌다.

"아이가 당신 아이냐구요? 당신 아이냐구요?"

휘트니는 목소리를 점점 높이더니 뜻밖에 어깨를 격렬하게 떨며 클레이튼에게 맥없이 쓰러졌다.

클레이튼은 잡고 있던 휘트니의 손목을 놓아주었다. 그는 떨고 있는 휘트니의 가녀린 몸을 밀어내고 싶었다. 그리고 그녀를 밀어내고 싶은 만큼 그녀를 품에 안고 그녀의 머리카락에 얼굴을 묻고 싶었다. 그러나 무엇보다 그녀를 집으로 데리고 가 그녀를 품고 제 가슴에 쌓인 고통을 덜고 싶었다. 휘트니는 어깨를 떨며 클레이튼의 가슴에 얼굴을 묻었다. 그리고 두 손으로 그의 옷깃을 잡고 매달린 채 같은 말을 끊임없이 되풀이했다.

"당신 아이냐구요?"

클레이튼은 부드럽지도, 거칠지도 않게 휘트니의 팔을 잡고 그녀를 떼어놓았다. 휘트니가 흐느끼는 것을 보자 클레이튼은 어쩔 수 없는 죄책감을 느꼈다. 그가 손을 떨어뜨렸을 때 휘트니가 천천히 고개를 들었다. 그녀는 웃고 있었다. 히스테리를 부리듯 웃고 있었다. 그리고 그렇게 웃으면서 클레이튼의 고개가 돌아갈 정도로 세게 그의 뺨을 후려쳤다. 그러고는 집 안으로 달려들어갔다.

클레이튼은 생각에 잠긴 채 천천히 휘트니를 따라 저택의 본관 건물로 들어갔다. 그리고 서재로 들어가 문을 닫고는 술을 벌컥벌컥 들이켰다. 이제 두 가지 사실-휘트니의 오른팔 힘은 대단했고 휘트니가 임신한 아이는 자신의 아이라는 사실-이 명확해졌다.

 휘트니가 그를 찾아 여기로 온 이유에 대해, 그리고 그와 결혼한 이유에 대해 어떤 거짓말을 했든 뱃속의 아이가 제 아이냐고 물었을 때 그녀의 얼굴에 떠올랐던 경멸과 비웃음이 서린 표정은 거짓으로 꾸며낼 수 있는 게 아니었다. 그녀는 런던으로 가서 정부와 같이 침대에 누워 있었던 게 아니었다. 죄를 지은 인간이라면, 그가 누구든, 그런 황당한 공포나 충격적인 모욕감을 드러낼 수 없는 법이다. 휘트니는 결혼 이후로 자신을 배신한 적이 없었다. 그녀가 무슨 다른 일을 했든 자신을 배신하는 일은 하지 않았다. 아이는 자신의 아이였던 것이다. 그는 휘트니가 임신한 아이가 자신의 아이란 사실을, 휘트니가 다른 남자의 아이에게 아버지를 얻어줄 필요가 있어서 몇 달 전 자신을 찾아 여기로 왔다고 알고 있는 것만큼 확실히 알게 되었다. 설설 끓던 그의 분노는 차츰 잦아들기 시작했다.
 하지만 휘트니의 분노는 갈수록 거세졌다. 모든 비열하고 저속하고 경멸받아 마땅한 인간들 중에서 제일……. 그는 제정신이 아니야! 미친 거야! 그리고 내가 이대로 클레이튼 곁에 머문다면 나 역시 온전한 정신을 잃고 말 거야. 그가 몇 분 전 지독한 욕설을 퍼부우며 처벌이라도 하듯 팔을 아프게 쥐고 있을 때조차 다시 그의 가슴에 안겨 있기에 난 행복했어. 그런 상황에서도 그의 품에 안기고 싶었던 거야. 만약 내가 계속 이곳에 머문다면 나도 클레이튼처럼 미치게 될 거야.

휘트니는 클레이튼의 곁을 떠나야 한다는 것을 알게 되면서 느끼게 된 아픔을 무시하며 갈 만한 곳을 생각해보았다. 아버지는 사위로부터 딸을 보호해줄 만큼 의지가 강하지 못해. 이모와 이모부라면 도움을 줄 수 있을 거야. 우선 두 분에게 편지를 드려서 방문해도 되는지 여쭤보고 상황 설명은 프랑스에 가서 드려도 될 거야. 휘트니는 클레이튼이 막강한 영향력을 행사해서 프랑스에 있는 그녀의 행동을 간섭할 수 있다거나 아니면 그 영향력을 영국에서 발휘해 이모부의 외교관 경력에 손상을 입히는 것으로 보복할지도 모른다는 생각은 하지 못했다.

휘트니가 할 수 있는 일이라고는 이모부에게 상황을 설명하고 이모부가 모든 결정을 내려주기를 바라는 수밖에 없었다.

휘트니는 책상 앞에 있는 의자에 무너지듯 앉은 다음 서랍을 열었다. 그런데 편지지를 집으려고 손을 뻗던 그녀의 눈에 정돈된 편지지 더미 위에 꾸깃꾸깃 뭉쳐져서 공처럼 보이는 파란색 종이가 눈에 띄었다. 휘트니는 별 생각 없이 구겨진 종이를 집어들었다. 무슨 글이 쓰여 있었다. 그래서 필요가 있어서 보관해두었던 것인지 알아보려고 구겨진 종이를 판판히 폈다.

'치욕스럽게도······'

휘트니는 망연히, 에밀리 집에 머물 때 하인들 눈에 띨까싶어 사용하지 않은 편지지 사이에다 그 쪽지를 숨겨둔 사실을 기억해냈다. 헌데 지금 그 쪽지가 구겨진 채 편지지 더미 위에 놓여 있다니, 누군가 그걸 찾아냈던 것이다. 하지만 클레이모어에서 시중을 드는 하인이라고는 메리와 클라리사뿐이며 둘 다 무슨 일이 있어도 그녀의 책상을 뒤질 사람들이 아니었다.

누군가 그 쪽지를 읽었다고 생각하자 부끄러워진 휘트니는 자신의 책상을 뒤졌을 만한 사람을 생각해내려고 했다. 이틀 전 그녀는 클레이튼이 직접 찾게 하려고 기쁜 마음으로 아기 옷을 서랍 속에 넣었다. 서랍은 정갈하게 정리가 되어 있었고 아무도, 클레이튼 말고는 아무도······. 오, 세상에!

휘트니는 의자에서 엉거주춤 일어섰다. 그녀는 이모가 보낸 편지를 찾아다달라고 부탁하며 클레이튼을 그 책상으로 보냈었다.

"그래서 당신이 이 쪽지를 발견했군요. 세상에, 당신이 이걸 읽었군요."

휘트니는 마치 클레이튼이 방에 있는 것처럼 호흡을 가다듬으며 말했다. 손을 떨며 편지를 읽던 클레이튼의 마음을 떠올리자 그녀의 마음은 사정없이 혼란스러워졌다. 그녀는 마치 자신이 그 편지를 쓴 사람이 아니라 찾아낸 사람처럼 머뭇거리며 편지를 쳐다보았다. 문제는 날짜였다. 두 사람은 매년 그녀가 클레이모어로 온 날을 축하하기로 약속을 했다. 그런데 편지에 적힌 날짜는 바로 그 전날이었다. 클레이튼은 이 편지를 읽고서 궁금했을 거야. 아니, 내가 임신한 줄 알고 그날 밤 자기를 찾아왔다고 믿었던 거야! 당연히 그는 마음에 깊은 상처를 받았겠지.

그래, 알았어. 만약 클레이튼이 이 편지를 발견했다면 궁금해할 다음 일은 이 편지를 받아볼 사람이 누구냐 하는 거였겠지. 휘트니는 구겨진 편지지를 그대로 손에 쥐고 의자에서 일어서서는 안절부절못했다. 클레이튼의 반응으로 보아 그는 틀림없이 편지가 자신이 아닌 다른 남자에게 쓴 것이라고 생각했을 거야. 하지만 그 끔찍했던 날 밤, 그는 내 순결을 빼앗았어. 그리고 내가 임신을 한 건 그날 밤 그 행동의 결과로 볼 수도 있어. 그런데 단지 내가 다른 사람한테 도움이나 충고를 구하려 했다는 이유만으로 어떻게 그토록 화를 낼 수 있단 말인가? 내가 그렇게 하지 말아야 할 이유라도 있는 것일까? 그런 편지는 아버지에게나 이모, 아니면 다른 어떤 사람에게도 보낼 수가 있어! 하지만 난폭하기 짝이 없는 클레이튼의 반응으로 판단하건대 그는 분명 그렇게 생각하지 않았던 거야. 그래서 그는 마음의 상처를 받았고 그 때문에 나를 이런 식으로 괴롭히는 거야. 그리고 내가 도움을 청하기 위해 다른 남자에게 돌아섰을지 몰라 화가 났던 거야. 그는 상처를 입고 질투를 느꼈던 거야.

"이런 바보 같으니!"

휘트니는 텅 빈 방에다 대고 또 소리를 질렀다. 그리고 너무도 마음이 놓이고 행복해서 팔을 벌리고 빙빙 돌기라도 하고 싶었다. 클레이튼이 그토록 모질게 굴었던 것은 아이를 원하지 않아서가 아니었어! 그녀는 안도감 때문에 마음이 여려지기는 했지만 한편으로는 죽이고 싶을 만큼 그에 대한 증오가 불타올랐다.

클레이튼은 예전의 그 행동-나를 이곳으로 질질 끌고 온 그 끔찍스런 날 했던 행동-을 다시 했어. 그는 내가 자기 가슴에 못 박을 짓을 했다고 생각하고는 내가 어떤 죄를 범했는지 한마디도 해주지 않은 채 나를 재판에 회부하고 유죄를 주장하고 선고를 내렸어. 그리고 지금, 그는 나를 내팽개쳐버린 채 별채로 거처를 옮기고 두 사람이 애초에 결혼이란 것을 한 적이 없는 것만큼이나 우리의 결혼 생활이 파탄지경에 이르렀다고 믿고 있어.

휘트니는 안도감에 한숨을 쉬고는 다시 몸이 부들부들 떨릴 정도로 단단히 결의를 다졌다. 클레이튼이 다시는, 결코 다시는 내게 아무 설명도 없이 화부터 터뜨리지 못하게 하고 말 거야! 클레이튼이 한순간이라도 나를 깊이 사랑했는지는 모르지만 지금은 내게 등을 돌리고 냉정히 멀어져가고 있어. 그래, 그는 이제 다른 것을 배우게 될 거야. 어떻게 그토록 현명하고 지적인 사람이 내가 무슨 행동을 했든, 단지 분노 때문에 나를 버릴 수 있다고 생각할 수가 있지? 도대체 그는 내가 어떤 행동을 했다고 생각했을까? 어떻게든, 어떤 방식으로든 클레이튼이 이런 행동을 하고 있는 이유를 설명하도록 만들 거야. 그가 어떤 식으로 설명하는지는 아무 상관없어. 내 면전에 대고 비난을 퍼부어도 좋아.

휘트니는 서글픈 미소를 띤 채 생각했다. 클레이튼은 분명히 내게 비난을 퍼부을 거야. 내가 왜 그러는지 설명해달라고 간청하지 않을 테니까. 내게 남은 유일한 선택은 어떻게 해서라도 완전히 이성을 잃게 할 정도로 그를 화나게 하는 거야. 그래서 그가 질투심을 느끼게 된 섣부른 추측들과 마주치게 하는 것뿐이야.

그리고 클레이튼이 그렇게 나오면 난 그 편지에 대해 냉정하게 설명해줄 거야. 클레이튼이 내 발치에 넙죽 엎드려서 용서해달라고 빌게 만들 거야. 휘트니의 얼굴에는 환한 미소가 떠올랐다. 오, 바보 같은 소리! 나는 절대 그렇게 하지 못할 거야. 될 수 있는 한 빨리 상황을 설명하고는 그의 탄탄한 가슴으로 뛰어들어 기뻐서 쓰러지고 말 거야. 그리고 그의 억센 팔에 안기기만을 고대할 거야.

하지만 지금 당장은 온순하고 슬프게 보여야 해. 그런 다음 즐겁고 명랑한 모습을 보일 거야. 클레이튼이 우리 둘이 나눴던 것을 몹시 그리워하게 돼서 그것을 다시 나누고 싶어 참을 수 없게 될 때까지. 처음에는 바늘로 콕콕 찌르듯 가볍게 괴롭혀줄 거야. 그 방법이 효과를 보지 못하면 그때는 진짜 그를 화나게 할 거야.

그날 밤 클리프튼 가에서는 성대한 파티가 열릴 예정이었다. 휘트니는 클레이튼이 아직도 그 파티에 참석할 생각인지 확신할 수 없었다. 하지만 그녀는 참석할 생각이었다.

휘트니는 신혼여행 중에 파리에 있는 의상실에 주문해두었던 에메랄드빛 드레스를 정성 들여 차려입었다. 그 드레스는 그녀가 입었던 옷 중에서 맨살을 가장 많이 드러내는 옷이었다. 그녀는 에메랄드와 다이아몬드로 만든 목걸이와 그에 어울리는 팔지 및 귀고리로 치장을 하며 혼자 미소를 지었다.

"내 모습이 어때요?"

휘트니가 한 바퀴 돌아 보이며 클라리사에게 물었다.

"아예 벌거벗지 그러세요."

클라리사는 휘트니의 보디스를 못마땅한 눈으로 쳐다보며 뚱하게 대꾸를 했다.

"보통 때 입는 드레스보다 조금 더 파였을 뿐인데요, 뭘."

휘트니는 눈을 반짝이며 덧붙였다.

"하지만 이런 차림을 하면 공작은 그게 어디든 나 혼자서는 내보내고 싶어 하지 않을 것 같은데. 안 그래요, 클라리사?"

비단 옷자락을 끌며 휘트니는 응접실로 들어갔다. 클레이튼이 직접 술을 따르고 있었다. 운동선수 같은 훤칠한 체격에 짙푸른 야회복, 그와 대조를 이루는 새하얀 셔츠와 넥타이로 멋을 낸 그는 숨 막힐 정도로 멋있어 보였다. 그 역시 거만한 시선으로 희미하게 반짝이는 아내의 드레스를 훑어보았다. 그는 뭇 사내들의 시선을 사로잡을 만큼 보디스 위로 과감하게 드러난 아내의 가슴을 보고는 표정이 싸늘하게 굳어졌다.

클레이튼이 낮고 위협적인 목소리로 물었다.

"그 차림으로 어디를 가겠다는 거지?"

"그게 무슨 말이죠?"

휘트니는 정말 아무것도 모르겠다는 표정을 지으며 클레이튼에게 되물었다.

"우리는 오늘밤 클리프튼 가에 가기로 약속이 되어 있어요. 당신이 상관하지 않는다면 와인 한 잔을 마시고 싶군요."

클레이튼이 진열용 유리장에서 와인 한 병을 얼른 꺼내들었다.

"그거 참으로 안됐구려. 우리는 클리프튼 가에 가지 않을 테니까."

"오, 그래요?"

휘트니는 유리잔을 가지러 남편을 가로질러 가면서 되물었다.

"멋진 파티에 참석을 못하다니 유감이군요. 난 항상 클리프튼 가에서 열리는 파티가 다른 어떤 파티보다 즐겁다고 생각하거든요."

클레이튼이 천천히 몸을 돌리더니 옆에 있는 진열장에 걸터앉아 얼음처럼 차갑게 내뱉었다.

"나는 클리프튼의 집에 가지 않을 거요. 그러면 당신도 오늘밤 한 발짝도 움직이지 못할 거요. 내 말 분명히 알아들었소?"

"말 한 마디 한 마디는 아주 분명하군요."

휘트니는 술잔을 들고 돌아서더니 에메랄드빛 드레스자락을 길게 끌며 당당하게 식당으로 향했다. 그녀는 이도 저도 못하게 되었다. 클레이튼은 클리프튼 가로 그녀를 데려가지 않을 것이다. 그렇다고 그녀 혼자 가도록 내버려두지도 않을 것이다.

촛불이 켜진 식당에서 두 사람은 팽팽한 침묵을 지키며 저녁을 먹었다. 휘트니는 저녁을 먹는 내내 클레이튼을 훔쳐보았다. 식사가 거의 끝나갈 무렵 클레이튼의 손에 무심코 휘트니의 시선이 가 닿았다. 그런데 결혼식날 밤에 끼워준 루비 반지가 보이지 않았다. 그걸 발견한 그녀의 가슴은 저미도록 아팠다. 그녀가 결혼식날 밤 그의 손에 루비 반지를 끼워준 순간부터 그는 그 반지를 뺀 적이 한번도 없었기 때문이다.

휘트니가 고개를 들었다. 클레이튼은 냉소를 머금은 채 그녀를 지켜보고 있었다. 휘트니는 가슴에 상처를 입은 것 이상으로 분노가 일었다. 클리프튼 가에서 열리는 파티에는 꼭 가겠어, 하고 그녀는 결연히 턱을 치켜들고 결심했다.

휘트니는 후식이 나오기 전에 자리에서 일어섰다.

"난 내 방으로 올라가겠어요. 잘 자요."

그녀는 말을 끝내기가 무섭게 방으로 올라갔다. 행여 클레이튼이 그녀가 파티에 갈지도 모른다는 경계심을 품고 마부들에게 그녀를 아무 곳에도 태워다주지 말라는 명령을 내리지 않도록 하기 위해서였다.

시간은 새벽 1시가 넘어 있었다. 그러나 클레이튼이 회원으로 있는 남성고객 전용 도박장에서 시간은 아무런 의미가 없었다. 클레이튼은 주위 사람들이 주고받는 이야기에 별 관심을 기울이지도 않았으며 그렇다고 들고 있던 카드에 주의를 집중하지도 않은 채 의자에 기대앉아 있었다.

클레이튼은 비록 술을 많이 마시긴 했지만 아무리 애를 써도 카드 게임이나 남자들끼리 거리낌없이 주고받는 대화에도 집중할 수가 없었다. 그는 손톱 밑의 가시와 같은 마녀와 결혼을 한 것이었다. 휘트니라는 가시를 손톱 밑에 그대로 두는 것은 참을 수 없이 아팠지만 그것을 빼어버리는 것 역시 아팠다. 그는 그날 밤 바람난 여자처럼 거의 벗다시피 몸매를 다 드러내는, 그 빌어먹을 드레스를 입은 휘트니의 모습을 계속 떠올리고 있었다. 손바닥에 닿던 그 꽃잎처럼 부드러운 살결의 감촉이 기억나자 그는 실제로 손에서 통증이 느껴졌다. 그러자 거의 참을 수 없을 정도로 욕정의 불길이 타올랐다. 그것은 사랑이 아니라 욕정이었다. 그는 그런 감정을 더 이상 사랑이라고 부르지 않을 터였다. 그가 휘트니에게 느끼는 모든 것은 이따금씩 이는 욕망이라는 고통이었다.

감히 어떻게 그런 옷을 입고 혼자서 외출할 생각을 한단 말인가! 그리고 마치 내가 자신을 괴롭히려고 승마를 금한 것처럼 행동하는 이유는 도대체 뭐야? 며칠 전 마구간에 그런 지시를 내린 까닭은 휘트니가 임신을 한 것 같은데 본인이 그 사실을 모르고 있다고 생각해서였지 그 앙큼한 거짓말쟁이가 생각하는 것 같은 의도에서는 아니었어. 내 행동을 해명할 필요는 없어. 그녀는 내 지시를 따라야 해. 내가 그렇다면 그런 거야!

이런 생각을 하며 그는 테이블 중앙에 칩을 던졌다.

"만나서 반갑네, 클레이튼."

윌리엄 배스커빌이 건너편 6번 테이블에 있는 빈 의자를 가져오면서 붙임성 있게 인사를 건넸다.

"사실은 자넬 보고 놀랐네."

"놀라다니 무슨 소리요?"

클레이튼이 무심하게 물었다.

"방금 클리프튼 가의 파티에서 자네 안사람을 봤거든. 난 자네도 거기 있는 줄 알았지."

배스커빌은 큰돈이 오가는 도박판에 합류하기에 앞서 칩을 쌓아올리는 데 열중하느라 클레이튼의 질문에 건성으로 대답했다.

"자네 안사람 무척 아름다워 보이더군. 그래서 부인에게 그렇게 말해주었지."

별 뜻 없이 내뱉은 말에 클레이튼이 너무도 황당하고 못 믿겠다는 표정을 짓자 배스커빌은 서둘러 정중한 표현으로 목격한 사실을 재확인해주었다.

"자네 안사람은 언제 봐도 아름답지. 난 항상 자네 안사람을 보면 그런 인사를 한다네."

클레이튼이 얼음처럼 차가운 표정을 짓고 똑바로 앉자 배스커빌은 당황하고 어리둥절해했다. 자신의 어떤 행동이 클레이튼의 기분을 상하게 했는지 부지런히 생각하던 배스커빌은 불행하게도 그릇된 결론을 내리고 말았다. 그는 소문대로 젊은 아내를 지나칠 정도로 좋아하는 클레이튼에게는 자신의 찬사가 틀림없이 성에 차지 않았으리라고 생각을 했다. 테이블에 둘러앉은 다른 사람들에게 난감한 눈길을 보내며 배스커빌이 필사적으로 말했다.

"모든 사람들은 자네 부인이 매혹적이라고 생각했다네. 부인은 비취빛 눈과 딱 어울리는 빛깔의 드레스를 입고 있었지. 나는 자네 부인에게 드레스가 눈빛과 잘 어울린다는 말을 했네. 사실은 그 말 한마디를 하려고 줄을 서서 기다려야 했다네. 자네 부인은 혈기 넘치는 젊은 멋쟁이들과 나 같은 늙다리들한테 겹겹이 에워싸여 있었거든. 숭배자들의 모임을 방불케 했다네."

아주 조용히, 아주 침착하게 클레이튼은 카드를 테이블 위에 뒤집어놓고 의자를 살짝 뒤로 뺐다. 자리에서 일어선 그는 테이블에 둘러앉은 사람들에게 고개를 까딱해 보이고는 아무 말도 없이 몸을 돌려 성큼성큼 밖으로 걸어나갔다.

테이블에 남은 다섯 사람이 클레이튼이 출입문을 향해 걸어가는 모습을 지켜보느라 카드 게임은 중단되었다. 그 다섯 사람 중에서 넷은 결혼을 했고 마흔다섯 된 배스커빌만 미혼이었다. 테이블에 둘러앉은 다섯 얼굴 중에서 네 사람은 싱글벙글 웃거나 웃음을 참으려고 무진장 애를 썼다. 오직 배스커빌의 표정만 근심이 어려 있었다.

"젠장!"

배스커빌은 주위 사람들을 둘러보며 작은 소리로 내뱉었다.

"클레이모어는 내가 클리프튼가의 파티에서 방금 부인을 보고 온 길이라고 말했더니 악마 같은 얼굴로 날 쳐다봤단 말일세."

배스커빌은 불길한 생각이 떠오르자 하던 말을 멈추었다.

"이보게들, 웨스트모어랜드 부부도 부부싸움을 할 때가 됐지 않았나? 어떻게들 생각하나?"

마커스 러더포드가 입술을 씰룩이며 대꾸했다.

"배스커빌, 3분 전에는 나도 그렇게 생각했네만, 이제는 웨스트모어랜드가 부부싸움을 할 정도로 결혼 생활을 오래 했다고 보는데."

배스커빌의 이마에 주름이 졌다.

"세상에! 부부싸움을 하게 만들 줄 알았다면 절대 공작 부인을 봤다는 말을 하지 않았을 걸세. 공작 부인은 사랑스러운 여성이야. 그런 여성을 곤란하게 하다니 유감스럽군. 내 확신하지만 공작 부인은 남편이 찬성하지 않으리라는 걸 알았다면 파티에는 절대 가지 않았을 걸세."

"그렇게 생각하나?"

러더포드가 다른 유부남들과 눈을 맞추더니 놀리듯 싱글거리며 물었다.

그러자 배스커빌이 확신에 차서 대꾸했다.

"물론, 그렇고 말고. 만약 클레이모어가 부인에게 파티에 가지 말라고 했다면 부인은 가지 않았을 걸세. 공작 부인은 클레이모어의 아내 아닌가. 결혼 서약이 있잖은가? 순종이라든가 뭐 그런 것 말일세!"

배스커빌은 그 말을 듣고 갑자기 너털웃음을 기관총처럼 터뜨렸다. 러더포드가 잠시 카드 게임을 접고 배스커빌에게 말했다.

"언젠가 아내가 점찍어둔 모피코트가 있다고 하더군. 이미 가지고 있는 모피 코트만도 열 개가 넘는데 말일세. 그래서 난 아내에게 더 이상 모피코트는 사줄 수 없다고 말했다네!"

"설마 자네 부인이 모피코트를 또 사지는 않았겠지?"

"물론 모피코트는 사지 않았다네."

러더포드가 말을 이었다.

"대신 아내는 새 드레스를 열한 벌이나 샀지. 이미 가지고 있는 모피코트와 어울리는 것으로 말일세. 아내가 그러더군. 너덜너덜 해진 겉옷을 입고 사람들 앞에 모습을 보여야 하더라도 적어도 자신의 드레스가 어떻다고는 아무도 비난하지 못할 거라고 말일세. 어쨌든 아내는 드레스를 사들이느라 새 모피코트를 사는 데 드는 돈의 세 배를 썼다네."

"세상에! 자네 그래서 부인을 때렸나?"

"아내를 때렸냐구?"

러더포드가 놀라서 되물었다.

"아니. 폭력을 쓰다니 말도 안 돼지. 대신 아내에게 모피코트를 사주었다네."

"하지만, 하지만 왜 그랬지?"

"왜냐구? 난 아내가 발끈한 성미를 가라앉히기 위해 보석상가에 있는 물건을 죄다 사들이는 것을 원하지 않았거든. 드레스는 엄청나게 비싼 물건이지만 보석은 훨씬 더 비싸잖나? 결국 난 모피 코트를 사주고 상당한 돈을 번 셈이지."

벌써 여명이 밝고 있을 때 휘트니는 드레스자락을 끌며 넓은 대리석 계단을 소리 나지 않게 올라가 방으로 향했다. 그녀는 그 날 밤 클레이튼이 미치도록 그리웠다. 가볍게 허리를 감는 손의 감촉이 그리웠고 자신의 시선을 꼭 붙드는 대담한 시선을 느끼고 싶었다. 그리고 그와 가까이 있을 때 느끼는 행복감이 그리웠다. 그는 어떻게 이토록 짧은 시간 안에 내 인생에 그토록 불가결한 존재가 될 수 있단 말인가? 휘트니는 클레이튼이 옆에 없어 쓸쓸

했다. 그래서 그 편지를 가지고 가서 그동안의 사정을 설명하고 싶은 강한 유혹을 느꼈다. 하지만 만일 다시 이런 일이 생긴다면, 그리고 이번처럼 그가 왜 화가 났는지 말해주는 이 편지 같은 단서가 없다면 그때는 어떻게 될까? 그는 다시 분노로 그녀를 벌 줄 것이고 그녀는 아무런 대응도 못하고 말 것이다. 그런데 이유도 모르는 채 사랑하는 사람이 자신 때문에 분노하는 것을 보는 것은 참으로 고통스러웠다. 휘트니는 그날 밤 클레이튼에게 공개적으로 반항한 것을 조금도 후회하지 않았다. 그는 그녀가 자신의 명령에 복종하지 않은 사실을 알게 되면 가만있지 않을 것이다. 그것이 바로 휘트니가 바라는 일이고 또 그렇게 되어야 했다.

사실 휘트니는 이튿날 아침 식사시간에 클레이튼을 보면 클리프튼 가에서 즐거운 시간을 보냈다고 지나가듯 말해야 할지 말지 마음을 못 정하고 있었다. 그러다 어두운 방에서 등불을 더듬으면서 마음을 굳혔다. 그래, 얘기하자. 내가 그곳에 갔었다는 사실을 알게 된다면 더 바랄 게 없어.

그러나 다음 순간 휘트니는 갑작스런 두려움을 느끼며 그 생각이 바람직한 게 아니라는 걸 알게 되었다. 방에 불이 들어오자 한쪽 다리 위에 올려진, 빛나는 구두를 신은 발 한 쪽과, 짙푸른색 옷을 입은 넓적다리 위에 아무렇게나 놓여 있는 장갑이 언뜻 눈에 들어왔던 것이다. 커다란 공포 속 어딘가에서 퍼뜩 떠오른 생각 때문에 휘트니는 그를 못 본 척했다. 그녀는 옷방으로 가면서 손을 뒤로 돌려 드레스의 끈을 풀었다. 만약 그녀가 가장 유혹적인 속옷으로 갈아입을 때까지만 그가 기다려준다면 약간은 유리한 고지에 서게 될지도 몰랐다. 그러고 나면 그때는 욕망이 분노를 제압할 수도 있으리라. 그리고…….

"내가 이 방을 나갈 때까지는 그 옷을 그대로 입고 있으시오!"

클레이튼의 목소리가 쩌렁쩌렁 울렸다.

그는 자리에서 일어나더니 사냥감에게로 느긋하게 다가가는 표범처럼 휘트니에게로 다가섰다. 흠칫 놀란 휘트니는 반사적으로 뒤로 물러섰다. 그런 다음 정신을 가다듬고는 제자리에 섰다. 그녀 앞에 불쑥 모습을 드러내며 우뚝 선 클레이튼의 눈에 독기가 서려 있었다.

"감히 다시 내 명령을 어기면 어떻게 하겠다는 말을 기억하오?"

그는 휘트니에게 출산할 때까지 그녀를 방안에 가둬두겠다고 협박했었다. 휘트니는 화가 나면서도 두려웠다. 그리고 그를 향한 간절한 사랑 때문에 목소리조차 파르르 떨렸다.

"네, 기억해요."

휘트니는 쓰라린 가슴을 안고 속삭였다.

"기억나는 게 또 있어요. 당신이 내 안으로 아주 깊이 들어왔을 때 내게 속삭여준 말들도 기억해요. 그뿐이 아니에요."

"닥치시오!"

클레이튼이 미친 듯 소리를 질렀다.

"그렇지 않으면 맹세코, 나는…….."

"난 당신이 내 몸을 만질 때 살갗에 닿던 당신 손의 감촉을 똑똑히 기억해요."

클레이튼은 휘트니의 어깨를 잡고 흔들면서 소리를 질렀다.

"빌어먹을! 그만 하라고 했소!"

"그만 못 둬요."

휘트니는 클레이튼이 숨을 헐떡이는 것을 보고는 몸서리를 치면서도 버텼다.

"그칠 수가 없어요. 당신을 사랑하기 때문에. 당신의 눈과 당신의 미소와 당신의……."

클레이튼은 휘트니를 끌어안고는 제 입술로 그녀의 입술을 덮어버렸다. 그것은 침묵을 강요하고 상처를 입히고 앙갚음을 하려는 의도가 동시에 담긴, 처벌의 성격을 띤 난폭한 키스였다. 그는 휘트니의 입술이 짓이겨질 정도로 우악스럽게 키스를 했다. 휘트니는 클레이튼이 어찌나 꼭 껴안았던지 숨을 쉴 수 없을 지경이었다. 그러나 그녀는 그런 것은 아무렇지도 않았다. 자신을 향한 그의 갈망이 얼마나 맹렬한지 느낄 수 있었기 때문이다. 그리고 맹렬한 욕망과 극도의 집요함으로 클레이튼이 입술을 격렬하게 움직이자 휘트니는 두 팔을 그의 몸에 두르며 매달렸다.

그러자 클레이튼은 끌어당겼을 때만큼이나 갑작스럽게 그녀를 밀어냈다. 그는 고르지 않은 숨을 헐떡였다. 그의 표정은 너무도 격앙되었으며 냉혹하게 일그러져 있었다. 그래서 휘트니는 굳은 결심도 잊은 채 그 문제의 편지를 꺼내놓을 뻔했다. 하지만 그러는 대신 턱을 도도하게 치켜들고 차분하게 도전을 했다.

"당신이 원하는 만큼 오랫동안 기꺼이 이 방에 갇혀 있겠어요. 당신 역시 기꺼이 나와 함께 이 방에 갇혀 있겠다면요. 그렇지 않다면 어떤 것도, 어느 누구도, 나를 이 방에 가둬두지 못할 거예요. 만약 방에서 나가기 위해 불을 질러야 한다면 그렇게 할 거예요."

클레이튼은 휘트니의 선언을 듣고 잠시 멍하니 서 있었다. 그녀는 참을 수 없을 만큼 아름다웠다. 그리고 그처럼 엄청나게 반항하면서 자신과 맞서기에는 너무도 어리고 상처받기 쉬운 존재였다. 그래서 만약 그가 휘트니를 증오하지 않거나 혹은 자신을 증오하지 않는다면 그는 싱긋 웃었을 것이다. 그는 휘트니가 빈틈이라고는 전혀 없는 책략가라는 사실을 상기했다. 그렇긴 하지만 두 사람이 함께 방에 갇혀 있어야 한다는 그녀의 대담한 제안을 듣자 조금 전 터뜨린 분노가 순간적으로 누그러졌다. 내 스스로 아내와 함께 방에 유폐된다? 세상에! 그는 아내와 같은 집에서 사는 것도 참을 수가 없을 지경이었다. 함께하는 시간의 반은 통제할 수 없을 정도로 그녀를 멸시하고 그 나머지 시간은 통증을 느낄 정도로 그녀를 원할 것이기 때문이다.

  클레이튼은 분노가 담긴 낮은 음성으로 위협했다.

  "만약 한번만 더 내 허락 없이 이 영지를 떠난다면 당신은 내가 처음 당신을 이곳으로 데려올 때 보여주었던 '다정함'을 간절히 그리워하게 될 거요."

  휘트니는 자신이 클레이튼의 육체를 지배할 수 있다는 사실을 자랑스럽게 여기도록 가르쳐준 그의 말을 기억했다. 그리고 방금 전에 했던 동물적인 키스로 판단하건대 클레이튼은 아직도 자신을 간절히 원하고 있었다. 그런 사실을 떠올린 휘트니는 남편을 쳐다보며 말할 용기를 얻었다.

  "저는 이미 그 다정함을 간절히 그리워한답니다, 나의 군주여."

  그런 다음에는 오만한 반항아의 태도로 돌아가 옷방으로 걸어 들어가면서 덧붙였다.

  "그렇지만 나는 웨스트모어랜드 가의 영지를 떠날 경우 허락을 청하는 정도까지만 당신의 말을 따를 거예요."

휘트니는 바깥문이 닫히는 소리를 듣고는 옷방의 벽에 힘없이 기대섰다. 남편 앞에서는 당당한 척했지만 그와 맞서는 것은 정말 가슴 떨리는 일이었다. 저택에다 불을 지르겠다는 황당한 협박으로도 자신을 방에다 가두겠다는 남편의 의지를 꺾지 못하리라는 것을 그녀는 알고 있었다. 그리고 클레이튼도 그 사실을 알고 있었다. 그녀를 방에 가두고 감시할 하인을 붙여서 그녀가 어떤 해로운 행동도 하지 못하게 하는 것은 식은 죽 먹기처럼 쉬운 일이었지만 그 방에서 자신과 함께 머물자고 과감하게 초대함으로써 그의 의표를 찔렀던 것이다.

휘트니는 자신이 얼마나 위험한 짓을 하고 있는지 잘 알고 있었다. 그녀는 그의 엄청난 분노를 자초할 수는 없었다. 그녀는 그와 함께 있어야 했다. 그래야만 그로 하여금 그가 믿고 있는 어처구니없는 추측에 근거해서 자신을 비난하도록 만들 수 있었다. 그의 욕망의 불꽃을 계속 타오르게 할 수 있으려면 남편과 가까운 곳에 있어야 했다. 분노나 욕망, 둘 중 하나가 그를 돌 같은 침묵 밖으로 밀어낼 터였다.

동쪽 별채로 갔던 클레이튼은 잠을 이루지 못하고 자신의 과거와 미래를 냉정하게 생각하며 침대에 누워 있었다. 휘트니가 이제껏 보였던 설명할 수 없는 언행에 대해 지금까지는 어떻게든 납득할 만한 설명을 찾아냈다. 마침내 엘리자베스의 결혼피로연에서 보인 행동에 대한 이유가 아주 명료해졌다. 두 사람이 춤을 출 때 자신에게 했던 냉정하고 지독한 말은 모두 진심이었다. 피로연 뒤에 휘트니는 임신 사실을 알았거나 임신했다는 생각을 했을 것이다. 그런데 뱃속에 든 아이 아버지가 아이에게 제 이름을 물려줄 수 없었거나 물려주려고 하지 않자 그녀는 이곳으로 와서 이미 폐기된 두 사람의 약혼을 회복할 계략을 꾸몄던 것이다. 그런데 바보처럼 자신은 기꺼이 부정한 여자의 남편이 되어주었던 것이다.

클레이튼은 그런 상황을 얼마나 오래 견딜 수 있을지 알 수가 없었다. 가슴으로는 휘트니와의 사이에 다시는 어떤 감정도 들어설 수 없다는 냉혹한 현실을 이해했다. 그렇지만 그의 육체는 언제나 그녀를 향한 끝없는 갈망으로 몸부림쳤다.

만약 두 사람이 한 지붕 아래 살지 않게 된다면 아마 그런 괴로움에서는 어느 정도 벗어날 수 있을지도 몰랐다. 그는 어퍼 브룩에 있는 저택으로 옮겨가서 결혼 전과 같은 생활을 다시 시작할 수도 있었다. 아니면 몇 달 동안 프랑스나 스페인을 여행할 수도 있었다. 그것이 이상적인 방책일 것이다. 하지만 결국 휘트니는 아이를 낳을 것이다. 그런데 출산 과정에서 뜻밖의 곤란한 사정이 생길 경우를 대비해 그는 너무 멀리 떨어져서는 안 되었다.

차라리 어퍼 브룩의 타운하우스에 가 있는 것이 더 나을 것이다. 기분을 전환할 필요와 육체적 욕구를 동시에 해결하려면 런던에 머무르는 것이 최선이었다. 그는 휘트니를 앞으로 한두 달 동안 사교모임에 몇 차례 데려가기만 하면 되었다. 일단 그녀의 임신 사실이 명백하게 알려지면 그녀는 더 이상 사교계에 나갈 수 없을 것이다. 그렇게 되면 아무도 휘트니가 더 이상 클레이튼과 나란히 나타나지 않아도 이상하게 여기지 않을 터였다. 그가 다른 여자들과 함께 있는 모습을 보이면 남 말하기 좋아하는 노파들이 혀를 차며 쑥덕거릴 것이다. 공작이 아내로 삼은 저 어리고 보잘 것없는 여자도 공작을 오래 붙들지는 못했다고. 또 일이 결국 이렇게 끝날 줄 처음부터 알고 있었다고들 말이다. 그런 생각이 들자 클레이튼은 묘한 기쁨을 느꼈다.

 클레이튼은 휘트니가 사내아이를 낳기를 바랐다. 이번이 상속자를 얻을 유일한 기회였기 때문이다. 그렇지 않으면 대를 이을 책임을 동생 스티븐이 떠맡아야 할 터였다. 다행스럽게도 대를 잇는 문제는 동생에게 맡길 수도 있었다. 공작의 영지와 작위는 항상 웨스트모어랜드 가문의 단 한 사람이 상속받게 되어 있었다. 그리고 공작의 부친은 5남매 가운데 외아들이었다.

 다음 날 아침 휘트니는 조심스런 표현을 골라 짤막한 편지를 썼다.

 '에밀리 시부모님인 아치볼트 경 부처께서 결혼기념을 축하하려고 파티를 열어요. 오늘 저녁 열리는 그 파티에 참석하기로 약속을 했는데 당신이 에스코트해준다면 진정으로 고마울 거예요.'

 휘트니는 편지를 클라리사 손에 들려 동쪽 별채로 보낸 다음 남편의 답을 기다리며 방안을 서성거렸다.

 잠시 후 휘트니는 손가락을 떨면서 클레이튼이 돌려보낸 편지를 펼쳐보았다. 편지 맨 밑에 남편의 호방한 필체로 퉁명스런 답신이 써 있었다.

 '어떤 드레스를 입을 것인지 내 시종에게 알려주시오.'

 휘트니는 기쁜 나머지 소리 내어 웃을 뻔했다.

 그날 밤 휘트니는 그 어느 때보다 많은 시간과 공을 들여 몸치장을 했다. 클라리사는 휘트니의 머리를 빗어올린 다음 정교하게 세공을 한 금체인으로 머리를 휘감아 복잡하게 틀어올렸다. 그 금체인은 휘트니의 할머니가 쓰시던 것이었다. 젖가슴 사이 오목한 곳에는 다이아몬드로 갓을 두른, 단순한 디자인의 토파즈 펜던트를 걸었다. 그 펜던트는 그녀의 증조할머니가 물려주신 보석이었다. 휘트니는 웨스트모어랜드 가문의 보석은 하나도 몸에 지니지 않았다. 그녀는 눈부신 약혼반지도 빼어놓았다. 휘트니는 사실 금으로 만든 결혼반지도 빼어버릴까 망설였다. 하지만 아무리 목적을 달성하기 위해서라도 그 일만은 할 수 없었다.

클레이튼은 위스키 잔을 들고 우울하게 창문 밖을 내다보며 응접실의 한쪽 끝에 서 있었다. 검은색 야회복을 입은 그는 무척 근사해 보였다. 휘트니의 눈에는 희미한 장난기가 춤을 추듯 어려 있었다. 그녀는 반짝거리는 금색 스팽글이 달린 시퐁(드레스의 장식 레이스)으로 몸을 휘감은 채 사뿐히 응접실로 들어섰다. 그녀는 등 뒤로 완만한 반원을 그리며 늘어진, 앞가슴을 가린 숄을 두 손으로 여미고 있었다. 그리고 두 사람이 아치볼트의 저택에 도착할 때까지 숄을 벗지 않았다.

두 사람은 한 시간 반 동안 마차를 타고 가면서 냉담하게 침묵을 지켰다. 휘트니는 속으로 클레이튼이 아슬아슬하게 젖가슴을 드러내놓은 자신의 드레스를 보았을 때 어떤 반응을 보일까 생각하며 흡족해했다. 클레이튼이 에메랄드빛 드레스를 싫어했다면 분명 지금 입고 있는 드레스도 마음에 들어 하지 않을 터였다.

"참 잘 어울려요."

두 사람이 목적지에 도착해서 클레이튼이 마차 문을 열고 내리는 것을 도와줄 때 휘트니가 한 말이었다.

"무슨 뜻이오?"

클레이튼이 싸늘하게 물었다.

"우리가 입고 있는 옷 색깔 말이에요."

휘트니는 아무것도 모른다는 듯 말했다. 클레이튼과 나란히 저택을 향해 걸어가면서 그녀는 무심결인 양 앞가슴을 가리고 있던 금색 숄을 끌어당겨 팔을 타고 흘러내리도록 잡고 있던 손가락을 슬그머니 놓았다.

클레이튼이 낮고 화가 치민 목소리로 물었다.

"지금 내가 얼마나 화를 낼 수 있는지 알아보려는 참이오?"

"아뇨, 주인님."

휘트니는 속속 도착하는 다른 손님들을 의식해서 새침을 떨며 대답했다.

"당신 아이를 임신해서 이미 화를 나게 했는데 어떻게 더 이상 당신을 화나게 할 수 있겠어요?"

"충고 한마디 하겠는데, 오늘밤은 당신의 지위를 기억하고 그 지위에 합당하게 행동하시오."

이렇게 말하는 클레이튼은 분노를 가라앉히려고 애쓰는 모습이 역력했다.

휘트니는 클레이튼의 시선이, 봉긋하게 솟아오른 제 젖가슴에 쏠려 있는 것을 의식하고는 방긋 웃으며 대꾸했다.

"물론이죠. 저도 꼭 그렇게 하려고 했어요. 하지만 이 핸드백과 어울리는 드레스가 달리 없었거든요."

그녀는 장난스레 작은 구슬가방을 들어올려 보였다. 그러던 그녀가 갑자기 숨을 거칠게 쉬었다. 클레이튼이 휘트니의 살을 파고

들어갈 정도로 힘을 다 주어 그녀의 팔을 잡았던 것이다.
"부디 오늘 저녁 파티를 한껏 즐기시오. 이 파티가 당신이 참석할 마지막 파티가 될 테니까. 당신은 아이가 태어날 때까지 클레이모어 저택에 머무시오. 나는 어퍼 브룩으로 거처를 옮길 거요."
모든 낙관적인 희망과 결의가 사라져버렸다. 휘트니는 갑자기 우울해졌다. 그녀는 클레이튼의 손아귀에서 팔을 빼내려고 했지만 마음대로 되지 않았다.
"그렇다면 부디 당신이 내 팔에 남긴 경멸의 흔적 때문에 오늘 밤 우리 둘 다 망신을 당하는 일이나 없게 하시지요."
그는 자신이 그녀의 팔을 잡고 있는 것도 잊고 있었다는 듯 갑자기 손아귀의 힘을 뺐다. 그리고 집사를 지나쳐가면서 날카롭게 한마디 덧붙였다.
"고통도 사랑처럼 함께 나눠야 되는 것이오."
응접실로 들어서고 처음 몇 분이 지났을 때부터 휘트니는 뭔가 잘못되었다는 느낌을 어렴풋하게 느꼈다. 하지만 그게 무엇인지는 정확히 알아낼 수 없었다. 모든 사람들은 너무나 정상적이었다. 아니, 너무도 공을 들인 것처럼 정상적이었다. 마치 정상적으로 보이려고 필사적인 노력을 하고 있는 것처럼 말이다. 거의 한 시간 가까이 지난 뒤 휘트니는 눈을 잠깐 들었다가 이스터브룩과 눈이 마주쳤다. 그녀가 미소를 지어 보이자 그는 고개를 숙이고 허리를 굽혔다. 하지만 휘트니는 그가 자신을 향해 걸음을 떼려는 기미가 보이자 주위에 있는 사람들과 대화를 나누는 데 열중하고 있음을 자랑이라도 하듯 보여주었다. 휘트니는 러더포드 가에서 열린 무도회에서 이스터브룩이 바네사에게 자신에 관해 '친절하지 않은' 이야기를 했다고는 결코 믿지 않았다. 그러나 그는 몹시 짓궂은 유머감각이 있어서 남의 마음에 모질게 상처를 주곤 했기 때문에 그녀는 항상 그와 거리를 두었던 것이다.

조금 뒤에 도착한 에밀리가 그 저녁에 스며들어 있는 이상야릇한 분위기에 대한 답을 주었다.

"오, 세상에!"

에밀리는 호들갑을 떨면서 휘트니를 응접실 한구석으로 끌고 가더니 주위를 살피면서 속삭였다.

"우리 시아버님은 가끔 정말이지 머리가 좀 이상하실 정도로 엉뚱한 일을 벌이시는 분이야. 그런데 조금 전 시아버님께서 시어머님을 놀라게 해드리기 위해 그 여자를 여기로 불러오느라 얼마나 애를 쓰셨는지 말씀하시는 걸 듣고 내 귀를 의심했어."

"무슨 얘기를 하는 거야?"

이렇게 묻는 휘트니의 머릿속에서 불길한 예감이 북소리처럼 둥둥 울리기 시작했다.

"마리 생 알레망, 그 여자가 여기 왔단 말야! 시아버님이 연줄연줄을 통해 그 여자를 부르셨어. 오늘밤 이 파티에 참석해서 노래를 불러달라고. 그 여자는 왕궁의 손님으로 와 있어. 내일 밤 공연을 하기로 되어 있대. 그리고……."

휘트니는 에밀리가 하는 나머지 이야기는 듣지 못했다. 에밀리가 남편의 가장 아름답고 가장 유명한 예전 애인의 이름을 언급한 순간부터 휘트니는 온몸이 떨리기 시작했다. 마리 생 알레망이 런던에 있다니. 그것도 클레이튼과 같은 집 안에 있다니. 클레이튼이 런던에 있는 저택으로 거처를 옮기겠다는 뜻을 밝힌 지 한 시간도 채 지나지 않았다. 휘트니는 에밀리에게 뭐라고 말했는지도, 어떻게 좀 전에 떠난 지인들 무리로 되돌아왔는지도 기억나지 않았다. 휘트니는 공포에 질린 채 마리 생 알레망이 응접실로 걸어들어올 순간을 기다렸다.

커다란 응접실은 발 디딜 틈이 없을 정도로 북적거렸다. 휘트니는 응접실로 들어오는 클레이튼을 곁눈으로 지켜보았다. 그와 때를 같이해 반주자가 들어와 그랜드 피아노 앞에 앉았다. 그러자 악사들이 제각기 악기를 들어올렸다. 응접실 안에는 팽팽한 긴장이 감돌았다. 그 긴장이 전설적인 목소리와 미모를 지닌, 유럽의 모든 수도에서 인기를 누리고 있는 여성의 출현 때문인지 아니면 모든 사람들이 은밀히 클레이튼과 그 전설적인 여자가 얼굴을 마주치는 것을 보려고 기다리기 때문인지 휘트니는 알 수 없었지만 말이다.

누군가와 이야기를 나누려고 멈춰 서 있던 클레이튼이 군중 사이를 헤치고 드디어 휘트니 옆으로 다가오고 있었다. 마치 군중들이 두 사람 모두 피아노 주위에 운집해 있는 객석의 맨 앞줄로 천천히 걸어갈 수 있도록 양쪽으로 갈라져 길을 터주는 것 같았다.

휘트니는 클레이튼의 팔을 잡고 서 있었다. 그가 그곳에서 그렇게 하는 것을 원치 않는다는 것을 알고 있었지만 현기증이 일어 붙잡고 서 있을 무언가가 절실하게 필요했다.

"내가 보기에 생 알레망의 목소리는 세계에서 으뜸입니다."

클레이튼 옆에 서 있던 나이 지긋한 남자의 말이었다. 휘트니는 손톱 밑으로 클레이튼의 팔뚝 근육이 단단하게 긴장되었다가 서서히 풀리는 것을 느낄 수 있었다. 클레이튼은 생 알레망이 와 있다는 사실을 모르고 있었던 것이다! 오, 세상에! 왜 오늘밤 클레이튼은 넋을 잃을 정도로 매력적으로 보인단 말인가? 응접실로 들어오는 생 알레망을 본 휘트니는 뜨거운 눈물을 안으로 삼키며 궁금해했다. 왜 마리 생 알레망은 저토록 관능적이고 도발적이며 혼을 빼앗을 정도로 아름답단 말인가? 휘트니는 생 알레망에게서 눈을 떼고 싶었지만 그럴 수가 없었다. 그녀의 몸매는 비너스처럼 날씬했다. 그녀는 뛰어난 미모를 자신하는 여성들이 지니기 마련인 매력을 풍겼지만 그런 매력을 조금도 뽐내지 않았다. 생 알레망이 노래를 부르기 시작하자 휘트니는 방이 어지럽게 빙빙 도는 것처럼 느껴졌다. 생 알레망의 목소리는 사람들의 귓전으로 살며시 스며들어서는 청아함과 관능을 자랑했다. 노래를 부르는 그녀의 눈이 반짝반짝 빛났다. 그녀는 자신의 노래에 귀를 기울이며 자신을 지켜보는 수백 명의 사람들이 바치는 무언의 숭배가 참으로 어리석어 보인다는 듯한 표정을 짓고 있었다.

휘트니는 마리 생 알레망과 비교해볼 때 자신이 소녀 같고 수수하며 세련미가 없는 것처럼 느껴졌다. 게다가 몸은 몹시 빈약했다. 이제 휘트니는 클레이튼의 애인이 어떤 존재를 말하는지 정확히 알게 되었다. 눈웃음을 짓고 있는 푸른 눈의 저 여자는, 여자를 마취시켜버리는 클레이튼의 열정적인 키스를 알고 있었고 벌거벗은 몸으로 그의 품에 안긴 채 누워 있던 적도 있었다. 또 그의 몸이 그녀의 몸속 깊이 돌진해 들어갈 때 격렬한 희열을 함께 만끽했었다.

휘트니는 자신의 얼굴이 틀림없이 백짓장처럼 하얗게 보일 거라는 사실을 알고 있었다. 귀는 먹먹하고 손은 얼음처럼 차가웠다.

휘트니는 그 자리에 계속 서 있다가는 기절할 것만 같았다. 그렇다고 그 자리를 뜨면 두고두고 악의에 찬 소문을 낳을 장면을 연출하는 꼴이 될 터였다. 휘트니는 결국 클레이튼은 자신을 얻기 위해 생 알레망과의 관계를 끊었다고 생각하며 스스로를 위로하려고 애썼다. 하지만 그것은 이미 과거의 일이었다. 지금 그는 휘트니 자신을 혐오하고 경멸하고 있었다. 그리고 만약 클레이튼이 클레이모어로 돌아오더라도 그때쯤에는 배가 남산만큼 불러 있을 터였다.

휘트니는 아주 간절하게 죽기를 소망했다. 그렇게 괴로운 감정에 휩싸인 나머지 그녀는 정확히 언제 클레이튼이 제 손을 잡았는지, 또 얼마나 오랫동안 그가 자신의 손가락을 가벼우면서도 안심을 시키듯 꽉 쥐고 주무르고 있었는지 전혀 알아채지 못했다. 하지만 그것을 깨달은 휘트니는 부끄러운 줄도 모르고 그가 내미는 작은 힘에나마 의지했다. 그녀는 남편의 손가락 사이에 제 손가락을 끼고 꽉 그러쥐었다. 그러자 적어도 숨은 쉴 수 있을 것 같았다. 그러나 그건 잠시뿐이었다. 마리 생 알레망이 고개를 살짝 숙여 우레와 같은 박수 소리에 답을 할 때 그녀의 푸른 눈이 클레이튼의 눈과 마주쳤던 것이다. 그런데 휘트니는 왠지 두 사람 사이에 전류가 통했다는 느낌을 받고 고통과 충격에 휩싸였다.

곧 무도회장의 문이 열렸다. 그 뒤로 30분 정도 클레이튼은 휘트니 곁을 떠나지 않았다. 하지만 그는 휘트니에게 아무 말도 하지 않았고 눈길 한번 주지 않았다. 그래도 계속 곁에 있어주었다. 휘트니는 마치 그가 옆에 있다는 사실이 자신이 기다리고 있는 화해의 시작이기라도 한 것처럼 그 사실에 매달렸다. 그러나 그녀의 희망은 클레이튼이 플로어로 이끌고 가서 감싸안는 순간 산산조각이 났다.
 "도대체 약혼반지는 어디 있소?"
 클레이튼이 왈츠의 리듬에 맞춰 그녀를 빙글빙글 돌리면서 화가 난 음성으로 물었다.
 "당신이 주었던 사랑의 증표 말인가요?"
 휘트니가 턱을 도도하게 들어올리며 되물었다. 그녀의 창백한 얼굴은 가냘프면서도 아름다웠다.
 "그 약혼반지 말인가요?"
 "젠장, 어떤 반지를 말하는지 잘 알지 않소."
 "그 반지는 사랑의 징표였지만 난 이제 더 이상 당신한테 사랑받지 못하고 있어요. 그래서 그 반지를 끼는 게 위선처럼 여겨졌어요."
 휘트니는 숨을 죽인 채 클레이튼이 자신에 대한 사랑은 여전하다고 말해주기를 기다렸다.
 "당신 좋을 대로 하시지. 언제나 그랬던 것처럼."
 클레이튼은 빈정거리듯 내뱉었다.
 춤이 끝났을 때 두 사람은 그들을 에워싸고 말을 거는 여남은 명의 손님들과 가벼운 대화를 나누며 아무 일도 없는 듯 그럴듯하게 행동하며 함께 있었다. 그러나 조금 뒤에 알 수 없는 긴장이 뿌리를 내리더니 사람들 사이로 뻗어나갔다. 그리고 사람들의 웃음소리가 갑자기 억지스러워지면서 긴장된 눈길로 휘트니의 오른쪽 어깨 너머를 힐긋힐긋 쳐다보았다. 신경이 예민해진 휘트니는 분위기의 변화를 눈치 챘다. 힐끗 뒤를 돌아보았다가 그 원인이 무엇인지 눈으로 확인하게 된 휘트니는 얼른 고개를 돌렸다. 하지만 때는 늦었다. 그녀가 할 수 있는 것은 정신을 가다듬는 것뿐이었다. 이스터브룩이 마리 생 알레망과 팔짱을 끼고 다가오고 있었던 것이다.

"클레이모어!"

이스터브룩의 비웃음 섞인 목소리가 공작 부부를 에워싸고 있는 사람들의 억지스런 유쾌함을 뜨겁게 달군 칼로 버터를 자르듯 단칼에 내리쳤다.

"두 사람 사이에 소개는 필요 없겠지?"

클레이튼이 자기를 부르는 소리를 듣고 자동적으로 몸을 돌려, 싱긋 웃고 있는 이스터브룩과 자신의 옛 애인을 마주하자 모든 사람들의 시선이 그들에게로 쏠렸다. 역시 몸을 돌릴 수밖에 다른 도리가 없는 휘트니는 벌 떼들이 와글거리듯 웅성대는 소리와 가쁜 숨을 내쉬며 말하는 소리, 소리 죽인 웃음소리를 들으며 그들 세 사람에게 쏟아지는 호기심으로 빛나는 눈들의 무게를 느꼈다. 거대한 무도회장에 있는 모든 사람들이 이제는 눈앞에서 벌어지고 있는 특별한 만남의 의미를 완전히 의식하고 있었다. 모든 사람들, 클레이튼과 마리 생 알레망을 제외한 모든 사람들이 그랬다. 두 사람은 그런 상황을 꽤 재미있어하는 듯 보였다.

클레이튼이 싱긋 웃으며 생 알레망의 손을 잡아 입에 가져다 대고는 가볍게 입맞춤을 했다.

"마리, 당신은 여전히 모든 남성들을 당신의 발치로 끌어들이는구려."

고개를 숙여 클레이튼의 화려한 찬사를 받아들이는 생 알레망의 푸른 두 눈이 찬사에 대한 대답인 양 반짝반짝 빛나고 있었다.
"모든 남성은 아니지요."
생 알레망이 의미심장하게 대꾸를 했다.
"하지만 각하께서 다른 남성들처럼 제 발치로 다가왔다면 놀랐을 거예요."
휘트니는 화가 나고 고통스러울 정도의 굴욕감을 느끼며 그 가벼운 농담에 귀를 기울였다. 그러면서 클레이튼이 과연 자신에게 옛 애인을 소개해줄지가 궁금해졌다. 부부의 예를 지키려면 그는 생 알레망을 내게 소개할 수 없어. 그렇다고 그녀를 내게 소개하지 않는 것 역시 사교상의 무례를 범하는 일이지. 그 순간 휘트니는 클레이튼을 증오했다. 그리고 이스터브룩을 경멸했다. 그녀는 세 사람의 행동을 호기심에 차서 엿보고 있는 무도회장에 있는 모든 눈들이 구역질 나도록 혐오스러웠다. 그들은 모두 그녀의 적이었다. 입회 조건이 까다로운 그들의 세계에 그녀가 끼어들었다고 괘씸하게 생각하고, 또 그녀가 지금 처해 있는 굴욕적인 처지를 고소해하는 인정머리 없는 낯선 이들은 험담이나 일삼는, 닳고 닳은 사람들이었다. 그들 모두가 이스터브룩이었다. 품위 있고 점잖은 그녀의 남편도 마찬가지였다. 폴과 결혼해서 그녀가 속할 수 있는 안전한 곳에서 평온하게 살았다면 좋았을 텐데, 하고 휘트니는 생각했다. 그런데 휘트니가 깨닫기도 전에 이스터브룩은 짐짓 아무것도 모르는 체 클레이튼의 옛 애인을 휘트니에게 소개하고 있었다.
분노에 휩싸인 휘트니는 잠자코 상대를 평가하는 듯한 생 알레망의 시선을 평온하면서도 침착하게 마주했다. 우아하게, 그리고 완벽한 불어로 휘트니가 인사를 건넸다.

"신이 내려준 아름다운 목소리를 제게도 들려줘서 고맙습니다. 생 알레망 양의 노래를 들을 수 있어서 무척 기뻤답니다."

생 알레망도 휘트니에게 뒤지지 않는 우아한 태도로 인사에 답했다.

"여성의 아름다움과 매력에 대한 이야기의 대부분은 심하게 과장되지요. 하지만 이제 뵈니 공작 부인에 대한 찬사는 전혀 과장이 아니었군요."

살짝 구부린 생 알레망의 입술에 느긋하고 관능적인 미소가 살짝 떠올랐다. 생 알레망은 클레이튼에게 도발적인 눈길을 보내며 허심탄회하게 덧붙여 말했다.

"그래서 아름답고 매력적인 공작 부인의 모습에 제가 그만 기가 꺾였다고 고백해야겠군요."

생 알레망은 휘트니와 클레이튼을 보고 당당한 태도로 고개를 숙이더니 이스터브룩과 팔짱을 끼고 무도회장을 채운 다른 3백여 남성들의 아첨 어린 찬사를 만끽하기 위해 옷자락을 끌며 가버렸다.

휘트니는 클레이튼이 말은 하지 않았지만 내심 아내인 자신의 처신을 마음에 들어 한 듯한 따뜻한 기운을 느끼고 행복해졌다. 아내가 남편의 옛 연인과의 대면이라는 곤혹스런 상황을 잘 넘겨주어 자랑스러워하고 있음을 휘트니는 느낄 수 있었던 것이다. 그러나 휘트니는 한 시간가량 지난 뒤 클레이튼과 마리 생 알레망이 각각 서로 다른 문으로 무도회장을 나와 테라스로 나가는 것도 알게 되었다. 생 알레망이 무도회장을 가로질러 클레이튼에게 미묘한 눈길을 보내는 것과 클레이튼이 그에 답해 보일 듯 말 듯 고개를 까딱해 보이는 것을 목격한 것이다.

생 알레망은 여름 달빛 아래 미소를 지으며 두 손을 뻗었다. 클레이튼이 억세고 따뜻한 손으로 그녀가 내민 손을 꽉 잡았다.

"클레이튼, 당신을 보게 되다니 너무 놀라워요. 무도회장에서 일부러 우리 두 사람을 대면하게 한 걸 보면 이스터브룩 경은 당신한테 대단한 적의를 품고 있는 게 틀림없어요."

클레이튼은 생 알레망을 내려다보며 싱긋 웃었다.

"마리, 이스터브룩은 당신이 이미 알아본 대로 멍청한 녀석이라오."

클레이튼은 달빛을 받아 은빛으로 빛나는 생 알레망의 머리카락을 바라보았다. 그러면서 그녀의 관능적인 아름다움과 보랏빛을 띤 푸른 눈에 어린 예리한 지성미를 기분 좋게 음미했다. 생 알레망은 이스터브룩의 행동을 기분 나쁘게 받아들이지 않았다. 그녀는 클레이튼만큼 예리했고 서로 그 사실을 알고 있었다.

"당신한테는 결혼이 맞지 않는가 보죠?"

생 알레망은 궁금한 듯 물었지만 사실은 조용히 관찰한 결과에 근거한 평에 가까웠다.

클레이튼의 태도가 조금 딱딱해졌다. 그는 자신이 마리를 다시 애인으로 삼는 것처럼 런던 사교계를 들썩거리게 할 사건은 달리 없으리라고 생각했다. 마리와 그는 너무도 잘 알려진 사이여서 두 사람이 관계를 맺는다면 두 사람을 두고 사람들은 끝없이 쑥덕거릴 터였다. 그러면 그 결과로 휘트니가 받게 될 모욕감은 헤아릴 수 없이 클 것이었다. 마리는 그에게 잘 맞는 열정적인 침실 파트

너였다. 그런데 그 모든 생각을 하는 중에도 클레이튼은 마리가 노래를 부르는 동안 제 팔 위에 올려져 있던 휘트니의 차갑고 떨리던 손과, 휘청거리는 몸을 가누려고 의지 삼아 자신의 손가락을 꼭 그러쥐던 촉감을 느낄 수가 있었다.

빌어먹을 여자 같으니! 감히 약혼반지를 빼버리다니! 휘트니는 모략가에 거짓말쟁이에 사기꾼이었다. 그러나 자신의 아내이기도 했다. 그리고 지금 당장은 어리고 두려움에 떨고 있었고, 무엇보다 자신의 아이까지 임신하고 있는 상태였다. 심한 혐오감 속에서 클레이튼은 깨달았다. 마리가 반길 만한 제안을 할 수 없으리라는 사실을. 그는 다른 여자를 정부로 삼을 것이다. 나쁜 평판이 덜 퍼지게 할 그런 여자로 말이다.

"공작 부인한테도 결혼이 안 맞는 것 같군요."

마리가 조용하게 덧붙였다.

"당신 아내는 무척 아름다워요. 반면 무척 불행해 보이더군요."

"우리 부부 둘 다 결혼 생활에 불만은 없소."

클레이튼이 쌀쌀맞게 대꾸했다.

느긋하고 도발적인 미소를 짓는 마리의 입술이 떨렸다.

"당신이 그렇다면 그렇겠죠."

"우리 부부한테는 아무 문제도 없소."

클레이튼이 흥분해서 대꾸했다. 휘트니가 불행하고 괴로움에 젖어 있다는 것을 마리가 알아보았다면 무도회장에 있는 다른 이들도 그 사실을 눈치 챘을 터였다. 클레이튼은 두 사람의 친구들 앞에서 휘트니가 모욕을 당하는 것을 원치 않았다. 그가 휘트니를 증오하고 개인적으로 모욕하는 것과 사교계 전체가 그것을 알아차리는 것은 별개의 문제였다. 게다가 그는 자신조차 아내를 모욕했다는 사실을 깨닫고는 몹시 분개했다.

마리 생 알레망은 클레이튼을 항상 즐겁게 해주던 통찰력을 드러내 보이며 생각에 잠긴 채 말했다.

"두 사람한테 아무 문제도 없다면 당장 무도회장으로 돌아가는 게 현명한 처사일 거예요. 내 생각으로는 우리 두 사람을 당신 부인 면전에서 대면하게 한 이스터브룩의 의도는 자신이 나중에 당신 부인을 위로할 구실로 삼으려고 그런 것 같으니까요."

마리 생 알레망은 클레이튼의 어깨가 뻣뻣하게 굳어지고 눈에서는 위험한 빛이 번득이는 것을 보았다. 매혹적인 미소가 그녀의 입가에 어렸다.

"이러는 당신을 전에는 한번도 본 적이 없어요. 당신은 무서워 보여요. 그리고 넋을 잃을 정도로 매력적이죠. 화가 날 때면요. 그리고 질투심에 불탈 때도 그렇죠."

"그쯤 하지."

클레이튼이 퉁명스럽게 말했다. 하지만 작별 인사를 할 때는 목소리가 부드러워져 있었다.

무도회장으로 성큼성큼 걸어들어간 클레이튼은 맨 먼저 이스터브룩을, 다음에는 휘트니를 찾았다. 그런데 이스터브룩은 그 안에 있었지만 휘트니의 모습은 보이지 않았다. 클레이튼은 안도감을 느끼며 자신이 마리와 함께 무도회장을 떠나 있는 것을 본 사람이 아무도 없다는 사실을 알아차렸다. 그리고 무도회장에서 사람들이 주고받는 떠들썩한 말소리가 줄어든 것으로 보아 세 사람의 대면을 보고 시작된 잡담도 어떤 것이었든 어느 정도 수그러든

듯했다. 클레이튼은 그런 상황이 마음에 들었다. 그곳에 모인 사람들은 자신의 친구일 뿐 아니라 휘트니의 친구들이기도 했기 때문이다. 그리고 휘트니도 다음번에 그들을 만날 때 움츠러들지 않아도 된다는 사실을 알아야 했다.

그러나 휘트니는 그 사실을 결코 알 수가 없었다. 집사의 설명에 따르면 그녀는 이미 무도회장을 떠났기 때문이다. 빌어먹을, 철없는 바보 같으니! 클레이튼은 속으로 분통을 터뜨렸다. 도대체 무슨 생각을 하고 있었기에 이렇게 남편을 버려두고 혼자서 가버렸단 말인가? 이제 그는 곤란한 상황에 빠졌다. 만약 그가 휘트니를 대동하지 않고 무도회장으로 돌아간다면 모든 사람들이 휘트니가 괴로움이나 분노 때문에 떠났다는 사실을 당장 알아버리고 그에 대해 이러쿵저러쿵 입방아들을 찧어댈 터였다. 클레이튼은 사람들의 험담을 흘려버릴 수도 있었다. 그러나 휘트니는 그 험담과 마주해야 할 장본인이었다. 그녀는 그것을 견뎌낼 수가 없었기 때문에 떠난 것이다. 하지만 클레이튼은 휘트니의 뒤를 따라 떠날 수도 없었다. 휘트니가 마차를 타고 갔기 때문이다.

그때 에밀리와 마이클이 마차 문제를 즉시 해결해주었다. 두 사람은 건물 안으로 난 통로로 들어오더니 클레이튼이 집으로 돌아갈 수 있도록 자신들의 마차를 대기시키도록 했다. 그리고 클레이튼에게 물어보지도 않고 그를 어퍼 부룩에 있는 타운하우스까지 태워다주었다.

클레이튼은 그곳에서 무척 화가 나고 불유쾌한 밤을 보냈다. 무르익을 대로 무르익은 풍만한 젖가슴을 대담하게 드러낸, 반짝이는 금빛 드레스를 입은 휘트니가 머리에 떠올랐다. 그녀는 자신을 자극하려고 일부러 그런 드레스를 입었다. 그런데 맙소사, 그녀의 계략이 성공했던 것이다. 그가 밤새도록 그녀 곁에서 아슬아슬하게 드러난 우윳빛 피부에서 음탕한 눈길을 쉽게 거두지 못하는 남자들을 바라보며 서 있지 않았다면 어찌 됐을까?

휘트니가 그 빌어먹을 드레스를 입지 않고 약혼반지를 빼버리지 않았다면, 그녀의 머리카락이 그처럼 풍성하고 반짝이는 금빛으로 빛나지 않았다면, 그리고 그녀가 그토록 매혹적이지 않았다면 클레이튼은 테라스에서 만나자는 마리 생 알레망의 초대를 절대 받아들이지 않았을 것이다.

35

클레이튼은 하루가 가고 이틀이 가고 사흘이 가도 클레이모어로 돌아오지 않았다. 그렇다고 그 사흘 동안을 휘트니가 상상한 것처럼 마리 생 알레망과 벌거벗은 몸으로 뒤엉킨 채 보낸 것도 아니었다. 클레이튼은 그 사흘을 분노를 터뜨렸다가는 침착하게 생각에 잠기기를 번갈아 되풀이하며 어퍼 브룩의 타운하우스에 틀어박혀 보냈다. 그러다 저녁이 되면 클럽에서 친구들과 어울렸다.

사흘째 되던 날 밤 늦게, 수의 같은 안개에 싸인 어퍼 브룩 거리를 내려다보며 앉아 있던 클레이튼은 몇 가지 결론을 내렸다. 그는 도대체 왜 성가시게 정부를 고르고 사람들 눈에 띄지 않는 곳에 정부가 머물 거처를 마련해주어야 하는지 이해할 수가 없었다. 그는 방탕한 여자와 결혼했다. 하지만 그 방탕한 여자는 그의 마음을 빼앗았고 자신의 육체와 완벽하게 조응하는, 남자의 애간장을 녹이는 요염한 몸매를 지녔다. 그런 여자가 있는데 왜 정부를 따로 두어야 한단 말인가? 그는 수도승처럼 계속 살 것도 아니었고 제 집 별채에서 손님처럼 살지도 않을 터였다.

클레이모어로 돌아가겠어. 돌아가서 거처도 본래 쓰던 내 침실로 옮기겠어. 그리고 언제든 휘트니를 안고 싶으면 안을 거야. 휘트니는 하녀 이상도 이하도 아냐. 저택의 안주인 역할이 필요할 때에는 안주인 노릇을 하고 내가 원할 때면 무급 창녀로 내게 봉사하는, 한마디로 좋은 옷을 입은 하녀가 될 거야. 그는 새롭게 끓어오르는 분노를 느끼며 그런 생각들을 했다. 그런데 그런 하녀를 너무 큰 돈을 주고 사들였어. 그것도 모자라 이름까지 덤으로 주다니! 하지만 나는 그녀의 주인이야. 그것도 영원히.

나흘째 되던 날 아침, 클레이튼은 그런 미묘한 생각들 끝에 마차를 대기시키라고 지시했다. 그러고는 조바심 속에서 마차를 타고 한 시간 반을 참으며 클레이모어로 갔다. 푸르고 화려한 여름옷을 입은 영국의 시골 풍경은 한마디로 장관이었다. 그러나 클레이모어에 도착하자마자 일어나게 될 장면을 곰곰이 생각하느라 클레이튼은 지나쳐가는 풍경이 거의 눈에 들어오지 않았다. 먼저 그는 휘트니에게 앞으로의 지위와 의무를 가능한 한 노골적으로 설명해줄 터였다. 그런 다음 그녀에게 자신이 그녀의 배신과 기만을, 난폭한 성미와 자신의 권위에 대한 반항 등을 어떻게 보고 있는지 말해줄 생각이었다. 그리고 그가 이 모든 일을 끝내면 그는 그 편지를 억지로 씹어서 그녀의 사랑스런 목으로 삼키게 할 생각이었다. 상징적으로 말하면 그렇다는 것이다.

클레이튼은 마차가 저택 앞에 멈춰 서기가 무섭게 재빨리 휘트니의 방이 있는 위층으로 올라갔다. 어찌나 세게 문을 열었던지 문이 쾅 소리를 내며 벽에 부딪쳤다. 메리가 깜짝 놀라 이리저리 부산스럽게 움직였다. 그는 한마디 말도 없이 메리를 노려보더니 이웃한 옷방을 지나 자신의 침실로 성큼성큼 들어갔다. 하지만 휘트니는 없었다. 메리는 눈물을 글썽이며 공작 부인이 집을 떠났다고 설명했다.

"어디로 떠났나?"

클레이튼이 초조하게 물었다.

"어, 어디로 가신다는 말씀은 안 하셨습니다. 떠나시면서 책상 위에 주인님께 드리는 편지를 놓고 간다고 하셨습니다."

메리가 코를 훌쩍거리며 대답했다. 클레이튼은 그런 하녀를 무시한 채 아내가 쓰던 책상으로 뻣뻣하게 걸어갔다. 책상은 비어 있었다. 다만 서랍 꼭대기에 공처럼 꾸겨 뭉친 파란색 편지지가 놓여 있었다. 클레이튼은 그 종이에 손을 대는 것조차 혐오스러웠지만 혹시 무언가 다른 글이 쓰여 있을지 몰라 판판하게 펴보았다. 그러나 그녀는 아무것도 써놓지 않았다. 휘트니는 이런 식으로 그가 화를 내는 이유를 알아냈다는 사실을 그에게 전했던 것이다. 그는 꼴도 보기 싫은 종이조각을 호주머니다 쑤셔넣고 몸을 돌렸다. 그리고 메리에게 낮으면서도 무서운 말투로 명령했다.

"내가 쓰던 방으로 거처를 옮길 테니 공작 부인의 물건들을 내 방에서 꺼내도록."

"그러면 공작 부인의 짐들은 어디다 치울까요?"

"여기로 다시 옮겨다 놓으면 되잖나?"

클레이튼은 자신의 대답을 듣고 난 메리가 보일 듯 말 듯 미소를 짓는 것을 알아챘다. 하지만 진짜 먹잇감에게 속아넘어간 그는 너무도 화가 난 나머지 하녀의 무례함을 꾸짖을 여유가 없었다. 그리고 누군가와 맞붙어 싸우고 싶은 기분이긴 했지만 하녀와 싸운다고 분이 풀릴 리도 없었다.

클레이튼이 복도를 따라 동쪽 별채로 반쯤 갔을 때였다. 문득 호주머니에 들어 있는 편지가 어쩐지 전과 다르다는 막연한 느낌이 들었다. 펼쳐 보니 마치 편지 위에는 작은 물방울을 뿌려놓은 것 같은 얼룩이 져 있었다. 눈물이었다! 그것도 아주 많은. 그는 혐오감과 죄책감 같은 불편한 감정에 휩싸였다.

그 뒤 사흘 동안 클레이튼은 울에 갇힌 호랑이처럼 안절부절못하며 잘못을 저지른 아내가 머리를 숙이고 돌아오기를 기다렸다. 그는 확신하고 있었다. 자신이 임신이라는 위험한 상태에 따를지도 모르는 위험에 놀라 미친 듯이 그녀를 찾아 헤매지 않을 것이라는 사실을 깨닫게 되면 휘트니도 돌아올 것이라고 말이다. 그녀는 돌아와야 했다. 어쨌든, 누가 영국 법을 어기면서까지 유부녀를 남편에게서 보호해준단 말인가? 장인 마틴은 딸에게 남편 곁으로 돌아가라고 지시를 할 만큼의 분별은 있는 사람이라고, 클레이튼은 단정을 내렸다.

클레이튼은 닷새가 지나도 휘트니가 돌아오지 않자 평생 처음 느껴보는 분노에 휩싸였다. 휘트니가 닷새 동안이나 누군가를 방문했을 리는 없다. 맙소사! 그녀는 정말 그를 떠났던 것이다! 클레이튼은 분노를 도저히 억누를 수가 없었다. 휘트니를 떠나게 하거나 멀리 보내버리는 것은 그녀가 아니라 자신이 결정할 문제였다. 요컨대 상처를 입은 쪽은 클레이튼 자신이었던 것이다. 게다가 그는 실제로 휘트니를 내쫓아버리지도 못했다. 자신이 내쫓아버리기 전에 그녀 스스로 떠나버린 것이다. 분명히 그녀는 아버지의 집으로 갔을 것이다. 그리고 장인이란 멍청한 인간이 딸을 데리고 있을 것이다.

클레이튼은 마차와 말들을 준비시키라고 지시했다. 그리고 맥레이에게 급하게 명령을 내렸다.

"여섯 시간 안에 처가에 도착하도록 하게. 1분도 늦어선 안 돼!"

맥레이가 뭔가 알겠다는 듯이 싱글거리는 것을 본 클레이튼은 맥레이가 휘트니가 어디로 갔는지 알면서도 모른다고 거짓말을 한 것은 아닌지 의심할 뻔했다. 맥레이는 휘트니를 런던으로 돌아가는 도중에 있는 여인숙까지만 데려다주었다고 했다. 그리고 여인숙 주인의 말에 따르면 그녀는 거기서 마차를 하나 빌렸다고 했다. 그녀는 임신한 몸으로 혼자서 전국 방방곡곡을 돌아다니며 도대체 무엇을 하고 있단 말인가? 깜찍한 바보, 고집불통에 사람 속을 뒤집어놓는 바보, 사랑스러운 바보 같으니.

마틴 스톤은 클레이튼이 마차에서 내리자 활짝 웃으며 몸소 마중을 나왔다.

"어서 오시게, 어서 와."

마틴은 활달하게 인사를 건네며 마차의 열린 문 쪽을 기대에 찬 눈으로 바라보았다.

"내 여식은 어떤가? 어디 있지?"

클레이튼은 쓰디쓴 패배감을 맛보았다.

"잘 지내고 있습니다. 휘트니는 우리 부부에게 곧 아이가 생길 거라는 소식을 내 입으로 직접 장인에게 전해주기를 바랐답니다."

클레이튼은 얼른 둘러댔다. 어쨌든 마틴은 점잖은 부류의 사람이었고 자신이 휘트니를 고약한 성미 때문에 어딘가로 내몰았다는 사실을 알려서 장인을 걱정시키고 싶지 않았던 것이다.

"핫지 별장으로 가세."

클레이튼은 30분 뒤 맥레이에게 느닷없이 지시했다. 그것이 이상하게 보이지도 않고 의심을 사지도 않으면서 장인에게서 빨리 벗어날 수 있는 방법이었다. 휘트니는 핫지 가의 별장에서 숨어 지내지도 않았다. 클레이튼은 맥레이에게 클레이모어로 마차를 돌리라고 짜증스럽게 지시했다. 그때만큼은 맥레이도 웃지 않았다.

다음 날 아침 클레이튼이 사람들을 시켜 알아본 바에 따르면 휘트니는 에밀리의 집에도 가지 않았다. 그렇다면 사실상 휘트니는 마차를 빌린 여인숙에서 아무도 모르는 곳으로 사라져버린 것이다.

클레이튼은 더 이상 화를 내지 않았다. 대신 마음을 졸이며 걱정하기 시작했다. 그리고 휘트니가 프랑스로 가는 배를 타고 영불해협을 건너지도 않았다는 보고를 받았을 때 걱정은 경악으로 바뀌었다.

클레이모어로 돌아온 1주일 뒤 우아한 침실에 혼자 남아 휘트니가 행방불명되었다는 사실을 깨닫게 된 클레이튼은 휘트니가 결혼하기 전 사귀었던 연인에게로 갔을 가능성을 곰곰이 생각해 보았다. 아마 그 빌어먹을 녀석은 전에는 그녀와 흔쾌히 결혼할 뜻이 없었거나 또는 결혼할 형편이 못 되었지만 이제는 기꺼이 그녀를 사람들 눈에 띄지 않는 곳에 교묘히 숨겨두고 언제든 그녀와 만나고 있는지도 몰라.

그런 생각을 하니 괴롭고 분통이 터졌다. 그러나 그런 생각도 잠시뿐이었다. 땅거미가 짙어가고 검붉은 저녁노을이 서쪽 하늘을 물들이는 것을 지켜보며 앉아 있던 클레이튼은 휘트니가 다른 남자에게 갔을 리는 없다는 결론을 내렸다. 그런 생각을 하게 된 것은 두 시간 동안 브랜디 두 병을 마시고 거나하게 취했기 때문인지도 몰랐다. 하지만 어쩐지, 어쩐지 휘트니가 틀림없이 자신을 조금은 사랑하게 된 것 같다는 생각이 들기 시작했다. 그는 자신이 서재에서 일하는 동안, 휘트니가 서재 창가에 있는 의자 위에 다리를 접고 앉아 책을 읽거나 편지를 쓰거나 아니면 집안 살림에 들어가는 비용을 세심히 살펴보며 앉아 있는 것을 좋아하던 기억을 떠올렸다. 휘트니는 자신과 가까이 있는 것을 좋아했다. 그리고 자신과 침대에 나란히 누워 있는 것도 좋아했다. 만약 본인이 조금도 만족스럽지 않다면 세상 어떤 여자도 남자의 품에 안겨 녹아들며 그가 주는 만큼의 즐거움을 되돌려주려고 온갖 노력을 하지는 않았을 것이다.

클레이튼은 휘트니와 결혼한 날 밤 절절하게 그녀를 사랑했다. 하지만 그녀는 그를 사랑하지 않았다. 그때는 그랬다. 하지만 확실히 그 이후 몇 달 동안 조용하게 이야기와 웃음을 주고받고 통제할 수 없는 격정을 나누면서 틀림없이 그녀는 자신을 사랑하게 된 것이다. 그는 자리에서 일어나 안절부절못하며 텅 비고 고적한 자신의 방과 아내의 방을 어슬렁거렸다. 휘트니가 없는 방은 아늑하지도 활기가 느껴지지도 않았다. 휘트니가 사라졌어! 그런데 그녀는 사라지면서 내가 하루하루를 살아야 할 이유도 함께 가져가 버렸어. 내가 휘트니를 내몬 거야. 그녀의 영혼을 조각조각 내고 쓰라린 좌절을 안겨주었어. 그토록 활기로 충만해 있던 그녀에게! 휘트니는 그야말로 활기 그 자체였는데. 내 지시를 어기고 말을 몰고 나갔던 날 그녀는 내 분노에 용감히 맞섰고 그런 다음에는 그 대담한 초록 드레스를 입고 클리프튼 가의 파티에 참석해서 공공연히 내게 반항을 했지. 그리고 그 문제를 따지려고 내가 바로 이 어두운 방에서 기다리고 있을 때 역시 내게 대들었어. 휘트니 말고는 세상 어떤 여자도 감히 내 눈을 당돌하게 올려다보며 단호하게 거부하지 못했을 거야! 만일 그녀가 나를 좋아하지 않았다면 왜 나와 함께 갇히기를 원했을까?

자신의 방으로 돌아온 클레이튼은 벽면 한쪽 전체를 차지하고 있는 넓은 유리창에 어깨를 기댔다. 어두운 밤을 뚫어져라 응시하며 그는 휘트니의 입을 다물게 하려고 그녀의 어깨를 잡고 흔들었을 때 그녀가 했던 말을 떠올렸다.

'그칠 수가 없어요. 당신을 사랑하기 때문에. 당신의 눈과 당신의 미소와 당신의······.'

오, 세상에! 그녀는 어떻게 내가 일부러 자신을 아프게 하고 있을 때 내게 그런 말을 할 수 있었단 말인가?

'난 당신이 내 몸을 만질 때 살갗에 닿던 감촉을 똑똑히 기억해요. 그뿐 아니에요. 나는 당신이 내 안으로 아주 깊이 들어왔을 때 당신이 내게 속삭여준 말들을 기억해요.'

클레이튼은 천천히 옷방으로 걸어들어가 장식단추를 보관해 두는 가죽 상자를 열었다. 휘트니가 준 루비 반지를 꺼내 반지 안쪽에 새긴 명각(銘刻)을 볼 수 있도록 반지를 이리저리 돌려보았다. 그는 한숨을 푹 내쉬며 소중한 두 낱말을 읽었다. '나의 군주여!' 그는 당장 반지를 낄 것인지 아니면 결혼식날 밤에 그랬듯이 그녀가 껴줄 수 있을 때까지 기다릴 것인지 망설였다. 휘트니는 그 반지를 그의 손에 껴주고는 손에 입을 맞춘 다음 그 손을 들어 제 뺨에 갖다 댔었다.

마침내 그는 자신의 손으로 반지를 꼈다. 더는 기다릴 수가 없었던 것이다. 그러고 나니 기분이 한결 나아졌다. 그는 의자에 앉아 긴 다리를 앞으로 쭉 뻗었다. 천천히 브랜디를 음미하며 휘트니와 함께 누웠던 커다란 침대를 빤히 바라보았다. 그는 휘트니를 찾아내기 전에 그녀가 왜 자신을 배신했는지 알아내야 한다는 사실을 깨달았다. 그렇지 않으면 그는 휘트니를 보자마자 불같은 성미가 폭발해서 다시 두 사람 모두에게 상처만 줄 터였다.

좋다. 휘트니는 결혼 전에 나를 배신하고 다른 남자에게 몸을 주었다. 만약 그 남자가 누군지 알려고 하지 않는다면 참기가 좀 수월해질 것이다. 휘트니의 처녀성을 빼앗고, 그래서 그녀를 다른 남자 품에 안기도록 한 사람은 다름 아닌 자신이었으니까. 그런데 휘트니가 외롭고 절망에 빠져 누군가 다른 남자에게 몸을 준 것은 누구의 잘못이란 말인가? 한 번, 한 번이라면 용서할 수도 있었다. 클레이튼은 한숨을 내쉰 다음 머리를 뒤로 젖히고 두 눈을 감았다. 아니, 백 번이라도 용서해줄 터였다. 그녀가 전에 어떤 행동을 했든 그는 이제 휘트니가 없는 삶을 견딜 수 없었기 때문이었다.

다음 날 클레이튼은 미칠 것만 같은 불안한 상태에서 수백 킬로미터를 말을 타고 달렸다. 그는 휘트니의 말인 칸을 탔다. 칸이 휘트니의 것이었기 때문이다. 얼마 전 휘트니가 도도하게 상기시켜준 대로 말이다. 휘트니가 클레이모어로 온 다음 날 그녀를 데리고 왔던 산등성이에 도착한 그는 휘트니를 무릎 위에 눕히고 재웠던 나무 둥치에 등을 기대고 앉았다. 그리고 굽이쳐 흐르는 넓은 개울 위에서 눈부신 햇살이 춤을 추는 계곡을 멍하니 건너다보았다.

클레이튼은 한쪽 무릎을 당겨 세우고 채찍으로 부츠의 한쪽을 아무 생각 없이 가볍게 톡톡 쳤다. 그러면서 자신이 사랑을 하려 들까 두려워서 휘트니가 얼마나 저 계곡으로 말을 타고 내려가고 싶어 했던가를 떠올렸다. 8개월이나 됐구나! 그의 삶에서 가장 유쾌하고 멋지며 고통스럽고도 불행한 8개월이었다.

클레이튼은 서글픈 마음에 씁쓸하게 웃었다. 만약 휘트니가 클레이모어로 온 그날 밤 그녀가 하고 싶은 대로 했다면 그들은 분명 다음 주나 그 다음 주에 결혼을 했을 것이다. 휘트니는 결혼 준비를 하려면 8개월이 필요하다고 고집을 부렸었다. 8개월! 그는 속으로 욕을 해대며 벌떡 일어섰다. 속이 부글부글 끓어올랐다. 휘트니는 결혼식 준비를 위해 '8개월'을 원했었다. 휘트니가 그 정도로 바보는 아냐! 만약 임신을 했다고 믿었다면, 임신을 했거나 임신을 했다고 생각하고 내게 왔다면, 그녀는 절대 그 빌어먹을 8개월을 기다리고 싶어 하지 않았을 거야.

클레이튼은 자신이 끔찍이도 증오스러워 숨이 막힐 것만 같았다. 그는 발 빠른 칸이 견딜 수 있는 한계까지 말을 세게 몰아댔다. 만약 휘트니가 임신한 줄을 알았다면 결혼을 하려고 8개월을 기다리고 싶어 하지는 않았을 것이다. 그녀는 자신이 그녀를 납치해 클레이모어로 데려온 날 밤에 아이를 잉태했다고 믿을 만큼 순진했던 것이다. 그리고 임신을 구실로 자신을 그녀에게 오게 하려고 생각했을 만큼 명예를 중하게 여겼다. 그리고 그런 생각을 단념하고 자신이 직접 클레이모어로 올 만큼 고귀한 심성을 지녔던 것이다.

"진정 좀 시키게."

클레이튼은 놀란 하인에게 칸의 고삐를 던져주고는 달리다시피 걸어서 집으로 향했다. 그러면서 어깨 너머로 소리를 질렀다.

"맥레이한테 5분 안에 마차를 집 앞에 대기시키라고 이르게."

두 시간 뒤, 에밀리는 클레이튼이 정중하게 써서 보낸 편지를 받았다. 에밀리는 그 편지 내용을 공작이 보낸 하인과 함께 마차를 타고 어퍼 브룩에 있는 공작의 타운하우스로 오라는 '지시'로 정확히 해석했다. 그녀는 근심 반 불안 반으로 공작의 소환에 응했다.

집사가 에밀리를 저택 측면에 자리한 넓은 서재로 안내해주었다. 클레이튼은 등을 보인 채 창밖을 내다보며 서 있었다. 놀랍게도 그는 에밀리를 평소처럼 다정하게 맞지도 않았고 몸을 돌려 그녀를 마주보지도 않은 채 침착하고 냉정하게 입을 열었다.

"예의를 차리기 위해 잠깐 동안 진부한 한담을 나눌까요, 아니면 바로 본론으로 들어갈까요?"

클레이튼이 천천히 돌아서서 자신을 유심히 바라보자 에밀리는 등줄기가 오싹해졌다. 에밀리는 클레이튼 웨스트모어랜드의 그런 모습을 한번도 본 적이 없었다. 냉정해 보이는 것은 여전했지만 다른 때와는 달리 냉혹할 정도의 결연한 의지가 느껴졌다. 에밀리는 꼼짝 않고 서서 그를 가만히 바라보았다. 그는 에밀리 옆에 있는 의자 쪽으로 살짝 고개를 기울이며 그녀에게 앉으라고 권했다. 에밀리는 의자에 풀썩 주저앉으며 이 남자가 자신이 알고 있던 남자와 같은 사람인지 의아해했다.

"어느 쪽이든 상관하지 않는 것 같으니 곧장 본론으로 들어가겠습니다. 내가 부인을 왜 여기로 와달라고 청했는지 그 까닭을 아시리라 믿고 있는데요?"

"휘트니 때문인가요?"

에밀리는 짐작하는 바를 속삭이듯 말했다. 그녀는 고개를 살짝 흔들며 침을 삼켜 바싹 마른 목을 축였다.

"어디 있습니까?"

클레이튼이 다짜고짜 물었다. 그런 다음 예전의 부드러움을 조금 내보이며 덧붙여 말했다.

"나는 부인이 아내의 신뢰를 배신하게 하고 싶지 않았고 또 내가 동원할 수 있는 방법으로 그녀를 찾을 수 있다고 믿었기 때문에 이제까지는 부인에게 이 이야기를 꺼내지 않았습니다. 그런데 그런 방법은 아무 소용이 없었습니다."

"하지만 전, 전 휘트니가 어디 있는지 몰라요. 전 휘트니에게 어디로 가려는지 물어볼 생각을 전혀 못했어요. 휘트니가 이렇게 오랫동안 떠나 있을 줄은 저도 정말 예상치 못했으니까요."

클레이튼은 침착하게 에밀리의 눈을 빤히 바라보며 에밀리의 대답이 진실인지 가늠하려 했다.

"믿어주세요. 그리고 각하께서 이렇게 염려하시는 걸 알았으니 휘트니가 어디 있는지 알게 되면 즉시 알려드릴게요."

클레이튼은 길게 한숨을 쉬고는 고개를 살짝 끄덕였다. 그의 표정은 더 이상 차갑지도 무섭지도 않았다.

"그렇게 말해주니 고맙습니다. 마부에게 댁으로 모셔다 드리라 이르겠습니다."

에밀리는 여전히 명령을 내리는 듯한 클레이튼의 분위기 때문에 막연한 거리감을 느끼며 머뭇거렸다. 그러나 그가 자신을 신뢰해서 자신의 말을 진실로 받아들여주어 고마웠다.

"휘트니가 그러더군요. 각하께서 그 고약한 편지를 찾아내셨다구요."

에밀리는 묘한 미소를 지어 보이며 머리를 흔들었다.

"휘트니는 그때 결정을 할 수가 없었답니다. 각하께 '귀하'라고 해야 할지 아니면……."

감출 수 없는 고통의 그림자가 클레이튼의 얼굴을 언뜻 스쳐갔다. 그러자 에밀리는 말꼬리를 흐리고 입을 다물었다.

"죄송합니다. 그 말씀은 안 드리는 건데."

"우리 두 사람 사이에 아무런 비밀도 없는 것 같으니 맨 처음 왜 휘트니가 그 편지를 썼는지 말해주시지요."

클레이튼이 침착하게 물었다.

"저, 그러니까 그건 명예를 지키려는 자존심 때문이었답니다. 휘트니는 할 수만 있다면 각하께서 자기를 데리러 오시게 하고 싶어 했어요. 그래서 휘트니는 그런 편지를 써서…… 지금 생각해 보면 그런 생각을 한 것조차 정말 터무니없이 느껴져요. 하지만……."

"휘트니가 평생 저지른 일 중에서 가장 터무니없는 짓은 나와 결혼한 것입니다."

클레이튼은 에밀리의 말을 자르며 자조적으로 말했다.

떠나려고 일어서는 에밀리의 엷은 갈색 눈에 눈물이 그렁그렁 맺혔다.

"그렇지 않아요. 휘트니는 각하를 열렬히, 사랑한답니다."

"다시 한 번 감사드립니다."

클레이튼이 겸손하게 말했다.

클레이튼은 에밀리가 떠나고 한참 동안 꼼짝도 않고 서 있었다. 순간순간이 번개처럼 지나가는 것을 느끼며, 또 그 순간순간이 지날 때마다 휘트니의 상처와 분노가 증오로 깊어지리라고 생각하며 클레이튼은 그대로 서 있었다.

알리사 웨스트모어랜드는 그날 저녁 며느리와 조용하게 저녁을 먹었다. 그녀는 속으로 어서 와서 제 아내를 데려가지 않는 맏아들을 몹시 꾸짖고 있었다. 며느리는 하루하루 더 마음을 못 잡고 쓸쓸해했다. 8일 전, 휘트니가 와서 클레이튼이 시간을 갖고 그동안 있었던 일들을 되돌아보고 자신을 데리러 올 때까지 머물러도 되는지 물었을 때 사실 알리사는 아내가 있어야 할 자리는 남편 곁이라고 며느리를 설득해서 당장 아들 곁으로 돌려보내려고 했었다. 그러나 며느리의 표정에는 오래 전 자신의 모습을 떠올리게 하는 어떤 것이 있었다. 그것은 집을 나가 나흘 동안 돌아오지 않는 아내를 찾아 처가의 응접실을 성큼성큼 걸어들어오던 남편의 모습이었다.

"당장 마차에 타시오." 남편은 그렇게 명령했었다. 그러나 곧 명령은 간청으로 바뀌었다. "제발, 알리사." 그렇게 목적을 이룬 알리사는 고분고분하게 남편의 말을 따랐다.

휘트니는 그곳에 8일 동안이나 머물렀다. 그런데도 클레이튼은 제 아내를 데려가기는커녕 코빼기도 비추지 않았다. 알리사는 어서 손주를 안아보고 싶었다. 그리고 괴팍스럽고 고집 센 두 젊은 것들이 떨어져 지내도록 놔둔 자신의 행동을 도무지 이해할 수가 없었다. 정말이지 어리석기 짝이 없는 짓이었! 그녀는 아들 내외보다 금슬이 더 좋은 부부를 일찍이 본 적이 없었다. 그날 저녁 후식을 먹은 뒤 의자에서 반쯤 일어서던 알리사에게 번쩍 떠오른 생각이 있었다. 그녀는 런던에 있는 스티븐에게 다음 날 아침 될 수 있는 대로 빨리 들르라는 전갈을 보냈다.

알리사는 얼굴을 약간 찌푸리기는 했지만 재미있어하는 스티븐과 이튿날 아침 아주 은밀하게 만났다.

"클레이튼이 네 형수를 데리러 이리로 올 생각을 한 건지 확신을 못하겠구나. 데리러 오고 싶을 거라고 짐작은 한다만 말이다."

형과 형수 사이가 소원해졌다는 사실이 금시초문이던 스티븐이 어머니를 보고 짓궂게 웃어 보였다.

"어머니, 그 얘기를 들으니 어머니와 아버지 이야기가 생각나는데요."

알리사는 둔감하기 짝이 없는 차남을 쏘아보며 하던 말을 계속했다.

"난 네가 클레이튼을 찾아봤으면 한다. 아마 네 형은 런던 집에 있을 게다. 하지만 가능하다면 오늘밤 안으로 찾거라. 네 형을 찾거들랑 형수가 에미와 같이 있다고 넌지시 귀띔해주려무나. 네 형이 당연히 그 사실을 알고 있는 줄 짐작하고 있는 것처럼 들리게 말이다. 내 확신하지만 그런 상황에서 클레이튼이 미적지근하게 화해를 하려고 들면 네 형수는 집으로 돌아가지 않으려 할 게다."

"당장 형수와 함께 런던까지 가서 형한테 제가 형수와 열렬한 사랑에 빠졌다고 속삭여주면 어떨까요? 그러면 형이 난리를 칠 텐데요."

스티븐이 싱글거리며 농담을 했다.

"스티븐, 까불지 좀 마라. 이건 심각한 일이야. 그러니까 너는 이렇게……."

그날 저녁 7시, 클레이튼은 클럽에 앉아 있었다. 그는 카드에서 눈을 들었다가 테이블 건너편에 앉아 게임에 합류하려고 칩을 쌓아올리는 동생을 발견하고도 크게 놀라지도 않았다. 클레이튼은 다정하면서도 경계의 빛을 띤 눈으로 동생을 쳐다보았다. 클레이튼은 동생이 휘트니에 대해 묻지 않았으면 했다. 그는 아내가 '어디에 있는지 모른다'는 사실을 제대로 설명할 수도 없었지만 휘트니와의 불화에 대해 스티븐에게 말하는 것은 더욱이나 견딜 수가 없었다. 그래서 스티븐이 "오늘밤엔 이기고 계십니까, 아니면 지고 계십니까, 공작 각하?"하고 말문을 열자 안도감을 느꼈다.

"자네 형이 우리를 모두 빈털터리로 만들었다네."

마커스 러더포드가 친절하게 대신 대답했다.

"한 시간 동안 한 번도 잃지를 않았다네."

"형, 꼴이 말이 아닌데……."

스티븐이 싱글거리며 조용히 말했다.

"고맙구나."

클레이튼이 건조하게 대답하며 테이블 한가운데 쌓여 있는 칩 더미 위에 칩을 던졌다. 클레이튼은 그 판과 다음 두 판도 내리 이겼다.

"만나서 반갑네, 클레이모어."

윌리엄 배스커빌이 조심스럽게 클레이튼에게 인사를 건넸다. 클레이튼은 지난번 이 클럽에서 게임을 하다가 돌연히 클럽을 떠나버린 적이 있었다. 정중하게 젊은 공작 부인의 안부를 물으려던 배스커빌은 문득 지난번 공작 부인을 클리프튼가의 파티에서 봤다는 말을 해서 불화를 일으켰던 일을 떠올리고는 공작 부인의 이야기는 꺼내지 않는 게 상책이라고 마음을 바꿨다.

"합석해도 되겠나?"

배스커빌이 물었다.

"형은 전혀 개의치 않습니다."

클레이튼이 배스커빌의 말을 못 들었다고 생각한 스티븐이 형 대신 대답을 해주었다.

"형은 다른 분들 것과 함께 배스커빌 씨의 돈도 흔쾌히 딸 겁니다."

클레이튼은 약간 빈정거리는 표정으로 동생을 쳐다보았다. 그는 집에 가만히 죽치고 있다가는 걱정 때문에 미쳐버릴 것만 같았다. 그런데 동생과 다른 사람들이 주고받는 쾌활한 대화가 가뜩이나 지친 신경을 야금야금 갉아먹어서 그는 오로지 게임에만 몰두했다. 그러다가 왠지 동생과 집으로 자리를 옮겨 마음껏 마시고 취하고 싶어진 그가 스티븐에게 그렇게 하자고 제안하려 하는데 스티븐이 먼저 말을 꺼냈다.

"형을 여기서 보게 될 줄은 정말 몰랐어. 어머니가 오늘밤 친지들을 위해 마련하신 조촐한 파티에 형도 참석할 줄 알았거든."

하지 말아야 할 말을 한 것처럼 연기를 했던 스티븐은 고개를 젓더니 사과라도 하듯 덧붙여 말했다.

"미안해, 형. 형수가 어머니와 함께 있으니 당연히 그 파티에 참석하리라고 생각했거든."

형제 사이에 오가는 이야기의 요지를 귓결에 들은 배스커빌은 좀 전에 했던 다짐을 까맣게 잊어버리고 진지하게 말했다.

"아름답고 젊은 여성이지, 자네 부인 말일세. 공작 부인에게 내 안부를……"

클레이튼이 의자에서 천천히 몸을 곧게 펴는 것을 지켜보던 배스커빌이 겁에 질려 말끝을 흐리면서 얼른 덧붙였다.

"난 어디서도 자네 부인을 보지 못했네."

그러나 클레이튼은 벌써 일어난 상태였다. 그는 그대로 서서 믿을 수 없다는 표정과 놀랍다는 표정이 뒤섞인 얼굴로 동생을 빤히 내려다보았다. 그러고는 게임에 이겨서 쌓아두었던 칩 더미를 그대로 둔 채 몸을 돌리더니 출입문을 향해 성큼성큼 걸어갔다. 물론 그 자리에 있던 누구에게도 예의를 갖춘 작별 인사 한마디 건네지 않은 상태였다.

문 밖으로 사라지는 클레이튼을 지켜보던 배스커빌이 스티븐에게 속삭였다.

"이런! 자네 정말 큰 곤경에 빠졌군. 내가 말을 해줄 걸. 자네 형님은 형수가 혼자 파티에 참석하는 걸 좋아하지 않더군그래."

"예. 형은 형수가 혼자 파티에 가는 걸 좋아하지 않지요."

스티븐이 활짝 웃으며 대꾸했다.

그랜드 오크까지 마차를 타고 가는 데는 보통 네 시간이 걸렸다. 클레이튼은 그 길을 클럽 문을 나선 후로부터 세 시간 반 만에 도착했다. 휘트니가 그동안 어머니하고 같이 있었다고? 어머니와 함께? 어이가 없어도 이렇게 없을 수가! 며느리에게 아들에게 돌아가라고 명령할 정도의 분별은 지니셨을 분이, 남도 아닌 바로 어머니가 며느리와 공모를 해서 아들에게 이런 괴로움을 겪게 하셨다니!

마차가 환하게 불이 밝혀진 그랜드 오크 앞에 섰다. 클레이튼은 그날 밤 파티가 열린다고 했던 스티븐의 말이 떠올랐다. 그는 친지들을 만나고 싶지 않았다. 아내가 보고 싶었을 뿐이다. 게다가 그는 야회복을 가져오기는커녕 집에 들러 옷을 갈아입을 생각조차 하지 못했다. 그리고 행여 그 생각이 났더라도 옷을 갈아입으러 집에 가지는 않았을 것이다. 그는 휘트니를 찾기 전에 아들을 배신한 어머니와 대면하고 싶은 마음이 굴뚝같았다. 그렇지만 그러지 않을 터였다.

"어서 오십시오, 각하."

집사가 느리고 또렷하게 인사를 했다.

클레이튼은 성큼성큼 저택 안으로 걸어들어가서는 사람들로 북

적이는 객실을 들여다보았다. 그가 알고 있는 친척이란 친척은 한 사람도 빠짐없이 객실에 모여 있는 것 같았다. 그런데 정작 휘트니의 모습은 보이지 않았다. 클레이튼은 어머니를 뚫어져라 쳐다보았다. 알리사가 얼굴 가득 웃음을 띠고 그에게 다가서려 했다. 클레이튼은 아주 냉랭하고 불만스런 얼굴로 어머니를 쳐다보았다. 그러자 알리사는 걸음을 멈추고 꼼짝도 하지 않았다. 클레이튼은 몸을 휙 돌리더니 건물의 중앙 계단으로 향했다.
"아씨는 어디 계시느냐?"
그는 위층 복도에 있던 하녀에게 물었다.

클레이튼은 하녀가 가르쳐준 문 밖에서 놋쇠 손잡이를 잡은 채 머뭇거렸다. 가슴은 안도감과 불안이 한데 뒤엉켜서 쿵쾅거렸다. 그는 휘트니가 자신을 보면 어떤 반응을 보일지, 그녀에게 뭐라고 말을 해야 할지 도무지 생각이 나지 않았다. 헌데 그 순간 중요했던 것은 휘트니를 볼 수 있다는 것, 그것도 두 눈으로 마음껏 볼 수 있다는 사실이었다.
클레이튼은 문을 열고 조용히 방안으로 들어선 다음 문을 닫았다. 휘트니는 등을 보인 채 놋쇠로 된 욕조에 몸을 담그고 있었다. 클라리사가 비누와 목욕용 수건을 들고 서성거리고 있었다. 그 모습에 홀린 클레이튼은 그 자리에 멈춰 섰다.
클레이튼은 당장 달려가 벌거벗고 젖은 몸 그대로의 아내를 품에 안고 싶었다. 몸속으로 그녀를 빨아들이고 싶었다. 그녀를 침대로 안고 가 그녀의 품속에서 자기 자신을 잊고 싶었다. 그러는 한편으로는 자신은 휘트니의 몸에 손을 대는 것은 고사하고 말할 자격도 없는 것 같았다. 그는 그럴 자격이 없었다. 그는 휘트니를 만난 뒤 두 번씩이나 그녀에게 잔인하고 모질게 굴었다. 전혀 그럴 자격이 없다는 사실을 깨닫지 못하고 말이다. 세상에! 휘트니가 자궁 속에 있는 자신의 아이에게 영양분을 나눠주며 기르고 있는데 단 한 번도 몸 상태가 어떠냐고 물어보지도 않았다. 가냘픈 여자 몸으로, 그가 받아도 쌀 증오심도 품지 않은 채 그토록 심한 학대를 어떻게 견뎌냈단 말인가? 클레이튼은 곤혹스러움에 긴 한숨을 내쉬었다.

클라리사가 고개를 들고 힐끗 보니 클레이튼이 셔츠를 걷어올리며 욕조로 다가오고 있었다. 클라리사는 얼굴을 찌푸린 채 그를 매섭게 쏘아보았다. 그녀는 아무리 지위가 공작이라 하더라도 클레이튼에게 마음속에 있는 말을 하겠다고 굳게 마음먹고 입을 열려던 참이었다. 하지만 클레이튼이 선수를 쳤다. 나가보라는 시늉으로 무뚝뚝하게 고개를 까딱해 보인 것이다. 클라리사는 마지못해 비누와 목욕 수건을 클레이튼에게 넘겨주고는 조용히 방을 나갔다.

클레이튼은 쓰린 가슴을 안고 휘트니의 등에 부드럽게 비누칠을 했다. 손놀림을 가볍게 유지하며 제 손이 휘트니의 눈에 띄지 않도록 조심했다.

"그렇게 하니까 기분이 참 좋아요, 클라리사."

휘트니는 상체를 앞으로 굽힌 채 두 다리에 비누 거품을 칠하며 말했다. 평소 클라리사는 휘트니가 혼자 목욕을 하도록 하고 자리를 떴었다. 하지만 최근 들어 휘트니는 부쩍 불안하고 근심에 싸여서 클라리사가 쏟는 그런 예외적인 관심에도 별 반응을 보이지 않았다. 향기로운 물방울로 반짝이는 매끄러운 몸을 일으켜 욕조 밖으로 발을 내디딘 휘트니가 몸을 돌리며 수건을 달라고 손을 뻗었다. 하지만 지나치리만큼 온정이 넘치고 일일이 말하지 않아도 척척 알아서 일을 처리하는 클라리사는 휘트니의 몸에 있는 물기를 살살 닦아주고 있었다. 클레이튼은 휘트니의 목과 부드러운 두 어깨 그리고 미끈한 등에 있는 물기를 닦아주었다.

"고마워요, 클라리사. 이제 그만 됐어요. 나머지는 내가 닦을게요. 그리고 저녁은 여기서 먹을래요. 그런 다음 옷을 입고 아래층으로……."

아무 말도 없이 계속 자신의 몸을 닦아주고 있는 잘생기고 근엄한 표정의 남자를 본 휘트니는 얼굴빛이 하얘지더니 몸을 비틀거렸다. 그녀는 마비된 듯 아무 감각도 없는 상태로 꼼짝 않고 서 있었다. 움직일 수도, 말을 할 수도 없었다. 그녀는 남편이 자신의 배와 허벅지를 수건으로 닦을 때 그의 손길이, 거의 느낄 수 없을 정도이긴 했지만 좀 더 오래 머무른다는 것을 어렴풋이 느꼈다. 하지만 그 손길은 애무가 아니었다. 클레이튼이 바로 앞에 있어. 더 이상 내게 화가 나 있지도 않지만 아무 말도 하지 않고 웃어 보이지도 않아. 심지어 그는 남편으로서 나를 만지는 것도 아니야. 거의 하, 하인 같아! 남편이 무엇을 하고 있는지 깨달은 휘트니는 목이 메어오기 시작했다. 클레이튼은 하녀가 하듯 겸손하게 행동했던 것이다.

휘트니를 억지로 욕조 옆에 있는 의자에 앉히는 클레이튼의 손길은 참으로 부드러웠다. 그는 아내를 올려다보지도 않은 채 한쪽 무릎을 꿇더니 진지하게 아내의 종아리에 묻은 물기를 닦아주기 시작했다.

"클레이튼! 오, 그러지 말아요."

휘트니가 더듬더듬 말했다.

그러나 클레이튼은 휘트니의 눈물 어린 호소를 못 들은 체하며 손을 멈추지 않았다. 마침내 그가 지치고 고통에 찬 음성으로 입을 열었다.

"만약 당신이 다시 내 곁을 떠날 생각을 하고 있다고 여겨지면, 그 이유가 아무리 옳다 하더라도 나는 당신을 방에다 가두고 문에다 바리게이트를 칠 거요. 맹세코 그럴 거요."

그러자 휘트니가 떨리는 목소리로 물었다.

"그 방에 나와 함께 갇혀 있을 거예요?"

클레이튼은 아내의 발을 들어올려 제 뺨에다 부드럽게 댔다. 그런 다음 고개를 돌리고 부드럽게 아내의 발에 입을 맞췄다.

"그렇게 하리다."

그가 나직하게 대답했다.

클레이튼은 몸을 일으키고 벽장으로 걸어가 실크로 된 가운을 꺼내왔다. 그리고 휘트니가 소매 속에 팔을 집어넣어 입는 동안 들고 있었다. 휘트니는 자신이 마치 인형이라도 되는 양 남편이 화장옷의 허리띠를 매어주는 동안 가만히 서 있었다. 그는 한마디 말도 없이 몸을 구부리더니 아내를 두 팔로 번쩍 안아올려 저녁상이 차려져 있는 낮은 식탁 앞으로 데려갔다. 의자에 앉은 그는 휘트니를 무릎에 앉히고 몸을 앞으로 숙여서 음식이 담긴 쟁반의 은색 보자기를 걷어 치웠다. 남편이 밥을 먹여주려 한다는 것을 알아챈 휘트니는 더 이상 참을 수가 없었다.

"그러지 말아요!"

휘트니는 부드럽게 소리를 치며 남편의 억센 두 어깨를 팔로 감싸안고 그의 목에다 얼굴을 묻었다.

"제발, 제발 그러지 말아요. 그냥 말을 해요. 제발 내게 말을 해줘요."

"그럴 수가 없어."

그는 아내의 윤기 있는 머리카락에 대고 속삭인 뒤 길고 괴로운 한숨을 내쉬었다.

"무슨 말을 해야 할지 생각이 나질 않아."

클레이튼의 목소리에 담긴 적나라한 고통을 접한 휘트니는 눈물을 글썽이며 몸을 뒤로 젖히고 남편을 바라보았다. 그리고 띄엄띄엄 속삭였다.

"난 알고 있어요. 당신이 내게 가르쳐주었어요. 사랑해요. 당신을 사랑해요."

클레이튼은 손가락으로 휘트니의 머리카락을 빗겨준 다음 두 손으로 그녀의 얼굴을 감싸안았다. 그리고 가만히 그녀를 들여다보며 속삭였다.

"당신을 사랑하오. 오! 당신을 너무나 사랑하오."

목이 메어 꽉 잠기다시피 한 목소리였다.

흔들리는 촛불 속에서 보니 침대 건너편 벽에 걸린 시계의 바늘이 막 1시 반을 가리키고 있었다. 클레이튼은 제 품에서 잠이 든 채 기분 좋게 누워 있는 아름다운 여인을 애정이 듬뿍 담긴 눈으로 내려다보았다. 휘트니는 모든 근심을 잊고 헝클어진 머리를 벌거벗은 남편의 가슴에 대고 있었다. 그는 휘트니의 뺨에서 제멋

대로 흘러내린 머리카락들을 가만히 떼어내고는 그녀를 더욱 바싹 끌어당긴 다음 이마에 입을 맞췄다.

"사랑하오."

그가 조용히 속삭였다. 잠든 휘트니가 그 말을 들을 수 없다는 사실을 알았지만 그는 그 말을 꼭 다시 하고 싶었다.

클레이튼은 휘트니에 대한 절박할 정도의 갈망을 안고 휘트니의 촉촉하고 부드러운 몸에 부드럽게 입을 맞출 때마다 마음속으로 그녀에게 사랑한다는 말을 수도 없이 되풀이했다. 그 말은 그녀가 그의 몸 밑에서 버둥거리며 친절하게도 윗몸을 활 모양이 되도록 들어올려 몸속으로 들어오는 남편의 몸과 조응하려 할 때 그의 가슴이 부르는 노래였다. 그리고 그 말은 휘트니를 환희의 절정으로 이끌고 간 다음 그 절정의 순간 그녀와 하나가 될 때까지 점점 고음으로 올라가는 가락과 같았다.

휘트니는 클레이튼에게 더욱 가까이 다가들며 꿈결인 양 속삭였다.

"나도 당신을 사랑해요."

"쉬잇! 자요, 여보."

클레이튼이 속삭였다. 그는 그날 밤 휘트니의 몸 위에서 오래도록 머물렀다. 두 사람 모두 서로를 열렬히 갈구할 때까지 격렬한 절정의 순간을 일부러 늦췄다. 그렇게 시간을 오래 끌며 사랑을 한 뒤라 그는 휘트니가 쉬기를 바랐다.

"왜 그렇게 오래 걸렸어요?"

"당신이 뭘 묻는 건지 모르겠는데."

휘트니는 처음에는 어리둥절해하더니 곧 남편의 말이 무슨 뜻인지 깨닫고는 얼굴을 붉히며 고개를 돌렸다.

클레이튼은 휘트니의 반응이 놀라우면서도 근심스러운 얼굴로 아내의 턱을 들어올리며 물었다.

"무슨 뜻이오?"

그가 부드럽게 물었다.

"아, 아무것도 아니에요. 정말로 아무 뜻도 없어요."

고통 때문에 그늘이 진 아내의 비취빛 눈을 가만히 들여다보며 클레이튼이 조용히 말했다.

"당신이 마음에 두고 있는 게 뭐든, 당신한테 아주 중요한 문제 같은데."

휘트니는 괜한 말을 꺼냈다고 후회했다. 그 말은 아물지 않는 상처처럼 그녀의 전신으로 퍼질 뿐이었다. 말을 꺼낸 이상 클레이튼이 고집스럽게 답을 들으려 하리라는 것을 안 휘트니는 조그맣게 대답했다.

"마리 생 알레망 말이에요."

"그 여자가 왜?"

"그 여자 때문에 나를 찾아오는 데 이렇게 오래 걸린 게 아닌가요?"

마치 자신이 아내에게 준 고통의 일부를 빨아들일 수 있기라도 하듯 클레이튼은 휘트니를 더욱 꽉 끌어안으며 얼굴을 찡그리고 미소를 지었다.

"당신을 찾는 데 이렇게 오랜 시간이 걸린 까닭은 사람을 마흔 명이나 풀었는데도 당신의 흔적을 찾을 수가 없었기 때문이야. 게다가 나는…… 다른 사람도 아닌 내 어머니가 당신과 한편이 되어서 우리 두 사람을 떼어놓고 계시리라는 생각은 전혀 못했거든. 당연히 그 생각을 했어야 하는데 말이오."

"헌데 난 당신이 나를 찾으러 이곳으로 맨 먼저 오리라고 생각했어요. 일단 당신이 시간을 갖고 상황을 곰곰이 생각했다면 말이에요."

그러자 클레이튼이 나직하게 말했다.

"그런데 난 이곳을 생각하지 못했소. 그리고 마리가 5마일도 안 떨어진 곳에 있었지만 마리와 어떻게 해보겠다는 생각은 전혀 하지 않았다오."

"그랬어요?"

"그랬소."

휘트니는 눈물이 그렁그렁한 눈으로 클레이튼을 바라보았다. 그리고 기쁨에 떨며 남편을 보고 방긋이 웃었다.

"고마워요."

휘트니는 이렇게만 속삭였다.

"무슨 그런 말을……."

클레이튼은 치켜든 휘트니의 얼굴을 바라보며 다정하게 웃었다. 그는 아내의 우아한 턱선을 손가락으로 더듬으며 말했다.

"자, 자요, 내 사랑. 그렇지 않으면 이 침대가 다시 한 번 흔들릴 테니까."

휘트니는 순순히 눈을 감고 남편의 품속으로 파고들었다. 그녀는 손가락을 미끄러지듯 위로 올려 클레이튼의 관자놀이 가까이에 난 머리카락을 가볍게 쓰다듬었다. 그 손가락은 조금 뒤에는 어깨를 지나 가슴으로 미끄러져 내려왔다. 클레이튼은 자신의 육체가 본능적으로 반응하는 것을 느끼며 잠결에 하는 휘트니의 애무로 인해 불이 붙는 격정을 억누르려고 애썼다. 그녀의 손이 배를 지나 아래로 내려가자 클레이튼은 아내의 손을 잡더니 더 내려가지 못하게 단단히 잡았다. 휘트니는 겉으로 보기엔 분명 잠들어 있었지만 몸을 뒤척일 때 난, 억눌린 듯한 웃음소리를 언뜻 들은 것 같았다. 그때 휘트니의 입술이 그의 귀에 닿았다.

클레이튼은 윗몸을 뒤로 젖히고는 휘트니의 얼굴을 미심쩍은 듯 바라보았다. 그녀는 완전히 깨어 있었다. 게다가 그녀의 두 눈은 사랑으로 빛나고 있었다.

클레이튼은 부드러우면서도 민첩하게 휘트니를 반듯이 눕히고 베개를 받쳐주었다. 그의 몸이 그녀를 반쯤 덮었다.

"내가 경고하지 않았다고는 못할 거요."

클레이튼이 달뜬 목소리로 속삭였다.

"그런 소린 안 할게요."

36

 휘트니가 눈을 떴을 때 클레이튼은 그녀 곁에 없었다. 순간 그녀는 지난밤 남편이 자신과 함께 있는 꿈을 꾸었던 것이라고 생각했다. 몸을 돌려 반듯이 누운 그녀는 가슴이 철렁했다. 그러던 그녀의 눈에 클레이튼이 들어왔다. 그는 침대에서 몇 발짝 떨어진 창문 가까이에 자줏빛 실내복을 입고 앉아 있었다. 그 옷은 분명 하인이 커피를 들여올 때 가져다준 것이리라. 한 벌의 찻잔 세트가 클레이튼 앞에 놓여 있었다.
 두꺼운 천으로 만든 커튼이 조금 걷혀서 그 사이로 구름 한 점 없는 밝고 파란 하늘이 방안으로 들어왔다. 그런데 상쾌한 7월의 아침과 대조적으로 클레이튼의 수려한 얼굴은 무척이나 우울해 보였다. 그는 마치 생각을 먼 곳에 두고 있는 사람처럼 보였다. 휘트니는 몇 시간 전만 해도 따뜻하고 열정적으로 보였던 사람이 무엇 때문에 저런 표정을 짓고 있는지 불안했다.
휘트니는 전날 밤 입었던 목욕용 실내복을 급히 걸치고 카펫을 가로질러 걸어가 클레이튼이 앉아 있는 의자 옆에 섰다. 휘트니가 어깨에 손을 얹자 생각에 골몰해 있던 클레이튼은 눈에 띄게 깜짝 놀랐다.
"눈을 떴는데 당신이 안 보여서 지난밤 당신이 여기 있었다는 게 꿈인 줄 알았어요."
클레이튼은 부드러운 표정을 지으며 한쪽 손을 뻗어 휘트니를 잡고 무릎 위에 앉혔다.
"몸은 좀 어떻소?"
클레이튼이 허리에 둘렀던 팔을 살며시 빼며 물었다.
"임신한 여자로서는 놀라울 정도로 좋아요."
휘트니는 농담을 하며 침울한 남편의 기분을 가볍게 해주려고 애썼다.
"하지만 몇 분 이상 혼자 있게 되면 지독히도 잠이 들고 싶어져요."
"아기는 어떻소?"
클레이튼이 손을 펴서 휘트니의 배 위에 대며 다정하게 물었다.
"우리 둘 다 아주 좋아요. 당신이 옆에 있으니까요."
휘트니는 그렇게 남편을 안심시켰다.
클레이튼은 고개를 끄덕이며 흡족해했다. 하지만 곧 표정이 다시 어두워졌다.
"여기 앉아서 잠시 생각을 하고 있었소."

"나는 당신이 그럴 때면 정말 미워요."

휘트니는 클레이튼을 놀리며 손을 들어올려 그의 이마에 진 주름을 펴주었다.

"당신은 내가 어떨 때 그렇게 밉소?"

"당신 얼굴을 찡그리게 하는 생각을 할 때 미워요."

"미안하오."

"좋아요. 이번엔 용서하죠. 하지만 이제 생각은 그만 해요."

클레이튼은 휘트니의 농담에 빙그레 웃었다. 하지만 지난밤 사랑을 나눈 것으로 두 사람 사이에 있었던 모든 일들을 완전히 정리하고 두 사람 사이가 정상적으로 돌아온 것처럼 행동하려는 휘트니의 노력은 받아들여지지 않았다.

"잠에서 깨어나 깨달은 게 있소. 내 용서할 수 없는 행동에 대해 사과를 하지도, 그런 행동을 하게 된 사정을 설명하지도 않았다는 사실을 말이오. 그러니 난 그 두 가지 일을 해야만 하오."

휘트니는 진지하게 고개를 끄덕이며 남편이 사과하도록 했다.

"당신이 이미 알고 있는 대로 이모가 보낸 편지를 가져다 달라며 당신이 나를 당신 책상으로 보냈을 때 나는 다른 편지를 발견했소. 쓰다 만 편지였소. 편지를 쓴 날짜가 당신이 클레이모어로 나를 찾아온 바로 전날이었소. 그런데 그 편지에다 당신은 임신을 해서 치욕스럽다고 썼소."

"당신이 그 편지를 봤다는 사실을 내가 알아차렸다는 걸 어떻게 알았죠?"

"엊그제 나는 체면이고 뭐고 다 내던져버리고 당신 친구 에밀리를 집으로 불렀소. 그렇게 해서 당신이 어디로 갔는지 말하라고 설득하거나 협박을 하려 했소."
"가엾은 에밀리. 당신이 협박을 했어도 에밀리는 말해줄 수 없었는데. 어디로 갈지 에밀리에게 말하지 않았거든요."
"에밀리도 그렇게 말했다오. 그리고 난 그 말을 믿었소. 하지만 에밀리는 얼마 안 되지만 알고 있는 전부를 내게 말해주었소. 그리고 에밀리가 들려준 이야기 중에는 내가 당신 책상에서 쓰다 만 편지를 발견했던 사실을 당신이 알고 있다는 내용도 있었소."
휘트니가 고개를 끄덕이며 입을 열었다.
"당신이 그 편지를 발견한 며칠 뒤 그 사실을 알아챘어요. 그리고 당신이 내게 가혹하게 대하는 이유가 그 편지 때문이라는 사실도 깨달았죠."
"그렇다면 도대체 왜 내게 그 편지에 대해 해명을 해서 내 마음을 편하게 해주지 않은 거요?"
"난 당신이 바로 그 질문을 해주었으면 했어요."
휘트니는 원망스러운 표정으로 남편의 질문을 받아쳤다.
"왜 당신은 그 편지를 찾아내자마자 내게 묻지 않았죠?"
클레이튼은 어정쩡한 미소를 지으며 휘트니의 예리한 비판을 받아들였다.
"당신이 말하고자 하는 바가 뭔지 알겠소."
"그렇다니 기뻐요."
휘트니는 좀 더 상냥하게 말을 이었다.
"나는 집을 떠날 때 그걸 분명히 하고 싶었어요. 당신은 두 번씩이나 내가 아주 그릇된 행동을 했다고 의심했어요. 그리고 그 두 번 모두 당신은 내가 당신에게 저질렀다고 믿는 모욕에 대해 설명할 여지를 주지 않았어요. 말할 기회를 주었으면 설명을 할 수도 있었을 텐데 말이죠. 난 첫 번째는 당신을 용서했어요. 그리고 이번에도 당신을 용서하겠어요. 하지만 대신 내 청을 한가지 들어주었으면 해요."

"뭐든지 말해보오."

클레이튼은 일전에 저지른 부당한 행동을 상기시켜주는 말에 움츠러들어서는 휘트니의 청을 선선히 받아들였다.

"뭐든지 다요?"

그녀는 남편의 기분을 돋게 해주려고 애쓰며 놀리듯 말했다.

"합당한 이유가 있는 한에서 말이죠?"

클레이튼은 휘트니의 머리 위에다 턱을 올려놓았다. 그리고 부드러우면서도 또렷하게 말했다.

"무엇이든지."

"그렇다면 앞으로는 내가 어떤 심각한 잘못을 저질렀다는 의심이 들더라도 내게 해명할 기회를 꼭 주겠다고 약속해줘요."

클레이튼은 고개를 들고 무릎 위에 앉아 있는 휘트니를 쳐다보았다. 그녀의 기백과 용기가 가냘픈 두 어깨와 어금니를 꽉 다문 턱에 분명히 드러나 있었다. 그러면서도 그녀의 꾸밈없는 비취빛 눈과 달콤한 미소에는 상냥함이 깃들어 있었다. 심각한 잘못이라고? 그녀는 기쁨과 사랑의 화신이다. 휘트니라는 여자는 여성이 갖추어야 할 지혜와, 꾸밈이라고는 전혀 섞여들지 않은 순전한 참됨, 누구에게도 기죽지 않는 무례한 듯한 당당함을 절묘하게 겸비하고 있었다. 그녀는 이미 자신을 환희의 세계로 이끌어주었고 이제 곧 2세까지 안겨줄 터였다. 클레이튼은 휘트니가 좀 더 중요한 것을 요구하거나 쉽게 이룰 수 없는 임무를 지어줘서 진정한 용서를 받고 싶었다. 그런데 그녀가 원하는 것은 간단한 약속에 지나지 않았다. 그녀가 오직 원하고 있는 것은 바로 클레이튼 자신뿐이었다. 그 사실을 깨달은 클레이튼은 목이 잠길 정도로 감격한 나머지 겸손하면서도 엄숙하게 맹세했다.

"다시는 그와 같은 일은 하지 않겠다고 약속하오."

"고마워요."

클레이튼은 휘트니의 얼굴을 치켜들더니 키스를 하는 것으로 자신의 약속을 보증했다.

열정적인 키스와 이제껏 나눈 대화의 결과에 더없이 만족한 휘트니는 아주 흡족해서 한쪽 뺨을 클레이튼의 가슴에 대었다. 그녀는 불행을 가져온 편지와 그 편지로 인해 겪은 불행에 대해서는 모두 잊고 싶었다.

그러나 클레이튼은 아직까지 그 문제에 대한 논의를 끝내려 하지 않았다.

"당신 책상 속에서 찾아낸 편지에 대해서 말인데······."

클레이튼이 다시 좀 전의 화제로 돌아가려고 했다. 그러자 휘트니는 손가락 끝을 경쾌하게 튕기며 그 문제를 다시 거론하지 않으려고 했다.

"우리 다시는 그 편지에 대해 이야기하지 말아요. 난 당신을 용서했어요. 그것으로 이 문제는 해결됐으니 그만 잊어버려요."

클레이튼은 휘트니의 너그러운 태도에 킬킬거리는 것으로 반응을 보였다.

"당신의 너그러움을 고맙게 여기는 바입니다. 하지만 나는 당신이 그 편지를 내게 보내서 얻으려고 했던 것이 무엇인지 확실히 이해하지 못했답니다."

그 이야기를 길게 하는 것이 내키지 않았던 휘트니는 벽난로 위에 걸려 있는 시계를 쳐다보고 시간이 늦었다는 것을 깨달았다. 그녀는 남편의 품에서 빠져나와 일어섰다.

"친지분들이 아침 식사를 하실 때 아래층으로 내려가서 인사를 드려야 해요. 그렇지 않으면 그 사이에 떠나시는 분이 계실 테고, 그러면 어머님께서 당신이 그 분들을 배웅하지 않았다고 속상해 하실 거예요."

클레이튼은 휘트니 말고는 누구와도 자리를 같이하고 싶은 마음이 없었다. 하지만 그는 이제 아내가 부탁하는 것은 아주 사소한 청까지도 거절하고 싶지 않았다. 클레이튼은 휘트니를 따라 일어섰지만 하던 이야기를 그만두지는 않았다.

"무슨 생각으로 그런 편지를 썼소?"

그가 고집스레 물었다.

"아주 분명한 생각을 하고 했던 행동은 아니었어요. 하지만 엘리자베스의 결혼 피로연에서 내가 당신에게 그렇게 행동을 하고 또 그 뒤에 사람들 앞에서 당신을 보았을 때 당신이 나를 무정하게 대한 뒤라, 당신에게 어떤 제안을 하더라도 묵살당할 것 같았어요. 그래서 그 편지에다 내가 임신을 했다고 써서……."

여기서 휘트니는 말을 끊고 벨을 울려 클라리사를 불렀다. 그리고 하던 이야기를 마저 했다.

"내가 모든 것을 설명하고 당신에게 사랑한다고 말하기 전에 당신이 바네사와 결혼하지 않을 건지 확인하려고 했던 거예요. 그리고 내가 당신에게 가는 대신 당신이 나한테 오도록 해서 자존심을 지키려는 마음도 있었구요."

"만약 당신이 그 편지를 내게 보냈다 하더라도 당신은 당신이 바라던 두 가지 소망을 모두 이루지 못했을 텐데?"

휘트니는 실내복을 여미며 남편을 놀란 눈으로 돌아보았다.

"그 편지를 무시하고 그냥 버렸을 거란 뜻인가요?"

"그 편지를 무시하거나 버리지는 못했을 거요. 하지만 그 편지로도 나를 당신 뜻에 따르게 하지 못했을 거라는 점은 장담할 수 있소."

"그런 말을 하다니 놀랍군요."

휘트니는 남편의 말에 야속해하며 다시 물었다.

"최소한의 책임감도 느끼지 않았을 거란 말인가요?"

"무슨 책임감 말이오?"

"당신이 에밀리의 파티에서 나를 납치해 클레이모어로 끌고 온 날 밤에 나를 임신시킨 데 대한 책임 말이에요."

클레이튼은 가까스로 엄숙한 태도로 대꾸를 했지만 입가에는 미소가 어려 있었다.

"비록 내가 당신이 편지를 쓴 동기를 이해하고 그 교묘한 작전에 찬사를 보내긴 하지만 당신의 계획에는 치명적인 결함이 있었지. 그건 나로 하여금 당신 책상에서 그 편지를 발견하고 미치광이처럼 반응하도록 한 것과 같은 결함이오."

"그게 어떤 결함이죠?"

"난 당신을 클레이모어로 데려온 그날 밤 그 상상 속 아이의 아버지가 될 수 없었단 말이오. 그날 밤 침대에서 우리 두 사람 사이에 있었던 육체적 접촉은 너무 짧았기 때문에 아이를 잉태할 수 있는 조건이 아니었단 말이오."

 클레이튼은 결혼한 뒤 여러 달 동안 휘트니에게 사랑의 행위에 대해 많은 것을 가르쳐주었다. 하지만 그녀는 수태를 좌우하는 선행 조건들이 있다는 사실을 깨닫지 못하고 있었다. 휘트니는 새롭게 놀라운 사실을 깨닫고는 남편이 그 편지를 발견하고 어떤 기분이 들었을까 하는 데 생각이 미치자 아연해졌다.

 "그래서……."

 이렇게 속삭이던 휘트니는 어이가 없어서 입을 다물었다.

 그러자 클레이튼이 휘트니가 하던 말을 대신 이어갔다.

 "그래서 나는 그 편지를 읽고는 나 아닌 다른 남자가 당신 뱃속에 든 아이의 아버지라고 추측했지. 편지를 쓴 날짜는 당신이 느닷없이 클레이모어로 와서 나에 대한 영원한 사랑을 고백한 전날이었소. 그래서 나는 곰곰이 따져볼 것도 없이 당신이 나를 사랑해서가 아니라 뱃속의 아이를 적자로 인정해줄 아버지를 찾아야 할 절실한 필요 때문이라고 결론을 내렸지."

 "오, 세상에!"

 휘트니의 얼굴에서 핏기가 가셨다.

 "난 전혀 몰랐어요. 당신이 내가 다른 남자의 아이를 뱄다고 생각했을 줄은……. 그리고 내가 클레이모어로 당신을 찾아간 진정한 동기를 의심할 줄은 상상도 못했어요. 일단 당신이 그걸 의심했다면 그 이후로 내가 하는 다른 모든 말과 행동을 의심했겠군요."

 휘트니의 낯빛이 갑자기 창백해지자 깜짝 놀란 클레이튼은 그녀를 끌어당기며 달랬다.

"그 생각은 이제 그만 해요. 굳이 이 말을 한 건 내가 당신이 생각했던 것만큼 끔찍한 괴물이 아니라는 사실을 확인시켜주고 싶었기 때문이오."

휘트니는 한 손을 남편의 턱에 갖다 댔다. 그녀의 비취빛 두 눈이 눈물로 어렴풋이 반짝였다.

"너무 미안해요. 정말, 정말 미안해요."

"휘트니, 앞으로 이 문제 때문에 단 한 방울이라도 눈물을 흘리거나 한순간이라도 후회하는 것을 금하는 바요."

클레이튼이 엄숙하게 말하자 휘트니는 마지못해 웃어 보이려고 했다.

아내가 그 일에 대한 생각을 그만둘 수도, 그만둘 마음도 없는 것이 걱정이 된 클레이튼은 아내에게 그 생각을 그만두어야 할 이유를 대려고 애썼다.

"여보, 당신 아들을 생각해요. 임산부의 기분이 태어날 아기의 성격에 영향을 미친다는 건 과학적으로 입증된 사실이라오. 다음 대의 클레이모어 공작이 걸핏하면 눈물을 흘리고 싸움 잘하는 사내아이였으면 좋겠소?"

"아뇨."

그녀가 고개를 흔들었다.

휘트니는 최근 자신의 기분이 아이의 성격에 끼쳤는지도 모를 부정적인 영향에 대해 남편이 전혀 염려하는 빛을 보이지 않자 미심쩍은 듯 물었다.

"내 기분이 우리 아기한테 영향을 미친다는 얘긴 진실이 아니죠? 그렇죠?"

"전혀 아니라오."

그가 싱긋이 웃으며 시인했다.

남편의 품에 안겨 있다는 짜릿함과 가슴 아리도록 낯익은 그의 느긋한 미소를 보고 하늘을 둥둥 떠다닐 것처럼 기분이 가벼워진 휘트니는 클레이튼에게 명랑하게 말했다.

"당신이 알고 있는 과학 지식이 정말로 과학적이라면 눈물을 짜고 싸움 잘하는 성격은 당신 딸의 성격일 거예요."

클레이튼은 깜짝 놀란 듯했다.

"딸이라구? 당신의 여성적인 육감으로 느끼기에는 태아가 여자 아기 같소?"

쿡쿡 터져나오려는 웃음을 참으며 휘트니가 고개를 저었다. 그리고 남편의 실내복 칼라를 더듬어 내려가면서 대답했다.

"그냥 당신 놀려주려고 한 말이에요."

"아, 그런데 당신은 내 반응을 잘못 짐작했구려. 난 여자아이가 태어나면 아주 좋아할 텐데."

"하지만 당신은 후계자가 있어야 하잖아요?"

"아직 생각해본 적 없소."

그는 거짓말을 하면서 휘트니의 귀를 물었다.

"하지만 만약 이 아이가 여자아이라면 후계자를 낳을 때까지 훨씬 대단한 열정을 가지고 그 열정이 효과를 보일 때까지, 아니면 당신이 날 외면하고 당신을 그만 유혹하라고 간청할 때까지 꾸준히 노력해야 할 것 같구려."

"만약 그런 일이 일어나기를 기다린다면 당신이 엄청난 대가족을 부양하게 되지 않을까 몹시 걱정이 되는데요."

"그러면 우리 어머니는 세상에서 가장 행복한 할머니가 되시겠군."

클레이튼이 킬킬거리며 말했다.

"어쩌면 오늘 아침에 어머님을 행복하게 해드릴 수 있겠군요. 아이에 대해 말씀드리면 무척 행복해하실 거예요."

그때 클라리사가 문을 가볍게 두드렸다.

클레이튼은 아직도 아내와 자신을 떼어놓은 어머니에 대해 화가 풀리지 않은 상태였다.

"그 문제라면 오후에나 말씀드릴 생각이오."

37

 클레이튼은 2층에 있는 여러 객실에서 친지들의 쾌활한 목소리와 자신에게 소리쳐 인사하는 것을 듣고는 그들이 모두 즐거운 시간을 보내고 있는 것으로 짐작했다.
 클레이튼이 식당에 들어서니 알리사는 아침 식사를 관장하며 안주인 노릇을 하고 있었다. 며느리의 행복한 표정을 보게 된 알리사의 얼굴은 밝았다. 그러나 클레이튼이 뺨에 가볍게 키스를 하고는 나직한 목소리로 "휘트니와 제가 아침을 들기 전에 어머님과 단 둘이서 이야기를 나누고 싶군요." 하고 말하자 환하던 미소가 약간 움츠러들었다.
 "오냐."
 알리사는 자리에서 일어나 손님들에게 양해를 구했다. 그녀는 어깨를 꼿꼿이 펴고 고개를 들었다. 하지만 볕이 잘 드는 곁방으로 앞장서 가는 그녀는 바야흐로 가정교사에게 호된 꾸지람을 듣게 될 아이와 비슷한 기분이었다. 그녀는 너무 생각에 골몰한 나머지 휘트니가 클레이튼의 뒤를 따라오고 있었다는 사실을 방문을 닫고 나서야 알았다.

비로소 알리사는 두려움을 극복하고 당당함을 찾을 수 있었다. 어쨌든 나는 변명이 통하지 않는 잘못은 전혀 저지르지 않았어. 사실 내가 한 일이라고는 갈 곳이 마땅치 않은 며느리를 내 집에 머무르게 한 죄밖에 없잖아?

알리사는 아들의 추궁이 있을 때 어찌 대응할지 마음을 정했다.

"어제 저녁 나를 대하는 냉랭한 태도를 보니 내가 휘트니를 이곳에 머물게 했다고 불만을 품고 있는 것 같더구나."

알리사는 아들에게 선수를 치고는 덧붙였다.

"네가 무슨 행동을 했기에 새아기가 너와 한 지붕 밑에 있을 수가 없다고 마음을 먹었는지는 모른다. 그건 휘트니가 그런 일을 시어미인 나한테조차 터놓고 얘기하지 않을 만큼 네게 성실한 아내였기 때문이다. 에미는 네가 어떻게 했기에 휘트니가 나를 찾아 예까지 찾아왔는지 모르지만 그건 틀림없이 나쁜 행동이었다는 느낌이 확실히 들었다! 그런 점에서 볼 때 내 집에서 머물도록 해 달라는 휘트니의 청을 거절하는 건 생각할 수도 없고 부당하며 비인간적인 처사였을 게다."

클레이튼이 어머니에게 따로 뵙자고 한 이유는 당신이 가장 바라는 소망이 곧 현실이 되리라는, 당신이 곧 할머니가 된다는 사실을 전하기 위해서였다. 그래서 어머니가 휘트니를 데리고 있었던 것에 대해 책망하지 않겠다는 관대한 결심을 했던 그는 어머니한테서 호되게 꾸지람을 듣게 되자 한편으로는 놀랍고 한편으로는 즐거웠다. 게다가 그는 성인이 된 뒤로 어머니가 수세를 취하는 것은 물론이고 당황하는 모습도 본 적이 없었다. 클레이튼은 입술을 지그시 깨물어 웃음을 참으며 엄숙하게 말했다.

"어머니께서 무슨 말씀을 하시는지 알겠습니다."

알리사는 움찔했다.

"그러냐?"

"물론입니다."

깜짝 놀란 알리사는 당장에 짐짓 분개한 것처럼 굴던 태도를 바꿨다. 그리고 머뭇거리더니 사과를 하는 듯하면서도 당당하게 말했다.

"그렇다니 참 대견하구나. 나는 네가 나한테 뭔가 따지려는 줄 알았다."

"이해합니다."

클레이튼이 놀리듯 말했다.

알리사는 앞으로 다가서더니 모성애가 듬뿍 느껴지게 아들을 얼른 껴안았다.

"짧지만 이런 대화를 하고 나니 참 기쁘구나. 난 그만 식당으로 돌아가봐야겠다."

모든 일이 해결되고 나자 그녀의 얼굴에 평온한 미소가 완전히 되돌아왔다. 사람들은 상대방을 편안하게 해주는 알리사의 그 평온한 미소에 감탄했다. 그녀의 관심은 이제 손님들이 아침 식사를 제대로 하고 있는지 하는 문제로 되돌아갔다.

"랭포드 백작이 너희들이 여기 있는 줄 알면 아주 기뻐할 게다. 그렇잖아도 네가 오지 않았는지 묻더구나. 그리고 너희들 아직 스티븐을 못 봤을 텐데, 그 애는 30분 전에 젊은이들 넷을 데리고 도착했단다. 그 젊은이들은 청명한 날씨를 즐길 겸 또 내가 기른 장미가 아직 한창 예쁠 때 정원을 둘러볼 겸 왔다더라."

"스티븐은 장미 향기를 싫어하잖아요."

클레이튼의 말이었다.

알리사는 스티븐이 자신이 기르는 장미를 보기 위해 그랜드 오크에 온 것이 아니라는 사실을 잘 알고 있었다. 스티븐은 어머니와 자신이 꾸민 계획이 성공을 했는지 확인하러 왔던 것이다. 친구들을 데리고 온 것은 그런 목적을 감추기 위해서였다. 스티븐은 또한 앞서 실행한 계획이 효과를 발휘하지 않았을 경우 형 내외의 화해에 영향을 줄 수 있는 일이 있다면 뭐든지 할 요량으로 온 것이었다. 문득 클레이튼이 스티븐과 자신이 모종의 계략을 실행 중이라는 사실을 어떻게든 짐작할지 모른다는 생각이 들자 알리사는 문 쪽으로 돌아서며 혼잣말처럼 재빨리 말했다.

"스티븐이 일당을 데리고 도착했을 때 깜짝 놀랐단다. 헌데 놀란 만큼이나 한시름을 놓게 됐단다. 랜스베리 공작이 딸 에밀리 양을 데리고 오늘 아침 뜻밖의 방문을 했거든. 만약 스티븐하고 그 애 친구들이 없었다면 에밀리는 하는 수 없이 쉰이 넘은 노인들과 이야기를 나누어야 했을 텐데 말이다. 그런데 에밀리란 아가씨는 참 사랑스런 규수더라."

알리사가 문의 손잡이를 잡고 어깨 너머로 고개를 돌리니 아들과 며느리가 자신을 바라보며 활짝 미소를 짓고 있었다. 그런데 두 사람 다 나갈 생각도 하지 않고 제자리에 서 있는 것이었다.

"안 나갈 거니?"

알리사가 경쾌하게 물었다.

"제가 왜 어머니를 뵙자고 청했는지 말씀드릴 때까지는 기다리셔야 할 것 같은데요."

클레이튼이 부드럽게 말을 꺼내자 알리사가 몸을 완전히 돌리고 열의를 보였다.

"나는 당연히 네가 새아기와 너를 화해시키는 데 적극적으로 나서지 않았다고 나를 책망하려는 줄 알았다."

"그 일을 두고 어머니를 원망해야 옳을지도 모르죠. 하지만 어머니가 할머니가 되실 거라는 말씀을 드리는 게 더 중요하다고 생각했답니다."

알리사는 활짝 웃으면서 손을 뻗어 왼손으로는 며느리의 손을, 오른손으로는 아들의 손을 쥐었다.

"오, 이 사랑스런 것들 같으니."

알리사는 행복감을 표현할 다른 말이 생각나지 않는다는 듯 아들 내외의 손을 들어 얼굴에다 갖다 대며 같은 말만 되풀이했다.

"오, 이 사랑스런 것들 같으니!"

38

 클레이튼의 숙부인 랭포드 백작은 키만 컸지 몸은 허약한 80대 초반의 노인이었다. 그는 왼손은 문틀에 대고 오른손으로는 상아로 된 지팡이를 짚어 몸을 지탱하며 식당 문간에 서 있었다. 그가 휘트니와 팔짱을 끼고 식당에서 나오는 클레이튼을 불렀다.
 "클레이모어. 나랑 잠깐 이야기 좀 할 수 있겠나?"
 그는 미안한 눈길로 휘트니를 힐끗 쳐다보았다.
 "클레이튼이 어제 저녁 늦게야 도착한 걸 알고 있네, 질부. 하지만 잠깐만 신랑을 내게 빌려주겠나?"
 "물론이죠. 저는 스티븐과 함께 온 친구들을 찾아볼게요."
 휘트니는 랭포드 백작을 보고 생긋 웃으며 스티븐 일행을 찾아 정원 쪽으로 발걸음을 떼어놓았다.

백작은 문에서 왼손을 거둬 클레이튼의 팔에 놓고 몸을 의지했다.

"자네 안사람은 얼굴도 곱지만 마음씨도 참 곱더군. 어제는 이 늙은이와 몇 시간을 함께 있어 주었다네. 내가 고대 철학자들을 연구한 얘기를 쉬지도 않고 읊어대는 걸 다 들어주면서 말일세."

랭포드 백작이 눈을 깜빡이며 덧붙였다.

"그뿐이 아닐세. 자네 안사람은 그 고리타분한 화제는 물론 나한테도 넋을 빼앗긴 척하는 놀라운 재주를 보여서 내 그만 감탄을 하고 말았다네. 20년은 젊어진 것 같더구먼!"

"제 아내는 이따금 저한테도 그런 기분을 느끼게 해준답니다."

클레이튼은 맞장구를 치며 숙부인 늙은 백작을 1층에 딱 하나밖에 없는 방으로 천천히 부축해 갔다.

"20년이나 젊다면 자넨 철부지 소년이겠군."

"맞습니다. 전 철부지랍니다."

클레이튼이 친절하게 노인의 말에 장단을 맞춰주었다.

랭포드 백작이 조금 전 어머니와 만났던 곁방에 편안히 자리를 잡고 앉자 클레이튼은 반대편 의자에 가 앉았다. 공작이 어떻게 말을 꺼내야 할지 난감해하자 클레이튼이 먼저 입을 열었다.

"심각한 문제라고 하셨죠?"

랭포드가 클레이튼에게 서글픈 표정으로 입을 열었다.

"클레이모어, 내 나이가 되면 모든 것이 절박한 법일세. 당장 내일이라도 영원의 세계에 발을 들여놓을지 모르니 말일세."

이렇게 운을 뗀 백작은 곧바로 본론으로 들어갔다. 덕분에 클레이튼은 백작에게 앞으로도 사실 날이 오래 남았다는 인사치레를 할 필요가 없었다.

"자네 동생에 대해서 이야기를 나누고 싶네."

클레이튼은 놀라움을 감추고 계속 말씀해보시라는 듯 고개를 끄덕여 보였다.

"나는 항상 자네를 가문의 보루라고 생각해왔네. 자네에게는 건전하게 자금 투자를 하는 재주가 있어서 가문의 재산을 몇 배로 불렸다는 것은 공공연한 사실이지."

랭포드 백작은 여기서 잠시 말을 끊었다. 그러나 클레이튼은 눈썹만 치켜올릴 뿐 수긍도 부인도 하지 않았다.

"난 이미 그 정보가 정확하다는 사실을 알고 있다네."

백작은 어쩔 수 없이 꺼내게 된 저속한 화제에 대해 무척 미안해하는 것 같았다. 백작은 될 수 있는 대로 클레이튼의 자존심을 건드리지 않도록 조심스럽게 말을 이었다.

"난 최근 들어서야 스티븐이 물려받은 재산 역시 자네의 유능한 손에 맡겨졌다는 사실을 알았네. 스티븐도 당연히 나처럼 돈 불리는 재능이 없는 줄 알았지. 내 말이 맞나?"

랭포드 백작이 공교롭게도 아주 연로하고 허약한 친척이 아니었다면 클레이튼은 당장 그 불쾌한 논의를 끝냈을 것이다.

"아뇨, 잘못 알고 계셨군요."

클레이튼은 약간 딱딱하게 대답했다.

백작은 클레이튼의 음성에 비난의 기미가 실려 있음을 눈치 챘지만 그렇다고 쉽게 물러서지는 않았다.

"지난해 스티븐이 겉보기에는 위험해 보이는, 규모가 큰 일련의 투자를 했다가 깜짝 놀랄 만큼 많은 이윤을 남겼다고 하던데 사실인가? 클럽에서 사람들이 하는 소리를 들었네. 그래서 그게 사실이라고 믿게 되었지. 하지만 난 그 이야기가 사실인지 아닌지 자네한테서 직접 듣고 싶었다네. 말해줄 수 있겠나?"

"제가 말씀드려야 할 충분한 이유를 모르는 상태에서는 한 말씀도 드리지 못하겠습니다."

"그게 사실이라고 믿고 싶지만 난 확실하게 알 필요가 있다네."

"그러시다면 스티븐과 얘기해보시지요."

백작이 고개를 저었다.

"그럴 수 없다네. 내가 알고 싶어 하는 이유를 스티븐에게 말할 수 없기 때문이라서 말일세."

"그런 사정이라면 더 이상 논의할 필요가 없는 것 같군요."

클레이튼은 딱 잘라 말했다.

"그렇다면 좋네. 내 이유를 설명함세. 하지만 이 이야기는 절대로 자네와 나 사이의 비밀일세."

"상대가 아무리 숙부님이시라 하더라도 저는 스티븐의 사적인 재정 문제를 다른 사람과 논의할 생각이 없습니다."

단호하게 자신의 입장을 밝힌 클레이튼이 자리에서 일어서려 했다.

"만일 스티븐이 소문처럼 재산이 넉넉한 게 사실이고 또 스티븐이 그 재산을 불리는 책임을 떠맡는다면 스티븐을 내 법적인 상속자로 삼고 싶네."

클레이튼은 딱딱하던 얼굴 표정을 누그러뜨리고 어색하게 웃어 보이며 다시 자리에 앉았다.

"숙부님은 방금 아주 훌륭한 제안을 하신 것 같습니다."

"만약 내가 스티븐을 내 상속자로 지명하더라도 스티븐이 상속받게 되는 영지라는 게 워낙 적어서 실상 수입은 거의 없을 걸세. 오래 전 클레이모어 가문에서 분가한 우리 가계의 선대분들은 자네 선대분들처럼 유복하셨지. 하지만 랭포드 가의 조상들은 신중함도, 선견지명도 부족한 데다 당신들의 재산을 간수할 만한 재주도 없으셨다네. 그렇다보니 내 영지라는 것도 황폐한 상태라 사실상 아무 가치도 없다네. 하지만 내가 가지고 있는 작위들은 유서 깊고 명성이 있는 것들이지. 내가 유서를 고치는 공식적인 절차를 밟지 않고 세상을 떠난다면 내가 지니고 있는 작위들과 영지는 관례에 따라 당연히 자네에게 귀속될 걸세. 최근 소문을 듣고 스티븐에게 돈을 관리하는 재주가 있을지도 모른다는 생각을 하기 전까지 나는 자네가 내 작위를 물려받게 된다는 사실에 아무 불만이 없었네. 자네가 내 유산과 작위들을 상속한다면 자네 재산은 물론 내가 남긴 토지를 잘 유지하고 내가 할 수 있었던 것보다 더 좋은 상태로 회복시켜놓을 자네의 책임감을 믿었기 때문이야."

이야기를 어떻게 이어가야 할지 확신이 없는 사람처럼 랭포드 백작은 잠시 입을 다물고 발 밑에 있는 카펫의 희미한 덩굴무늬를 자세히 들여다보았다. 이윽고 오른쪽에 세워두었던 단장을 왼쪽으로 옮기고 난 백작이 고개를 들고 위엄 있게 말을 이었다.

"자네는 나에게서 상속받게 될 작위들보다 훨씬 월등한, 많은 작위를 지니고 있네. 게다가 내 영지라는 건 자네가 소유한 영지에 비할 바가 못 되구. 하지만 손톱 만한 재산을 가지고 재는 것처럼 보일지 모르겠지만 아직 많은 작위와 충분한 영지를 상속받지 않은 젊은이에게 내 재산을 물려준다면 흡족할 것 같네. 우리 클레이모어 가문은 워낙 큰 가문이라 상속자를 얼마든지 고를 수 있지. 하지만 난 내가 아주 잘 알고, 유달리 좋아하는 젊은이를 상속자로 지목하고 싶었어. 자네 동생은 그 모든 자격을 갖췄지."

"그 말씀을 들으니 기쁘기 한량없습니다."

클레이튼이 백작을 격려라도 하듯 활짝 웃으며 말했다.

"그리고 스티븐 역시 자네처럼 가문과 자신에게 의지하는 사람들에 대한 의무를 이해하고 그 의무를 성실히 이행할 수 있는 젊은이지."

"예, 잘 보셨습니다."

"그래서 스티븐을 내 상속자로 지명하는 데 따르는 걱정은 한 가지뿐이라네. 스티븐이 물려받은 재산을 혼자 힘으로 관리할 수 있을지 하는 것일세. 스티븐이 돈을 관리하고 또 내 영지를 잘 돌볼 수 있을 정도로 신중하고 현명한 것 같은가?"

"스티븐은 숙부님이 바라시는 것을 모두 갖추고 있습니다. 그것도 숙부님이 생각하시는 것보다 훨씬 더 많이 말입니다."

백작의 얼굴에 미소가 번지더니 돌연 난처한 표정을 지으며 시선을 다시 카펫 위로 떨어뜨렸다.

"나는 자네가 내 계획을 반대하거나 나에게서 무시당하는 느낌을 받지 않을 거라고 짐작했었네. 내 짐작이 맞았나?"

백작이 눈을 치켜올리며 물었다.

"바로 보셨습니다."

클레이튼이 따뜻하고 진실한 미소를 지으며 대답했다.

"잘됐구먼. 그럼 이 문제는 매듭이 지어진 걸세. 난 그럼 스티분이 제 5대 하그로브 자작은 물론 다음 대의 랭포드 백작이자 엘링우드 남작임을 확실히 하는 데 필요한 조처들을 취하겠네."

백작은 지팡이를 집어들어 다시 오른쪽으로 옮겨 잡고 일어서려 애썼다. 클레이튼은 백작이 혼자 힘으로 위엄을 갖추고 일어나도록 가만히 있었다. 하지만 곁으로 다가가 백작이 도움이 필요해서 손을 뻗을 때를 대비하고 있었다.

일단 공작이 똑바로 서서 천천히 문 쪽으로 걷기 시작하자 클레이튼은 백작의 계획에 대해 남은 한 가지 염려를 털어놓았다.

"숙부님이 스티븐에게 작위를 합법적으로 물려주실 수 있는 게 확실합니까?"

백작은 클레이튼이 문을 열어줄 때까지 기다렸다가 입을 열었다.

"내가 지닌 작위들은 헨리 7세께서 3백 년도 더 전에 우리 가문에 하사하신 거라네. 그런데 자네와 내 공동의 조상이신 초대 클레이모어 공작의 지혜와 예지 덕분에 이 작위 셋에는 정상적인 가문의 혈통 외에 기록으로 남긴 예외 조항을 포함하고 있어. 작위 소유자한테 후사가 없으면 클레이모어 공작들의 직계 자손 중에서 상속자를 지명할 수 있다는 조항이야. 스티븐이 바로 그런 경우에 해당되는 거지."

클레이튼은 자신이 지니고 있는 공작의 작위에는 그런 문서화된 기록이 없다는 사실을 알고 있었다. 하지만 이제까지 후사를 두지 못한 클레이모어 공작은 단 한 명도 없었기에 클레이튼 자신이나 그의 아버지, 혹은 할아버지는 작위에 대해 그런 염려를 할 필요가 전혀 없었다. 클레이튼은 단순한 호기심에서 자신이 지닌 다른 작위들에 대해서 조사해보기로 마음먹었다. 헌데 잠깐 생각에 잠겨 있던 클레이튼은 걱정스러운 듯한 백작의 목소리에 제정신을 차렸다.

"클레이모어, 우리가 나눈 대화를 완전히 비밀로 해달라는 언질을 주긴 했지만 굳이 그런 부탁을 하지 않더라도 자네가 비밀을 지켜줄 사람이라는 걸 나는 믿네."

"무슨 말씀인지 잘 알겠습니다."

클레이튼은 선뜻 대답을 하고도 숙부가 그 문제를 스티븐과 논의하도록 허락했으면 싶었다.

"비밀로 해달라는 데는 그럴 만한 이유들이 있다네."

백작은 저택 정면 가까이에 있는 응접실로 다가가며 덧붙였다.

"만일 랭포드 가문에서 상속자가 될 자격이 있는 다른 젊은 친구들이 내가 지닌 작위들을 자네에게 양도하지 않고 자네 이외의 사람을 상속자로 지명하려 한다는 사실을 알면 일이 시끄러워질 걸세."

"그럴까요?"

클레이튼은 이렇게 물으며 스티븐에게 시선을 돌렸다. 그때 스티븐은 응접실의 벽난로 가까이에 서서 엷은 황갈색 머리의 아름다운 미녀와 이야기를 하고 있었다.

백작 역시 클레이튼이 바라보는 곳을 같이 바라보며 물었다.

"자네 스티븐과 함께 있는 아가씨가 누군지 알겠나?"

"아뇨 처음 보는 아가씹니다."

"아니, 자넨 알고 있네. 아무렴 알고 말고."

백작의 목소리는 마치 미스터리를 즐기는 것처럼 들렸다.

"자네는 저 아가씨의 아버지도 알고 있다네."

백작은 증명이라도 하듯 응접실 반대편에서 휘트니와 대화를 나누고 있는 랜스베리 공작을 향해 고개를 끄덕여 보였다.

"저 금발 아가씨는 랜스베리 공작의 딸인 에밀리라네. 공작이 오늘 아침에 인사를 시켜주더구먼."

피부가 가무잡잡한 랜스베리 공작은 키는 작지만 체격이 다부졌고 얼굴은 못생겼다싶을 정도로 거칠었다. 그런데 중년의 두 아들이 아버지와 똑 닮아 보였다. 클레이튼에게는 그런 아들들을 둔 남자가 저토록 날씬하고 우아한 미인을 낳았다는 사실이 좀처럼 믿어지지 않았다.

클레이튼의 마음을 읽은 랭포드 백작이 설명을 해주었다.

"에밀리는 랜스베리 공작이 재혼을 해서 얻은 고명딸이라네. 부인은 랜스베리보다 나이가 절반쯤 어린 프랑스 귀족의 딸이었는데 출산을 하다 세상을 떴다더군. 결혼한 이듬해였지. 잘못했으면 자네는 에밀리를 못 만났을지도 몰라. 에밀리 말로는 영국에는 그저 가끔 한번씩 들렀다더군."

"공작이 딸을 어디에 숨겨두었던 모양이죠?"

클레이튼이 숙부를 편안한 의자에 앉히며 무심코 물었다.

랭포드 백작이 싱글거리며 맞장구를 쳤다.

"나도 그게 궁금했네. 하지만 딸이 스스로 영국의 혈기 넘치는 젊은이나 초로의 방탕아를 떼어버릴 만큼 나이를 먹을 때까지 그런 사내들 눈에 띄지 않게 숨겨두었다고 랜스베리를 비난할 수야 없지. 에밀리를 소개받게 되면 그 눈을 한번 쳐다보게. 푸른빛을 띤 짙은 보라색이라네."

클레이튼은 여러 차례 에밀리를 유심히 살펴보았다. 하지만 클레이튼에게는 에밀리의 존재에 대한 스티븐의 반응, 좀 더 구체적으로는 그녀의 존재에 대한 그의 무반응에 훨씬 더 흥미를 느끼고 있었다. 저택에 있는 대부분의 남성들은 한눈에 보아도 그녀에게 사로잡혀 있었고 스티븐의 두 친구 역시 그녀의 비위를 맞추고 있었다. 반면 스티븐은 에밀리의 존재에 거의 관심이 없다는 듯 행동하고 있었다. 사실 스티븐은 내내 유독 두 아가씨에게 정성을 쏟고 있었다. 그리고 그 두 아가씨를 에스코트해 온 남성들은 에밀리를 에워싸고 있는 남자들 틈에 섞여 있었다. 두 아가씨와 어릴 때부터 알고 지낸 데다 보통 때 같으면 큰오빠처럼 느긋하고 스스럼없이 대하던 스티븐이 두 아가씨에게 정중하게 굴자 클레이튼은 동생의 행동에 특별히 관심이 갔다.

휘트니 역시 그것을 눈치 챘다. 그래서 저녁 식사 뒤에 습관처럼 시가와 포트와인을 즐기고 난 클레이튼과 다른 남자들이 응접실로 다시 모이자마자 휘트니는 그 점에 대해 남편에게 말을 했다. 그녀는 슬그머니 남편의 손을 잡더니 아무도 모르게 커다란 응접실 한구석으로 끌고 갔다. 그러고는 작은 소리로 물었다.

"스티븐이 에밀리를 모르는 척하는 걸 눈치 챘어요?"

"그렇소."

클레이튼은 대답을 하면서 휘트니의 표정을 살펴보았다.

"당신은 에밀리를 어떻게 생각하오?"

휘트니는 즉답을 피하면서 정직하고 공정한 평을 내리려고 노력했다.

"음, 에밀리는 내가 이제껏 본 아름다운 여성들 중에서 가장 아름답고 몸가짐도 나무랄 데가 없어요. 그런데 에밀리한테서는 어떤 분위기가 느껴져요."

"자만심?"

"그럴지도 모르죠. 하지만 그저 부끄럼을 좀 타서 그렇게 보일 수도 있어요."

"내가 죽 지켜본 바로는 저 아가씨는 사람들과 대화하는 걸 조금도 수줍어하지 않던데."

"에밀리는 여성들이나 나이 지긋한 남성들과는 아주 편안하게 어울려요. 게다가 애교 있는 재치도 부릴 줄 알고요. 하지만 스티븐의 친구들과 어울릴 때는 다소 형식적인 태도를 취하는 게 눈에 띄었어요. 에밀리 말로는 브뤼셀에서 꽤 나이 든 친척들의 손에 자랐대요. 그래서 스티븐의 친구들이 즐기는 아주 세련된 농담과 경박한 대화에 어떻게 반응해야 하는지 모를 수도 있어요. 랜스베리 공작은 따님을 영국에서 살도록 데려오기보다는 당신이 브뤼셀에 사는 딸을 찾아가는 쪽을 택했던 게 분명해요. 에밀리는 이복 오빠들과 올케들에 대해서도 아는 게 별로 없던 걸요."

클레이튼은 스티븐을 가만히 지켜보았다. 스티븐은 에밀리와 반대편 끝에서 아가씨 둘과 함께 앉아 있었다.

"에밀리가 스티븐에게 깊은 인상을 남긴 게 틀림없군."

클레이튼이 싱글거리며 말했다.

"사실 에밀리가 지금 이 순간 어디에 있는지, 또 누가 저 아가씨한테 말하고 있는지 스티븐은 다 알고 있을 거요."

"정말 그렇게 생각해요?"

휘트니가 못 믿겠다는 듯 물었다.

"그렇고 말고. 조금 있으면 당신도 알게 될 거요."

휘트니는 눈을 동그랗게 뜨고 쓸데없는 소리 말라는 듯 웃어 보였다.

"스티븐이 많은 숙녀들과 심심풀이 삼아 연애 놀음을 하는 걸 여러 번 지켜봤지만 이번처럼 행동한 적은 한번도 없었어요. 보통 때 같으면 에밀리의 다른 숭배자들과 같이 에밀리 곁에서 '게임'을 하고는 다른 숭배자들보다 훨씬 재치 있고 매력적인 인물로 떠올랐을 거예요."

"당신이 정확히 보았소. 하지만 이번엔 문제의 숙녀가 처음부터 스티븐을 손쉽게 손에 넣을 수 없는 사람으로 보고 있는 것이 스티븐에게는 중요하오."

"그게 왜 그렇게 중요하죠?"

휘트니가 이렇게 묻자 클레이튼은 그녀의 이마에 입을 맞추며 대답했다.

"스티븐이 이번에는 그저 또 다른 '심심풀이 연애'로 그칠 것 같지 않기 때문이지. 스티븐은 비로소 심심풀이가 아닌 진짜 연애를 하기로 작정한 것 같소."

"에밀리와는 겨우 오늘 알게 된 사인데 스티븐이 너무 충동적인 것 같군요."

클레이튼은 말없이 휘트니를 바라보는 것으로 대답을 대신했다. 그리고 그가 무슨 생각을 하고 있는지 깨달은 휘트니는 터져나오려는 웃음을 삼켰다.

"결혼하고 싶은 여자에 대해서라면 웨스트모어랜드 집안 남자들은 모두 놀랄 만큼 충동적으로 변한다는 말인가요?"

"나라면 그렇게 말하지 않을 거요."

"당신은 어떻게 말할 건데요?"

"우리 웨스트모어랜드 집안 남자들은 여성을 보는 눈이 뛰어나서 빼어나게 아름다우면서도 우리에게 어울리는 여성을 만나면 그 순간 알아볼 수가 있다고 말하겠소. 그때까지는 어느 누가 나서도 우리의 결혼을 성사시키지 못하지. 하지만 일단 우리와 어울리는 여성을 만났다 하면 끝까지 그 목적을 이루고야 말지."

"처음엔 그 여성이 아무리 거부할지라도."

휘트니가 남편 대신 끝을 맺었다.

"바로 그렇소."

스티븐은 함께 어울리며 앉아 있던 사람들의 곁을 떠났다. 휘트니는 스티븐이 태연하게 테이블 위에서 샴페인 두 잔을 집어들자 남편의 이야기를 떠올리며 미소를 지었다. 스티븐은 잠깐 멈춰 서서 어머니 알리사와 이야기를 주고받았고 촌수가 먼 노령의 친지에게 인사를 하느라 다시 걸음을 멈췄다. 그러더니 어찌어찌해서 에밀리가 서 있는 벽난로에 다다랐다. 에밀리는 자신을 에워싸고 있던 무리들이 방금 전 흩어져버리고 나자 고령의 친척 한 사람과 이야기를 나누고 있던 중이었다.

스티븐이 어떻게 나올까 몹시 궁금했던 휘트니는 에밀리에게 술잔을 건네는 시동생을 지켜보았다. 놀랍게도 스티븐은 아무 말도 없이 에밀리에게 잔을 건넸다. 그는 그저 에밀리를 쳐다본 다음 술잔을 입에 댄 채 슬그머니 상대를 바라보았을 뿐이다. 에밀리는 스티븐이 하는 대로 따라했다. 몇 미터나 떨어져 있는데도 에밀리가 샴페인을 마시려고 잔을 들어올릴 때 그녀의 손이 떨리기 시작하는 것이 휘트니의 눈에 들어왔다.

에밀리가 술잔을 내린 뒤에도 스티븐이 계속 그녀를 빤히 쳐다보자 휘트니는 저도 모르게 숨을 멈췄다. 스티븐이 에밀리에게 무슨 말인가를 건넸다. 그것도 아주 짧게. 에밀리는 잠시 머뭇거리더니 웃으며 고개를 끄덕였다. 그러고는 한쪽 손을 스티븐의 팔 위에 올려놓았다.

얼마 후 휘트니와 클레이튼은 스티븐이 에밀리를 에스코트해 응접실 밖으로 나가는 것을 지켜보았다. 휘트니가 남편에게 작은 소리로 물었다.

"스티븐이 에밀리를 어디로 데려갈 거 같아요?"

"발코니지."

클레이튼은 망설이지도 않고 대답을 했다.

"발코니는 위층에 있으니 아래층에 있는 사람들의 이목에 신경을 쓰지 않아도 되는 반면 두 사람은 아래층을 훤히 내려다볼 수 있지. 무슨 말인가 하면, 발코니로 가면 에밀리의 평판에 아무런 흠을 입히지 않는 동시에 랜스베리 공작에게 아무 걱정을 끼치지 않을 수 있다는 말이오."

발코니를 슬쩍 훔쳐보려면 응접실 입구로 슬슬 걸어가기만 하면 됐다. 헌데 휘트니가 서 있는 곳에서는 발코니가 보이지 않았다.

"스티븐이 에밀리를 발코니로 데려갈 거라고 너무 확신하는 것 아니에요?"

"당신 액수가 적은 내기 한번 하겠소?"

"얼마를 생각하고 있죠?"

휘트니도 지지 않고 응수를 했다.

클레이튼은 윗몸을 숙이고 휘트니가 졌을 경우 받아낼 벌금을 속삭였다. 그러자 휘트니의 두 뺨이 장밋빛으로 물들었다. 하지만 그녀의 미소는 따뜻했다.

아내가 내기를 받아들이기로 결정을 하기도 전에 클레이튼이 팔을 내밀었다. 휘트니는 남편의 팔 위에 손을 올려놓고는 그와 함께 응접실 입구로 걸어갔다.

결국 그 내기는 휘트니의 패배로 끝났다.

9월 말이 되자 온 사교계가 스티븐 웨스트모어랜드와 랜스베리 공작 딸과의 약혼 발표를 기다리고 있었다. 내기 장부에는 두 사람의 약혼이 해가 다 가기 전에 발표되리라는 확률이 25대 1이었다. 10월이 되자 그 비율은 20대 1로 떨어졌다. 랜스베리 공작이 딸을 대동하고 두 달 동안 스페인 여행을 떠났기 때문이다.

39

 12월이 되자 런던의 하늘은 항상 음울했고 대기는 수천 개의 석탄 난로에서 뿜어나오는 연기로 뿌옇게 흐려졌다. 그런 까닭에 사교계 사람들은 신선한 공기를 마시며 시골에 있는 별장에서 안락하게 겨울을 보내는 것을 더 좋아했다. 그런 사람들은 시골에서 1주나 길면 2주 정도 머물기 위해 찾아온 친구들을 환대했고 사냥이나 카드 게임 같은 소일거리를 즐겼다. 혼기에 들어선 딸을 둔 부인들은 딸들이 봄철 사교계에 입고 나갈 옷을 마련할 계획을 세우며 사윗감으로 삼을 만한 총각들 나름의 장점들에 대해 이야기를 주고받았다.
 지난 몇 년 동안 스티븐 웨스트모어랜드의 이름은 모든 어머니들이 '가장 바람직한 사윗감'으로 꼽는 명단의 꼭대기에 올라 있었다. 하지만 이제 그는 '사윗감으로 삼을 수 없는 총각'으로 여겨졌다. 에밀리가 스페인에서 돌아올 시간이 가까워질수록 그녀와 스티븐 사이의 약혼에 대한 소문과 추측은 영국 전역에 걸쳐 분분해졌다.

소문을 퍼뜨리는 수다쟁이들 중에는 두 젊은이의 약혼이 랜스베리 부녀가 스페인으로 떠나기 전에 이미 정해졌다고 자신 있게 말하는 이들이 있는가 하면 약혼에 관한 세세한 사항은 에밀리가 돌아오자마자 결말을 짓고 새해가 밝기 전에 결혼을 하게 되리라고 믿는 이들도 있었다.

초겨울 난롯가에 앉아 느긋하게 한담을 즐길 시기에 진짜 논쟁거리가 된 한 가지 쟁점은 스티븐과 에밀리의 결혼식이 소규모 가족 파티로 12월에 치러질 것이냐 아니면 클레이튼의 결혼식처럼 사교계의 대규모 행사로 이듬해 봄에 치러질 것이냐 하는 문제였다. 아무도 그 결혼이 성사되리라는 점을 의심하지 않았다. 스티븐 웨스트모어랜드가 드디어 아내로 삼고 싶은 여성을 만났다는 사실에는 이견이 없었기 때문이다.

소문에 따르면 스티븐은 미혼 남자의 생활 습관을 버렸을 뿐만 아니라 에밀리가 가는 곳이면 어디든지 동반하기 위해 애인이었던 헬렌 디버니와의 관계도 정리했다. 스티븐은 에밀리의 동반자 역할을 여유 있고 세련되게, 매력적이면서도 헌신적으로 해냈다. 그런 그의 모습은 그와 결혼할 희망을 품어왔던 처녀들과 그 어머니들에게는 훨씬 더 호감이 가는 남편감과 사윗감으로 비쳐졌다. 스티븐이 에밀리를 동반해서 무도회나 사교모임, 혹은 극장에 모습을 드러낼 때마다 에밀리는 행복한 표정을 드러내곤 했다. 그런 모습 때문에 그녀는 가까이하기 쉬운 것은 물론 뭇 여성들 중에서 단연 빛나 보였다.

사람들은 랜스베리 공작을 영국에서 가장 운이 좋은 아버지로 여겼다. 나무랄 데 없는 혈통과 명성을 지닌 부유한 귀족을 사위로 얻음은 물론 웨스트모어랜드 가문과 인척관계를 맺게 되기 때문이었다.

사교계에서는 랜스베리 공작이 이런 행운에 미칠 듯이 기뻐하리라고 추측했지만 그게 사실인지는 확인되지 않았다. 랜스베리 공작은 다른 귀족들과 좀처럼 가깝게 지내지 않았기 때문이다. 그는 사교계와 사교계가 즐기는 모임을 별로 좋아하지 않았고 의례상 꼭 참석해야 하는 행사에 마지못해 모습을 드러내는 게 다였다. 그 밖의 사회적이고 정치적인 책무는 두 아들이 맡아 처리했다. 그에게 단 하나 남은 관심은 영지에 있었다. 그는 선조들이 그랬던 것처럼 땅의 가치를 소중히 여기는 사람이었다.

런던에 위풍당당한 타운하우스가 있고 훌륭한 영지도 여럿 손에 넣었지만 랜스베리 공작은 한적하고 외딴 랜스도운에서 지내는 것을 더 좋아했다. 랜스도운은 중세에 살았던 조상이 지은 건물로 뒤를 이은 후손들이 각자 그 시대에 유행한 양식으로 증축을 해서 모양 없이 이리저리 마구 뻗어 있는 시골 저택이었다.

건축을 배운 스티븐의 눈으로 보았을 때 랜스도운은 균형이 잡히거나 조화로워 보이는 건물이 아니었다. 형편없이 축조된 음울하고 기형적인 저택이었다. 랜스도운이 유일하게 마음에 드는 이유는 그곳이 그의 어머니가 사는 그랜드 오크와 한 시간 거리 안에 있다는 사실뿐이었다.

스티븐은 12월을 그랜드 오크에서 보내기로 했다. 형 내외와 길버트 경 부부가 어머니와 크리스마스 휴가를 함께 보내려고 모여 있어서이기도 했지만 좀 더 중요한 이유는 이틀 전 스페인에서 돌아온 에밀리와 좀 더 가깝게 지낼 수 있기 때문이었다. 스티븐은 에밀리가 집으로 돌아왔다는 전갈을 받고 어제 늦게 간신히 그녀와 몇 분을 같이 보냈다. 하지만 에밀리가 여행의 피로 때문에 지쳐 보이자 잠을 자라고 권하고는 그녀를 떠나왔다.

그러나 이제 스티븐은 미친 듯이 에밀리와 함께 온밤을 보내고 싶었고 또 랜스베리 공작과 결혼 문제를 매듭짓고 싶었다. 그는 조끼 호주머니에서 에메랄드와 다이아몬드로 세공한 멋진 약혼반지를 꺼냈다. 그는 그 반지를 그날 밤 랜스베리 공작에게 청혼을 하자마자 에밀리의 손가락에 끼워줄 생각이었다. 반지는 마차의 불빛을 받아 반짝였다. 왕의 몸값만큼이나 큰돈을 주고 산, 여왕에게나 어울릴 보석이었다. 하지만 스티븐에게 반지의 가격 따위는 문제가 되지 않았다. 그리고 랜스베리 공작을 만나는 것에 대해서도 걱정하지 않았다. 공작이 자신의 청혼을 반대하리라고 예상할 어떤 이유도 없었기 때문이다.

달도 뜨지 않은 밤하늘에서 싸락눈이 너울너울 내리고 있었다. 랜스베리 가의 하인이 저택에서 달려나와 스티븐의 마부를 거들어 말들을 마구간으로 끌고 갔다. 집사가 정문을 열더니 손을 뻗어 무거운 코트를 벗는 스티븐을 도와주었다.

"어서 오십시오."

집사가 정중하게 인사를 했다. 집사는 하인에게 스티븐의 코트를 건네고 몸을 돌리더니 건물 중앙 홀의 차가운 판석 바닥을 앞장서 걸었다.

"에밀리 아가씨께서는 동쪽 별채 응접실에서 기다리고 계십니다."

"먼저 공작 각하를 뵙고 싶소."

집사가 걸음을 멈추며 대꾸를 했다.

"죄송하지만 각하께서는 지금 출타 중이십니다."

"어디 가셨는지는 알고 계시오?"

"글렝가르몽 후작님과 카드 게임을 할 생각이라고 하셨습니다."

"내가 떠나기 전에 각하께서 돌아오시면 잠깐 드릴 말씀이 있다고 전해드리시오. 에밀리에게는 나 혼자 가겠소."

스티븐은 몸을 돌려 동쪽 별채를 향해 걸어갔다.

스티븐은 에밀리에게 가는 동안 랜스베리 공작과 글렝가르몽 후작 두 사람이 벌이는 유쾌한 카드 게임을 상상해보려고 애썼다. 하지만 쉽게 상상이 되지 않았다. 두 사람의 연배는 엇비슷했다. 하지만 랜스베리가 억세고 무례하다싶을 정도로 무뚝뚝하다면, 글렝가르몽 후작 윌리엄 래드롭은 모든 사회적이고 정치적인 관례를 완고하게 따르고 세세한 것까지 충실하게 지키는 엄격한 독신 남자였다. 그래서 사교계에서는 그를 두고 끊임없는 농담들이 오갔다. 그런 후작에게는 아흔이 되어서도 생명줄을 놓고 있지 않는 부친이 있었다. 그런데 그 노인은 생명에 대한 집착만큼이나 공작의 작위에 대한 미련도 강해서 벌써 오래 전에 아들에게 물려줬어야 할 작위를 자신이 고이 간직하고 있었다.

이런 모든 생각들은 스티븐이 응접실로, 사랑하는 아름다운 여인 곁으로 가까이 가면서 완전히 사라졌다. 비록 에밀리가 내일

모레면 20세가 되고, 처음 보는 사람들로 하여금 가까이하기엔 너무 먼 존재처럼 보이게 하는 기품과 우아함을 지녔다고는 하지만 스티븐은 그녀가 쾌활한 성품을 가지고 있음을 알고 있었다. 에밀리는 따뜻한 성품을 지녔다. 게다가 총명하고 책도 많이 읽었다. 그런 에밀리는 스티븐을 자극하고 즐겁게 했으며 흥분시켰다. 그와 동시에 스티븐의 내면에서 잠자고 있던 맹렬한 보호본능을 일깨웠다.

응접실 문을 열고 에밀리를 본 순간 스티븐은 숨을 멈췄다. 에밀리는 난롯가에 몸을 구부리고 부지깽이로 불을 돋우고 있었다. 난로의 불빛 때문에 양쪽 어깨와 등 위로 흘러내린 그녀의 머리카락이 금빛으로 반짝였다.

에밀리가 생긋 웃으며 일어서더니 부지깽이를 옆에다 치웠다.

"꺼져가던 불을 살리고 있었어요."

에밀리는 스티븐이 가까이 다가오자 웃으면서 말을 건넸다.

"당신의 화사한 미소만으로도 꺼져가는 불을 살릴 수 있을 거요."

스티븐은 에밀리가 자신이 한 말뜻을 이해하기를 기다렸다. 그리고 에밀리가 그 의미를 깨달았으면서도 전혀 모르는 척하는 모습을 지켜보았다.

"아주 건강해 보이는군요."

에밀리가 말했다.

스티븐은 에밀리와 밀고 당기는 감정의 줄다리기에 지쳐 있었다. 그는 에밀리를 사랑했고 그녀 역시 자신을 사랑한다는 사실을 너무도 잘 알고 있었다. 그는 두 사람이 2개월 동안 떨어져 지낸 뒤라서 에밀리가 좀 어색해한다는 것을 깨달았다. 하지만 스티븐은 에밀리가 헐어내는 데 몇 주일이나 걸리는, 예전과 같은 격식이라는 장벽 뒤로 물러나도록 놓아둘 마음이 전혀 없었다. 스티븐은 자신의 외양에 대한 에밀리의 평에 대해 직선적으로 대답했다.

"내 모습은 어제 저녁부터 하나도 달라진 게 없소."

"그렇군요. 하지만 당신이 이곳에 들어온 지 얼마 안 돼서, 그러니까 당신을 정말로, 유심히 살펴보질 못했어요."

스티븐은 에밀리에게로 다가가서 그녀와 포옹을 하는 대신-그는 그것이 에밀리가 예상하는 것이라 알고 있었다-벽난로 앞의 장식에 어깨를 기대고 팔짱을 끼었다.

"그렇다면 나를 자세히 보고 싶은 만큼 실컷 살펴보시오."

에밀리는 몹시 당황한 것 같았다. 그러자 스티븐이 입가에 보일락 말락 미소를 띠며 말했다.

"아니면 당신은 주어진 시간을 잘 활용해서 훨씬 더 가까이에서 나를 자세히 살펴볼 수도 있지."

스티븐이 팔을 풀어 에밀리를 향해 벌렸다. 그녀는 잠시 머뭇거리더니 기다리고 있는 스티븐의 품으로 달려들었다.

한참 뒤에 스티븐은 아쉬움을 남긴 채 에밀리의 입술에서 제 입술을 떼었다. 그리고 그녀의 젖가슴 위에 있던 손을 마지못해 내렸다. 그는 두 팔을 살며시 에밀리 뒤로 돌리더니 으스러지도록 그녀를 끌어안았다. 그동안 에밀리는 발갛게 상기된 뺨을 그의 가슴에 댔다. 그는 에밀리의 어깨 위에 턱을 얹고 미소를 지었다. 이제 스티븐의 몸은 욕망으로 뻣뻣하게 굳었고 항상 그녀에게 열정적인 반응을 불러일으킬 수 있다는 자신감 때문에 가슴이 벅차올랐다. 고개를 든 그는 에밀리의 턱 끝에 가볍게 손을 대고는 그녀의 얼굴을 들어올렸다. 그리고 그녀의 나른한 보랏빛 눈 속을 들여다보며 미소를 지었다.

"아버님께서는 출타 중이시라고 들었소. 하지만 집사에게 아버님께서 돌아오시면 오늘밤 말씀을 나누고 싶다고 전해드리라 일렀소."

웃고 있던 에밀리의 표정이 굳어지는 동시에 몸도 빳빳해졌다.
"아버지하고 무슨 말씀을 나눌 거죠?"
"당신에 대해서요."
스티븐은 한편은 당혹스러우면서도 한편으로는 재미있어하며 대답했다.
"지금이 당신의 아버지와 남 말하기 좋아하는 사람들에게 내가 당신과 정식으로 결혼할 뜻이 있음을 밝힐 때요."
"하지만 당신은 소문 같은 건 신경 쓰지 않잖아요. 당신이 직접 그렇게 말했잖아요!"
에밀리의 반응을 접하고 놀랐다기보다는 호기심이 일었던 스티븐은 손가락으로 그녀의 매끄러운 뺨을 부드럽게 쓰다듬으며 조용히 말했다.

"당신에게 해로운 소문은 신경이 쓰여서 그렇소. 게다가 당신이 영국으로 돌아왔으니 우리가 약혼 발표를 하지 않는다면 소문이, 그것도 불쾌한 소문들이 난무하게 될 거요. 당신이 여행을 떠나기 전 우리는 늘 함께 붙어다녔소. 그러니 우리가 빠른 시일 안에 행동을 취하지 않으면 당신이 내게 보였던 편파적인 관심 때문에 추문이 돌게 될 거요."

"그런 건 아무래도 좋아요. 그건 중요하지 않으니까요. 문제가 되는 오직 한 사람은 아버지예요. 그런데 아버지는 아무 소문도 듣지 않으세요. 우린 이제까지 지내온 것처럼 계속 그렇게 지내면 되잖아요?"

"그렇게는 안 되오."

에밀리의 이해할 수 없는 태도와 순진하기 짝이 없게 들리는 말에 아연해진 스티븐은 에밀리의 어깨를 잡고 무뚝뚝하게 말했다.

"에밀리, 너무 노골적으로 들릴지 모르겠지만 한 가지 묻고 싶군. 당신이 육체적인 사랑이 어떤 건지 알고 있는지 말이오."

에밀리가 얼굴을 붉히며 고개를 끄덕였다. 그러고는 스티븐의 품에서 벗어나려 애썼다. 하지만 스티븐은 에밀리를 양팔 안에 가두고 있었다.

"그렇다면 당신은 이것도 이해해야 하오. 우리가 이제까지 해온 대로 계속 나간다면 선택은 하나뿐이오. 우리가 이 방에서 나눈 격정은 우리를 침실로 인도할 거요. 그것도 내 침실로 말이오. 나는 당신을 아내로 맞아서 내 침실로 데려가고 싶소. 대답해보시오, 에밀리."

이렇게 말하면서 스티븐은 에밀리를 빤히 지켜보았다.

"날 사랑하오?"

"그래요. 하지만 당신과 결혼할 수는 없어요!"

"뭐? 도대체 왜 할 수 없다는 거지!"

"아버지가 저를 글렝가르몽과 약혼시켰기 때문이에요!"

에밀리의 청천벽력 같은 말을 듣고 맥이 풀려버린 스티븐이 휘청거리며 뒤로 물러섰다.

"언제 그랬소?"

"아버지와 스페인으로 떠나기 전날 밤에요."

에밀리는 너무 긴장한 나머지 떨리는 손을 비틀었다. 스티븐은 그런 그녀를 더 힘들게 하지 않기 위해 분노를 억누르려고 이를 악물었다.

"그건 상상할 수도 없고 어처구니도 없는 역겨운 생각이오. 당신의 아버지가 공작이라 해도 그런 늙은이와 당신을 억지로 결혼시킬 수는 없소. 내 그렇게 되도록 보고만 있지는 않겠소."

"당신도 저도 선택의 여지가 없어요. 글랭가르몽의 땅과 우리 집안의 땅이 경계를 나란히 하고 있는데 아버지는 우리 땅과 인접해 있는 글랭가르몽의 땅을 원하세요. 아버지는 할아버지가 그러셨고 증조할아버지가 그러신 것처럼 그 땅을 끊임없이 탐내셨어요. 아버지가 그 땅을 손에 넣을 수 있는 오직 한 가지 방법은 나를 그 사람과 결혼시키는 거예요. 글랭가르몽은 혼인 전 부부재산 계약의 일부로 그 땅과 그 땅에 딸린 저택까지 제 이름으로 명의 이전을 하는 것에 동의했을 정도로 저를 몹시 원해요. 전 그 저택을 그 사람이 세상을 떠났을 때 미망인의 몫으로 받게 될 거예요."

"지금 당신 아버지는 정신이 나간 게 틀림없소. 미치지 않고는 어린 딸을 억지로 그런 늙은이와 결혼시킬 수는 없소."

"가문의 뜻에 따라 결혼을 하는 건 딸의 의무예요. 모든 사람들이 그렇게 알고 있어요. 저 역시 그렇게 알고 있구요."

"다른 사람들은 어떻게 생각하든 내가 알고 있는 것을 말하겠소. 땅 몇 뙈기 얻자고 본인의 뜻과는 상관없이 억지로 자신의 딸을 구역질 나고 열정도 없는 노인네에게 시집보내는, 그처럼 딸을 희생시킬 권리가 어떤 아버지에게도 없다고 나는 알고 있소. 그리고 오늘밤 당신 아버지 면전에 대고 이 말을 들려줄 거요!"

"스티븐."

에밀리가 더듬더듬 말을 이었다.

"비록 당신이 그 사실을 아버지한테 납득시킬 수 있다고 하더라도 나를 당신과 결혼하도록 아버지를 설득할 수는 없어요."

"내 설득력을 과소평가하지 마시오."

에밀리의 눈에서 솟아나온 눈물이 볼을 타고 흘러내렸다.

"당신 자신이나 내게 헛된 희망을 품게 하지 말아요. 당신은 성공하지 못할 테니까요. 당신은 아버지를 설득할 수 없어요. 모르겠어요? 이해 못하겠어요?"

"무엇을 이해한단 말이오?"

"제 아버지는 공작이세요. 글렝가르몽도 부친이 세상을 떠나면 공작의 작위를 물려받게 되어 있고요. 그것 때문에 아버지는 저를 그 사람과 결혼시키고 싶어 하시는 거예요. 하지만 글렝가르몽이 내일 죽는다 해도 아버지는 나를 당신과는 결혼시키려 하지 않으실 거예요. 아버지는 할 수 있는 한 가장 높은 작위를 지닌 다른 구혼자를 찾을 거예요."

에밀리는 두 팔로 스티븐의 목을 감싸고는 흐느꼈다.

"오, 이러지 말아요. 당신이 저를 진정으로 아내로 삼고 싶어 했다는 걸 알면서 제가 어떻게 글렝가르몽과 살라구요? 당신이 저를 진정으로 원한다는 걸 알고 있어요. 사람들은 당신에게는 청혼을 할 만한 아가씨들이 많이 있었지만 한번도 그렇게 하지 않았다는 말도 했어요."

스티븐의 셔츠 앞자락이 에밀리의 눈물로 젖어갔다. 그러자 스티븐은 손을 들어 에밀리의 얼굴을 제 가슴으로 당겨 안았다.

"울지 말아요, 에밀리. 몸 상하겠소. 내 이 문제를 해결할 방법을 찾아보겠소. 두고 보시오."

에밀리는 울먹이며 말했다.

"당신은 동화 속 왕자님 같은 존재였어요. 멋있고 예의 바른, 지난밤 꿈속에서 본 손에 닿지 않는 왕자님 말이에요. 저는 당신이 저를 진심으로 사랑한다고 생각지 않으려고 애썼어요."

스티븐이 대답을 하려는데 문을 두드리는 소리가 들렸다.

"누구십니까?"

스티븐이 마음을 졸이며 물었다.

"경께 전할 말씀이 있다고 그랜드 오크에서 하인이 왔습니다. 아주 긴급한 전갈이라고 합니다."

집사가 대답했다.

그 순간 스티븐의 기분으로는 그 방에서 일어나고 있는 것보다 더 긴급하고 절박한 일은 상상도 할 수 없었다. 잠시 뒤 문을 연 그는 아무것도 모르는 채 방심하고 있는 사람들에게 철퇴를 내리는 운명의 힘이 얼마나 무시무시한 것인지를 깨달았다.

"내 마차를 당장 정문 앞에 대기시켜주게."

스티븐은 깜짝 놀란 에밀리를 보고 돌아서더니 그녀를 감싸안았다.

"당장 떠나야겠소. 형수가 계단에서 넘어졌는데 어머니 생각에는 곧 출산을 하게 될 것 같다고 하오. 너무 이른데."

에밀리는 스트븐의 빠른 걸음을 따라잡으려고 달리다시피 하며 정문까지 스티븐을 배웅했다.

"그랜드 오크로 가나요?"

"아니오. 집안 의사에게 갈 거요. 의사는 북쪽으로 한 시간은 더 달려가야 되는 곳에 산다오. 하지만 말들이 지금까지 쉬었으니 벌써 반은 간 셈이지. 하인이 갈 수 있는 것보다 더 빨리 도착할 거요."

그는 정면 현관에 집사와 하인들이 있는 것도 아랑곳하지 않고 에밀리를 꼭 끌어안고는 안심을 시키려는 듯 짧게 입맞춤을 했다.

"나를 믿고 우리를 믿읍시다."

정면 계단을 달려내려간 스티븐은 마부에게 전속력으로 마차를 몰라고 지시했다.

40

에밀리는 숄로 몸을 감싼 채 응접실로 되돌아와 불가에 앉았다. 하지만 온몸이 떨리는 것을 멈출 수가 없었다. 그것은 그녀를 떨게 하는 냉기가 내부에서 비롯된 것이기 때문이었다. 몇 분 뒤 아버지가 응접실로 들어서자 그녀는 무릎을 덜덜 떨며 자리에서 일어섰다.

"진입로로 접어들기 바로 전에 웨스트모어랜드의 마차와 마주쳤다."

랜스베리 공작이 화가 나서 툴툴거렸다.

'그런데 그 빌어먹을 마부가 나를 길 바깥으로 내몰 뻔했지 뭐

을 조금 전 아주 갑작스럽게 떠나야 했어요. 급한 일이

생겼거든요."

에밀리는 너무 당황한 나머지 자신이 스티븐을 성이 아니라 이름으로 부른 사실조차 알아채지 못했다.

"그랜드 오크에 와 있던 형수가 낙상을 해서 스티븐이 의사를 부르러 가던 중이었어요. 아이가 일찍 나올지 몰라서요."

"애석한 일이구나."

랜스베리 공작은 마지못해 한마디 하고는 얼른 자신의 관심사로 돌아왔다.

"웨스트모어랜드가 오늘밤 내게 할 이야기가 있다고 했다는데 너 혹시 웨스트모어랜드가 무슨 얘기를 하려는지 알고 있니?"

에밀리가 고개를 끄덕였다. 그녀는 침을 삼킨 뒤 어깨를 곧게 펴면서 대답했다.

"스티븐은 저와의 결혼을 허락해달라고 왔었어요."

곧 랜스베리 공작의 얼굴은 하얗게 변했다.

"이런 바보 천치 같으니! 어쩌다가 일이 여기까지 오도록 했단 말이냐?"

"몰라요. 그냥 그렇게 됐어요."

"그냥 그렇게 됐다구?"

딸에게 호통을 치던 그는 목소리를 낮추어 꾸짖기 시작했다.

"넌 방금 전 무슨 짓을 했는지 알기나 해? 그래, 웨스트모어랜드에게 뭐라고 했니?"

"사실대로 말했어요. 전 이미 글렝가르몽과 약혼을 했다구요."

"그렇게만 말했더냐?"

"아뇨. 아버지가 인접한 땅을 손에 넣고 싶어서, 또 아버지의 뜻에 따라 결혼하는 게 딸의 의무라서 제가 글렝가르몽과 결혼해야 한다고 말했어요."

"그랬더니 웨스트모어랜드가 어떻게 나오더냐?"

"몹시 당혹스러워했어요. 아버지 제 말을 믿어주세요. 전 스티븐이 그 정도로 절 좋아하는 줄은 꿈에도 몰랐어요. 스티븐이 제게 청혼하리라는 소문과 추측들이 난무했지만 저는 결코 그런 소문을 믿지 않고 있었어요. 제겐 그런 소문에 귀 기울일 이유가 없었으니까요."

"맙소사, 이건 재앙이야! 넌 애비를 지독한 곤경에 빠뜨렸어. 스티븐 웨스트모어랜드의 청혼을 거절하면 그 친구는 물론 웨스트모어랜드 가문 전체와 소원해진단 말이다."

공작은 옆머리를 쓸어넘기며 응접실을 서성거리다가 비장한 말투로 입을 열었다.

"해결책은 하나뿐이다. 당장 글렝가르몽과 결혼하는 거야. 글렝가르몽이 내일 날이 밝는 대로 특별 허가를 받을 수 있으면 넌 즉시 결혼할 수가 있어."

에밀리는 아버지를 쳐다본 다음 뒤로 돌아서 벽난로에서 타고 있는 불을 가만히 바라보았다. 그리고 아버지의 말을 고분고분 따랐다.

"좋도록 하세요, 아버지."

41

클레이튼은 그랜드 오크의 현관 홀을 서성거리고 있었다. 지난 밤 휘트니가 카펫 가장자리에 걸려 넘어져 계단의 반을 굴렀을 때 기절초풍할 만큼 놀랐었다. 그리고 지금 그의 관심은 온통 2층에 있는 문에 쏠려 있었다. 그 문 너머에서 휘트니는 출산 예정일보다 두 달 앞서 아이를 낳고 있었다. 그리고 산모와 아기의 생명은 집안 주치의인 휴 휘티콤의 손에 달려 있었다.

지난 24시간 동안 휴 휘티콤에 대한 클레이튼의 평가는 순간순간 나빠져만 갔다. 전날 밤 그랜드 오크에 도착해서 휘트니의 상태를 처음 살펴본 휘티콤은 가족들에게 산모와 아기 둘 다 아주 괜찮은 것 같다고 안심을 시켰다. 이튿날 아침 그는 간밤에 내렸던 진단을 확신하며 클레이튼과 다른 가족들에게 말했다.

"태아가 어머니의 낙상 때문에 조산할 기미는 보이지 않습니다. 하지만 제가 오진했을 경우를 대비해 오늘밤까지 여기 머물겠습니다."

그때 안절부절못하던 클레이튼은 휘트콤에게 협박까지 했다.

"만약 휘트니가 조산할 가능성이 조금이라도 있으면 박사는 앞으로 두 달 동안 여기서 꼼짝 않고 머물러야 할 것이오!"

휴 휘트콤은 고개를 옆으로 기울이고는 처음으로 아버지가 되려는 남자들을 보며 느끼기 마련인, 기분 좋은 동정심을 느끼며 물었다.

"그저 궁금해서 묻습니다만 어떻게 절 여기에 붙들어두실 겁니까?"

"방법이 문제겠소? 진심이오."

클레이튼이 퉁명스럽게 쏘아붙였다. 그러자 휘트콤이 싱긋 웃으며 말했다.

"물론 그러시겠죠. 그저 궁금했을 뿐입니다. 각하의 모친께서 각하가 태어나시기 한 달 전에 오한을 느끼시자 부친께서는 제게 클레이모어의 지하 감옥에다 가두시겠다고 으름장을 놓으셨지요. 아니, 서튼 백작이 그러셨던가? 아니, 백작은 제 마차를 집으로 돌려보내시고는 탈 것을 아무것도 내어주지 않으신 게 다였지요."

휴 휘트콤의 즐거운 회상은 곧 산산이 흩어져버렸다. 휘트니의 하녀가 날듯이 방에서 달려나와 층계참 쪽으로 몸을 기울이더니 소리를 쳤던 것이다.

"아씨께서 진통을 시작하셨어요, 박사님."

그게 몇 시간 전의 일이었다. 그리고 그 뒤로 클레이튼은 휘트니를 두 차례 볼 수 있도록 허락되었는데 그때마다 겨우 몇 분밖에 아내 옆에 있지 못했다. 커다란 침대 위에 누운 휘트니는 창백하고 기운이 없어 보였다. 진통은 주기적으로 왔다. 진통이 수그러들면 휘트니는 아름답게 웃으며 클레이튼을 침대 옆에 앉으라고 불렀다.

"당신을 사랑해요. 조금만 기다려요. 당신에게 멋지고 건강한 아이를 낳아줄게요."

휘트니는 공포를 숨긴 채 남편을 안심시키곤 했다. 그 말에 클레이튼은 한시름을 놓았다. 적어도 산고가 엄습해 와 아내가 침대에서 등을 떼고 몸을 활처럼 구부릴 때까지는 그랬다.

"이젠 나가 계세요."

휘트니는 남편에게 재빨리 이르고는 입술에서 피가 날 정도로 아랫입술을 꽉 물었다.

클레이튼은 휘티콤에게 쓸데없는 분노를 터뜨렸다.

"젠장, 아내를 위해 할 수 있는 게 아무것도 없는 거요?"

"젊은 마님을 위해서 한 가지 조처를 취하려고 합니다."

휘티콤의 말이었다.

"각하를 이제 아래층으로 내려보내려고 합니다. 그러면 젊은 마님께서 진통이 올 때마다 각하 걱정을 하지 않으셔도 될 테니까요."

한 시간이 지난 뒤, 클레이튼은 휘트니가 괜찮은지 직접 봐야겠다고 고집을 부렸다. 휘티콤이 문에서 그를 말리려고 하는데 휘트니가 그를 들여보내라고 소리를 질렀다. 그녀는 전보다 훨씬 더 창백해 보였고 이마는 온통 땀으로 범벅이 되어 있었다. 클레이튼

은 아내의 엉덩이께 앉아서 이마 위로 흘러내린 머리카락을 걷어
내어주고는 엄숙하게 약속했다.
"내 다시는 당신이 이런 고통을 겪게 하지 않으리다."
휘트니가 대답도 하기 전에 다시 진통이 시작되었다. 그러자 클
레이튼은 아내를 번쩍 들어 안고는 아기처럼 흔들어주며 꽉 잠긴
목소리로 말했다.
"미안하오."
클레이튼이 눈물을 글썽였다.
결국 그는 방에서 쫓겨났고 휘티콤은 그가 다시 들어오지 못하
도록 안에서 문을 잠가버렸다.
그 뒤로 휘티콤이 주기적으로 밖으로 나와 가족들에게 위로가
될 만한 사소한 상황 변화들을 전했다. 그리고 아기가 나오리라
예상되는 시간을 예보했다. 하지만 그 예보는 한 번도 맞지 않았
다. 클레이튼은 휘티콤이 전하는 어떤 말에도 안심이 되지 않았
다. 그는 아내가 있는 침실 문에서 눈을 떼고는 복도에 걸린 시
계를 쳐다보았다. 9시가 넘어 있었다. 그는 동생 스티븐과 어머니
가 처이모 내외와 밤샘을 하고 있는 응접실 입구로 성큼성큼 걸
어갔다.
"휘티콤은 무능한 바보입니다!"
클레이튼이 화가 나서 그들에게 소리를 쳤다.
"산파를 한 사람, 아니 두 사람을 부르는 게 좋겠습니다."
앤이 희미하게 웃으며 말했다.
"곧 아기가 나올 거예요. 그리고 모든 게 잘될 거예요."
하지만 클레이튼은 앤의 말을 듣고도 마음을 놓을 수가 없었다.

앤도 공포에 질려 있었기 때문이다. 그때 에드워드가 힘주어 고개를 주억거리며 아내의 말에 믿음을 심어주려고 했다. 그리고 따뜻한 목소리로 위로를 했다.

"조만간 아이의 울음소리가 들릴 걸세. 걱정할 것 없네. 아이들은 매일 매초마다 태어난다네."

그런데 클레이튼이 보기엔 처이모인 앤보다 처이모부인 에드워드가 훨씬 더 애를 태우고 있는 것 같았다.

스티븐이 손으로 감싸쥐고 있던 얼굴을 들고 어떻게도 도와줄 수 없는 무력감을 말없이 전하며 형을 바라보았다. 클레이튼은 알아차렸다. 동생이 형인 자신을 너무 따르고 존경해서 본인도 믿지 못하는 거짓말은 하지 못한다는 사실을.

그때 알리사가 의자에서 일어서서 맏아들에게로 걸어왔다.

"에미는 걱정할 일이 아무것도 없다는 것을 가슴속 깊이 진정으로 느끼고 있단다."

이렇게 말하는 그녀의 목소리에는 동요가 묻어있었다.

"새아기와 이제 세상 밖으로 나올 아이에게 아무 일도 없을 거라는 생각이 든다는 말이다."

클레이튼은 얼굴이 창백해지더니 사이드 테이블 위에 있는 술병을 집어들었다. 어머니가 그와 똑같은 예보를 마지막으로 했던 것은 당신이 아끼던 암말이 넘어져 앓을 때였다. 그런데 그 암말은 이튿날 아침 죽었다.

클레이튼은 사람들이 기도를 하는 것은 기도밖에는 다른 도리가 없기 때문이라는 것을 새삼 떠올렸다. 그는 그 사실을 휴 휘티콤이 무정하고 무능한 바보 천치라는 사실만큼이나 확실히 알고 있었다.

"각하?"

응접실에 모여 있던 사람들은 고개를 들어 갑자기 초췌한 모습으로 문간에 나타난 휴 휘티콤을 올려다보았다.

클레이튼이 놀라서 얼어붙은 채 물었다.

"뭐요?"

"위층으로 올라오셔서 아드님에게 인사를 하시겠습니까?"

클레이튼은 마치 카펫에 발이 들러붙은 듯 꿈쩍도 못하고 있었다. 그는 침을 꿀꺽 삼키고 나서야 겨우 입을 열 수가 있었다.

"아내는 어떻소?"

"여전히 아름다우십니다."

클레이튼은 응접실을 성큼성큼 걸어나가며 휘티콤을 얼싸안아 주고 싶은 느닷없는 충동을 애써 참았다.

클레이튼이 응접실을 나가자 휴 휘티콤은 브랜디 병이 놓인 탁자로 걸어가더니 손수건을 꺼내 이마에 맺힌 땀을 닦아냈다. 알리사가 휘티콤 옆으로 다가가서 그의 팔을 잡으며 조용히 말을 건넸다.

"많이 힘들었지요?"

"며느님 덕분에 가슴이 철렁했었답니다. 하지만 피를 좀 흘려서 그렇지 차차 괜찮아질 겁니다. 출혈이 시작되기 전부터도 전 빨라도 내일 아침까지는 여길 떠날 생각이 없었습니다. 알고 계시죠?"

"알고 말고요."

알리사는 눈물이 그렁그렁한 눈으로 미소를 지어 보였다. 그리고 아들이 묵살한 충동에 굴복해 휘티콤을 꼭 껴안아주었다. 그리고 다른 사람들을 둘러보며 말을 이었다.

"고마워요, 휴. 솔직히 난 무서웠답니다. 눈도 제대로 뜨고 있을 수가 없었지요. 난 이제 물러가서 쉬어야 할 거 같네요."

"저도 그래야 할 것 같아요."

앤이 말했다.

에드워드는 정중하게 일어서더니 상체를 굽혀 아내의 뺨에 키스를 했다. 아내의 눈에서 빛나는 안도의 눈물을 본 그는 빙그레 웃으며 말했다.

"내 뭐랬소, 여보. 걱정할 필요가 없다고 하지 않았소?"

"네, 에드워드. 당신은 언제나 옳았어요."

앤이 남편을 보고 겸연쩍게 웃어 보였다.

에드워드는 앤의 뒤쪽에 서 있는 스티븐을 가만히 바라보았다. 불과 몇 분 전만 해도 그는 15년은 더 나이가 들어 보였었다.

"저기 스티븐을 한번 보구려. 저 젊은 친구는 전전긍긍하지 않고 의연했다오. 당신네 여자들은 걱정이 너무 많다니까. 세상에서 아이들이 태어나는 것만큼 자연스런 일이 또 어디 있겠소, 안 그런가, 스티븐?"

"물론 그렇고 말고요."

스티븐은 길버트 경 부부에게 싱긋 웃어 보인 다음 의자에서 일어서더니 술병이 있는 곳으로 걸어갔다.

"저는 잠자리에 들기 전에 뭔가 좀 마셔야 할 것 같습니다. 조카의 탄생을 기념해서 말입니다."

"그거 참 좋은 생각이군."

에드워드도 찬성하고 나섰다. 즉시 스티븐과 함께 탁자에 앉은 그는 아내가 옷자락을 끌며 천천히 응접실에서 나가는 모습을 지켜본 다음 휘티콤을 찾아 주위를 둘러보았다. 그런데 그는 벌써 잠자리에 들기 위해 위층으로 올라가고 없었다. 응접실에 남은 사람은 스티븐과 자신뿐이었다.

"뭘 드시겠습니까?"

스티븐이 크리스털 술병과 술잔으로 손을 뻗으며 에드워드에게 물었다.

"브랜디로 하지."

"탁월한 선택이십니다."

스티븐은 브랜디 병과 그에 어울리는 술잔을 에드워드에게 건넸다. 그런 다음 자신을 위해서는 위스키 병과 잔을 골랐다.

두 남자는 아무 말도 없이 소파에 자리를 잡고 앉았다. 그런 다음 각자 유리잔에 자신들이 고른 술을 따랐다. 위스키 잔을 손에 든 스티븐은 소파에 등을 기대고 다리를 쭉 뻗은 다음 발목을 꼬았다. 에드워드도 술잔을 들고 쿠션에 등을 기대고 앉더니 스티븐과 같은 자세를 취했다. 그런 다음 스티븐을 쳐다보며 말이 필요 없는 남자들 사이의 교감을 나눴다.

두 사람은 함께 술잔을 들어올려 죽 들이켰다. 그런 다음 목을 넘어간 알코올이 남아 있는 공포의 찌꺼기들을 말끔히 태워 없애주기를 가만히 기다렸다.

스티븐은 에드워드보다 훨씬 더 많은 술을 마셨다. 그때 스티븐에게는 단지 형수와 조카에 대해 품었던 두려움보다 더 잊고 싶은 것이 따로 있었다. 몇 시간 전, 에밀리가 사람을 시켜 편지를 보내왔던 것이다.
 에밀리가 편지로 알린 내용은 그녀가 글렝가르몽과 결혼을 했다는 사실이었다.

42

 노엘 웨스트모어랜드가 태어난 지 사흘 뒤 휘트니는 몸을 일으켜 베개를 등 뒤에 쌓아올리고 기대앉았다. 그때 그녀는 왜 남편이나 시어머니가 이른 아침 이후로는 자신을 보러 오지 않는지 궁금해하고 있었다.
 클레이튼은 시계가 3시를 치기 시작할 때 모습을 나타냈다.
 "하루 종일 어디 있었어요?"
 휘트니가 남편의 키스에 응한 뒤 물었다.
 "클레이모어에 다녀올 일이 있었다오."
 클레이튼이 아내와 침대에 나란히 앉으며 대답했다.
 "좀 어떻소?"
 "마음은 행복하고 몸은 가뿐해요."

"더없이 반가운 소리로군. 내 아들이자 후계자는 어떻소?"

"늘 배고파하는데 배가 고프면 참지 않고 바로바로 표현해요."

휘트니가 웃으며 대답했다.

"클라리사는 내가 좀 쉴 수 있게 노엘을 아이 방으로 데려가겠다고 고집을 부렸어요. 하지만 난 졸리지가 않아요."

"다행이군. 클레이모어에서 당신에게 줄 선물을 가져왔거든."

"나한테 선물을 가져다주려고 그 먼 길을 갔다 왔다는 말이에요? 여기 있으면서 이야기 상대가 되어주었으면 더 좋았을 텐데."

"당신이 그렇게 말해주니 정말 기분 좋은데."

클레이튼이 싱긋 웃으며 말했다.

"사실 난 선택의 여지가 없었거든. 그리고 당신한테 줄 선물을 찾아내는 데 예상보다 대여섯 시간이 더 걸렸다오."

휘트니가 막 선물에 대해 더 많은 설명을 해달라고 조르려고 하는데 시어머니 알리사가 모습을 나타냈다. 그 뒤를 집사가 따라 들어오고 있었다. 집사는 붉은 벨벳 천으로 덮인 무거운 상자를 들고 있었다.

"클레이튼이 네 곁을 오래 떠나 있었던 건 다 나 때문이란다."

알리사는 그리 말하면서도 조금도 미안하지 않다는 표정이었다.

"이 물건을 정확히 어디에다 보관해두었는지 도무지 기억이 안 나더구나. 그래서 클레이튼이 대신 찾아주었단다."

알리사는 집사를 쳐다보며 들고 있는 물건을 침대 위에 앉은 휘트니 바로 옆에다 놓으라는 손짓을 했다.

"이게 뭐죠?"

휘트니는 남편과 시어머니의 얼굴을 번갈아 살피면서 물었다.

"웨스트모어랜드 가문의 전통 중에서 가장 멋진 전통이란다. 그리고 이것은 항상 후계자를 낳고 해산 자리에 누워 있는 각 대(代)의 클레이모어 공작 부인에게 보여주는 것이란다."

알리사는 설명을 하며 조심스럽게 붉은 벨벳 천을 걷어냈다. 그러자 금 걸쇠가 달리고 진주를 박아넣은 멋진 나무 상자가 모습을 드러냈다. 수백 년은 묵은 듯 보였다.

휘트니가 호기심으로 눈을 빛내며 상자 뚜껑에 손을 댔다.

"마치 보물 상자처럼 보이는데요?"

"그렇단다. 하지만 한 가지 다른 게 있지. 상자 속에 들어 있는 보물을 구경한 뒤에는 너 역시 상자 안에 들어 있는 것들과 비슷한 것을 그 안에 넣어야 한단다. 그러니까 너와 닮은 것을 그 안에다 넣어야 한다는 말이다. 그리고 그 상자를 해산 자리에 누워 있는 동안 지니고 있어야 한다. 그 뒤에는 다음 대의 클레이모어 공작 부인이 새로운 후계자와 해산 자리에 누울 때까지 다른 곳에다 간직해둬야 한다."

휘트니는 시어머니가 평소와는 다르게 애매모호하고 알쏭달쏭한 말을 하고 있다는 것을 깨달았다. 하지만 그녀는 자신이 살아 있는 전통을 지키지 못하면 어쩌나 하는 데 신경이 더 쓰였다.

"보물이라구요? 저와 닮은 거라구요?"

휘트니가 걱정스럽게 물었다.

"저희가 휴일을 보내러 올 때는 조산을 하게 되리라는 예상은 전혀 못했어요. 그리고 저는 웨스트모어랜드 가문의 전통에 대해서도 아는 것이 전혀 없었어요."

"물론 그렇겠지."

알리사는 며느리의 뺨을 토닥거려주며 안심시켰다.

"하지만 몇 달 전 내가 클레이튼에게 알려주었다. 그래서 클레이튼은 네가 그 상자에 넣어도 될 만한, 너와 닮은 것을 가져왔단다."

"그렇지만 어떻게 제가 이 안에 들어있는 것들과 비슷한 보물을 넣을 수 있죠?"

"상자를 열고 그 안에 들어 있는 보물들을 보거라. 클레이튼과 나는 네가 보물들을 구경하는 동안 나가 있으마."

어리둥절해하면서도 강한 호기심에 이끌린 휘트니는 금으로 만들어진 걸쇠를 들어올려 무거운 뚜껑을 열었다. 전율과도 같은 기쁨이 휘트니의 온몸으로 퍼져나갔다. 그녀는 빙그레 웃고 있는 시어머니를 바라보았다.

"편지들이잖아요?"

휘트니가 소리를 질렀다.

"편지하고 작은 초상화들이네요! 보세요. 여기 상아색 부채가 있어요. 그리고 리본도 있군요. 틀림없이 다들 아주 특별한 이유가 있어서 상자에 담겼겠죠?"

휘트니는 너무 흥분한 나머지 남편과 시어머니가 방을 나가는 것도, 문이 닫히는 것도 몰랐다.

아주, 아주 조심스럽게 휘트니는 상자에 들어 있는 것들을 하나씩 꺼내서 침대 위에 나란히 늘어놓았다. 편지가 여덟 개 있었다. 대부분 누렇게 변색되어 있었고 너무 오래되어 잘못 만지면 부스러질 것 같은 편지들도 있었다. 왜 그 상자를 다음 후계자가 탄생할 20여 년 동안 단 며칠만 열어두도록 하는지 이해할 수 있었다.

양피지에 써서 두꺼운 두루마리로 말아놓은 편지가 하나 있었다. 그 편지가 가장 오래된 편지일 거라고 생각한 휘트니는 그 두루마리를 조심스럽게 펴보았다. 예상이 맞았다.

그 편지는 1499년 1월 6일에 쓰인 것이었다. 학식이 깊은 사람의 정교한 필체로 초대 클레이모어 공작 부인이 쓴 것이었다.

"나는 제니퍼 메릭 웨스트모어랜드로 클레이모어 공작 부인이자 로이스 웨스트모어랜드의 아내이며, 1월 3일 우리 부부의 아들로 태어난 윌리엄의 어머니입니다. 여러분에게 내 사랑의 인사를……."

과거의 아름다운 흔적에 매료된 휘트니는 제니퍼 메릭 웨스트모어랜드가 기록한 초대 클레이모어 공작 부부의 이야기를 읽어 내려갔다. 제니퍼는 말을 타고 창던지기를 하는 마상시합 대회와 '검은 늑대'라고 불리며 전투에 나가기만 하면 승리를 거두던 남편이 참전한 전투 이야기를 썼다. 하지만 남자가 흥미를 느낄 만한 종류의 세부 묘사에 집중하는 대신 그녀는 언젠가 클레이모어 공작 부인으로서 자신의 뒤를 이을 후대의 클레이모어 공작 부인들에게 자신의 삶의 진면목을 자세하게 설명했다.

제니퍼는 검은 늑대가 스코트랜드에 있는 부모님의 성에서 자신을 납치해 잉글랜드로 데려갔을 때 얼마나 분노했는지에 대해 썼다. 초대 클레이모어 공작 부인이 검은 늑대의 손아귀에서 벗어나려고 쓴 슬기로운 노력에 대해 묘사해놓은 부분을 읽으며 휘트니는 큰 소리로 웃었다. 검은 늑대가 왕명을 핑계 삼아 강제로 결혼하려 할 때 그가 터뜨렸던 분노에 대해 묘사한 곳을 읽으며 휘트니는 제니퍼 웨스트모어랜드가 느꼈을 분노와 두려움을 똑같이 느꼈다. 제니퍼는 검은 늑대가 마상 경기를 할 때 그의 적수가 된 다른 기사를 응원했다. 그 대목에서 휘트니는 공범의식을 느끼며 한숨을 쉬었다.

그러나 편지 말미에서 눈부시게 빛나는 것은 제니퍼 웨스트모어랜드의 남편에 대한 사랑이었기에 편지를 읽던 휘트니의 눈은 눈물로 흐려졌다.

제니퍼는 미래의 며느리들이 자신의 얼굴을 알 수 있도록 두루마리와 함께 초상화를 넣어둔다는 설명으로 편지를 끝맺었다.

"나는 남편에게 작은 초상화가 필요하다는 것과 이 상자를 대대로 물려줄 계획을 들려주었답니다. 그러자 남편은 화가를 시켜 내 초상화를 그리게 하더니 이 작은 초상화를 내게 내밀었지요. 초상화는 실제 내 모습보다 아주 예쁘게 그려졌답니다."

제니퍼는 겸손하게 털어놓았다.

"내 눈은 초상화에 그려진 것처럼 그렇게 크지 않고 얼굴도 그렇게 아름답지 않아요. 하지만 남편은 초상화가 실물하고 똑같다고 맹세라도 할 태세입니다. 내 이름을 액자 뒤에 새겨넣어야 한다는 생각 역시 남편이 한 것이랍니다. 만약 이 상자에 대한 내 소망이 이루어질 경우 그대들이 이 상자 안에 들어 있는 모든 클레이모어 공작 부인들의 초상화 중에서 내 얼굴을 알아볼 수 있도록 말이지요. 나는 그대들의 남편 한 사람 한 사람이 내 남편처럼 그대들에게 해주기를 바랍니다. 나도 그대들의 얼굴을 알 수 있다면 얼마나 좋을까요."

휘트니는 그렁그렁한 눈물 때문에 아무것도 보이지 않았다. 그녀는 이불 위에 놓여 있는 흐릿해진 초상화들을 쳐다보았다. 그리고 여러 초상화 중에서 가장 오래되어 보이는, 금색 액자에 담긴 작은 초상화를 집어들었다. 그리고 액자를 뒤집어 액자 뒷면에 쓰여 있는 글씨를 보았을 때 휘트니의 눈가에는 미소가 번졌다. 검은 늑대라고 불렸던 공작은 액자에 아내의 이니셜만 새겨넣은 게 아니었다. 그는 자신의 이니셜을 아내의 이니셜과 얽히게 새긴 뒤 그 바깥쪽에 하트 모양을 새겨넣었다.

휘트니는 그 작은 초상화를 가슴에 가져다 대고 꼭 누른 다음 아쉬워하며 옆으로 치워두었다.

이튿날 오후, 휘트니는 상자 속에 든 모든 편지를 읽고 또 읽었다. 그러면서 그녀는 상자 속에 들어 있는 낱낱의 유물에 담긴 의미를 알게 되었다.

그날 저녁 하녀가 노엘을 재우려고 아기 방으로 데려간 뒤 휘트니는 편지지를 가져다 달라고 일렀다. 그녀는 편지지를 앞에 펼쳐놓고 깃펜을 집어들었다. 그리고 편지지 맨 위에다 날짜를 써넣었다. 그런 다음 편지를 쓰기 시작했다.

'나는 휘트니 앨리슨 웨스트모어랜드입니다. 제9대 클레이모어의 공작 부인으로 클레이튼 로버트 웨스트모어랜드의 아내이자 12월 12일에 태어난 노엘의 어머니입니다……'

휘트니는 전통에 따라서 클레이튼의 구혼과 두 사람의 결혼에 얽힌 이야기를 자세하게 써 내려갔다. 그 다음 날 저녁, 편지를 다 쓰고 난 휘트니는 클레이튼을 쳐다보았다. 그는 침실에 있는 벽난로 앞에서 책을 읽고 있었다.

"편지를 다 썼어요. 전통에 따르면 나는 뒷면에 내 이름을 새겨 넣은 초상화 액자를 넣어야 해요. 당신이 내 얼굴을 가장 닮게 그렸다고 고르는 초상화를요. 당신 클레이모어에서 초상화 하나를 가져왔다고 했는데 잠깐 시간을 내서 그 초상화 좀 가져다 줄래요?"

클레이튼은 당장에 읽던 책을 옆에 내려놓고 침대로 걸어갔다.

"당신을 위해서라면 언제 어느 상황에서라도 기꺼이 시간을 내리다."

클레이튼은 아내의 입술에 키스를 하더니 아내 옆에 앉았다. 그런 남편을 보며 휘트니는 놀랐다.

"초상화는 어디 있죠?"

휘트니는 남편이 어떤 초상화가 적당하다고 생각했을지, 또 남편은 액자 뒷면에 무슨 말을 새겨 넣었는지 무척 알고 싶었다.

아내의 질문에 대한 대답으로 클레이튼은 부드럽게 웃으며 침대 옆에 놓인 침실용 탁자의 맨 위쪽 서랍을 열었다. 그러고는 결혼식 때의 모습을 그린 작은 초상화를 아내에게 건넸다. 초상화는 단단한 금으로 된 액자에 담겨 있었다. 액자 뒷면에 클레이튼이 새긴 글귀가 있었다. 그 글귀는 이러했다.

'휘트니, 내 아내이자 내 사랑.'

<끝>

주디스 맥노트 지음 | 김문유 옮김

WHITNEY MY LOVE

Copyright ⓒ 1985, 1999 by Judith McNaught
All rights reserved.
Korean translation copyright ⓒ 2004 by Hyundae Moonhwa Center
Korean translation rights arranged with Pocket Books.
through Eric Yang Agency, Seoul.

이 책의 한국어판 저작권은 에릭양 에이전시를 통한 Pocket Books.사와의
독점계약으로 '현대문화센타'가 소유합니다.
저작권법에 의하여 한국 내에서 보호를 받는 저작물이므로 무단전재와
복제를 금합니다.

초판 1쇄 인쇄일 | 2004년 5월 10일
초판 1쇄 발행일 | 2004년 5월 15일

발행처 현대문화센타 | 발행인 양장목 | 출판등록 1992년 11월 19일 | 등록번호 제3-448호
주소 서울특별시 은평구 대조동 191-1 (122-842) | 전화번호 384-0690~1 | 팩시밀리 384-0692
이메일 hdpub@chol.com | 홈페이지 http://www.hdbook.co.kr | ISBN 89-7428-246-1 03840

• 잘못 만들어진 책은 구입하신 서점에서 교환하여 드립니다.